FUSION FANTASTIC STORY

미더라 장편 소설

괴짜 변호사 : 악마의 저울 2

미더라 장편 소설

초판 1쇄 찍은 날 § 2015년 4월 10일
초판 1쇄 펴낸 날 § 2015년 4월 17일

지은이 § 미더라
펴낸이 § 서경석

편집부장 § 권태완
편집책임 § 이창진

펴낸곳 § 도서출판 청어람
등록번호 § 제387-1999-000006호
등록일자 § 1999. 5. 31
어람번호 § 제1-2100호

주소 § 경기도 부천시 원미구 부일로 483번길 40 서경B/D 3F (우) 420-822
전화 § 032-656-4452 팩스 § 032-656-4453
http://www.chungeoram.com
E-mail § chungeorambook@daum.net

ISBN 979-11-04-90198-0 04810
ISBN 979-11-04-90196-6 (세트)

ODD LAWYER

Devil's Balance

괴짜 변호사 ②

악마의 저울

FUSION FANTASTIC STORY

미더라 장편 소설

도서출판 청어람

CONTENTS

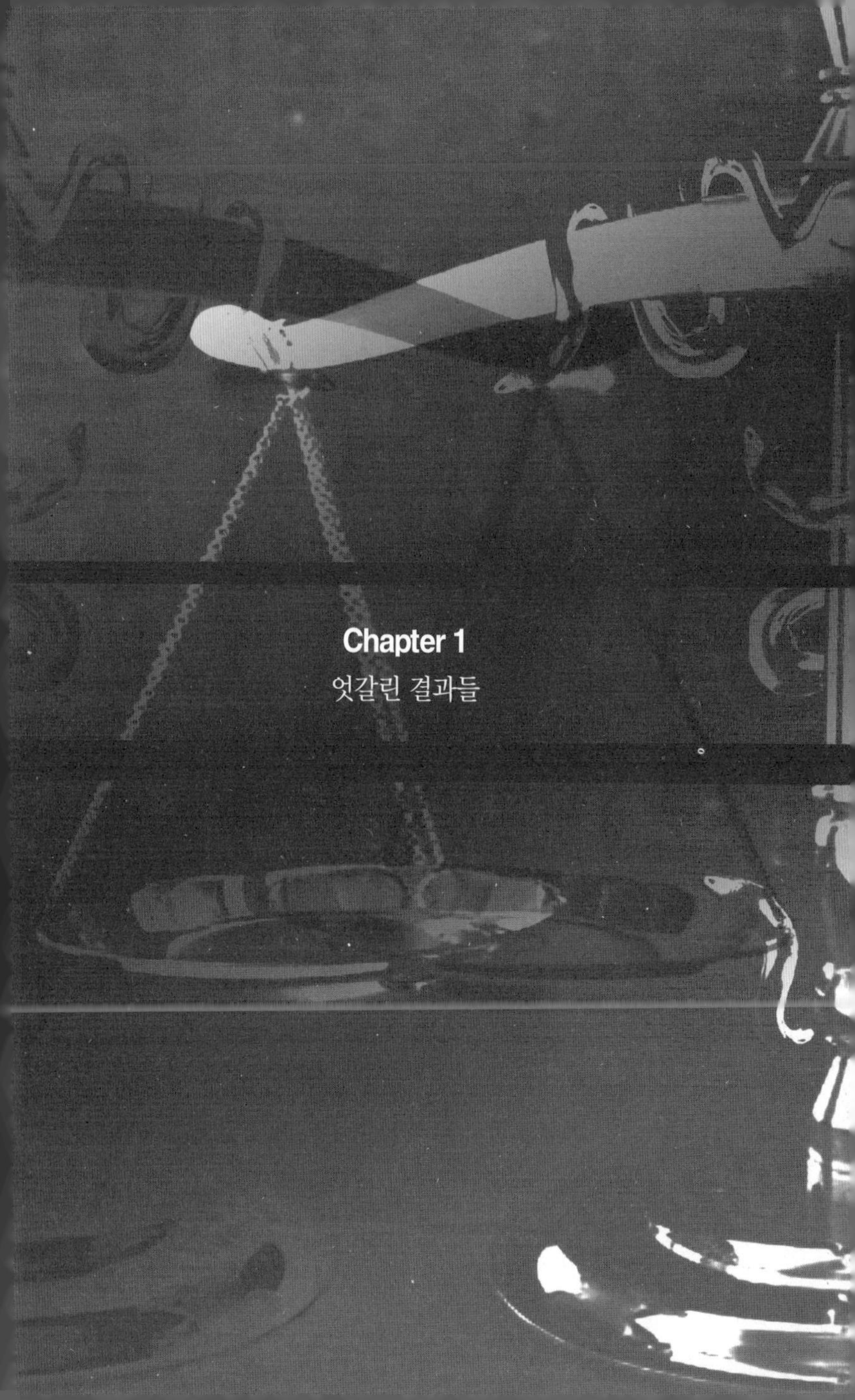

Chapter 1
엇갈린 결과들

"자네 때문에 말이 참 많아. 그건 알고 있나?"

"예? 무슨 말씀이신지……."

지도 교수인 김태구 교수의 말에 혁민은 어리둥절한 표정으로 대답했다.

"보통 1차 시험을 보고 합격할 것 같으면 바로 휴학을 하지 않나. 2차 준비에 들어가야 하니까 말이야. 그런데 자네는 휴학도 하지 않고 거기다가 과외까지 하고 있다면서?"

"아, 예. 그건……."

김태구 교수는 의아하다는 듯 물었다. 1차 시험은 2월 말에 치러진다. 합격자 발표야 4월에 나지만 대충 자기 점수는 다들 알고 있으니 시험을 보고 나면 휴학할지 말지를 바로 결정한다.

1차 시험에 붙을 것 같으면 휴학을 하고 아니면 학교 다니고. 물론 점수가 간당간당한 사람들이 판단을 내리기가 좀 모호하기는 하지만.

그래서 혁민의 경우 이상하다고 생각하는 거였다. 혁민은 합격이라는 걸 당연히 알았을 테니까. 그래서인지 법학과 내부에는 올해 2차는 포기한 거라는 말까지 돌고 있었다. 2차를 생각했다면 휴학을 했을 테니까. 김태구 교수는 혁민의 얼굴을 살피면서 조심스럽게 물었다.

"혹시 가족 중에 누가 아프다거나……."

집이 어려워서 생활비를 벌어야 한다는 둥 누가 아파서 치료비를 벌어야 한다는 둥 별 이야기가 다 돌고 있었다. 하지만 보통 학생이면 그런 이야기가 돌아다니겠는가. 화제의 인물이라서 그런 말도 도는 거였다.

"아니요, 그런 건 아닙니다."

"무슨 문제인지는 모르겠지만, 도움이 필요하면 이야기하게."

김태구 교수는 자신이나 학교에서 어떻게든 도와주겠다며 말했다. 총장과 이사장까지 관심을 보이는 학생이다. 비록 1차 시험이기는 했지만, 제현대학교 최초의 수석 합격자이니 오죽 기대가 크겠는가.

"이번 2차 시험에도 최선을 다하겠습니다."

혁민은 집이 좀 어려워지기는 했지만, 문제가 있을 정도는 아니라고 이야기하면서 최선을 다하겠다는 말을 덧붙였다. 그러자 김태구 교수는 기운 내라면서 혁민의 어깨를 가볍게 두드렸다. 무척이나 안쓰러운 표정을 하고서.

'내가 돈을 꼭 벌어야 하는 사정이 있다고 믿는 눈치네. 그나마 내 자존심을 생각해서 꼬치꼬치 캐묻지는 않으니 다행이라고 생각해야 하나?'

교수의 성격상 그런 걸 집요하게 캐물을 사람이 아니었다. 다른 사람에게 인품이 있게 보이길 원하는 타입. 그래도 김태구 교수 정도면 괜찮은 편이었다. 교수 중에서는 정말로 이상한 사람도 많았으니까.

혁민이 김태구 교수에게 신경을 쓰는 건 이유가 있었다. 그가 사법개혁 모임의 일원이었기 때문이었다. 능력이 그렇게 뛰어난 건 아니었지만 모임 초창기부터 활동한 터라 사법개혁 모임에서는 꽤 알려진 인물이었다.

'어차피 변호사가 되더라도 혼자서는 아무것도 할 수 없어.'

실력이 아무리 뛰어나도 어차피 혼자서 하는 일에는 한계가 있다. 그것이 우리나라 법조계의 현실이 그렇다. 그러니 어떤 줄이라도 잡고 있어야 한다. 그래서 혁민이 택한 건 바로 사법개혁 모임이었다.

가장 큰 이유는 예전에 그들과 친분이 좀 있었기 때문이었다. 멤버들의 성향이나 여러 사정을 잘 알고 있으니 아무래도 어울리기가 수월할 것이고. 비록 주류는 아니었지만, 법조계

전반에 고루 멤버가 퍼져 있어서 무슨 일이 있을 때 충분히 도움을 받을 수 있는 그런 모임이었다.

그리고 김태구 교수는 김문환과 막역한 사이였다. 김문환. 지금은 부장판사이지만 나중에 대법관까지 오르는 인물.

'사법개혁 모임의 실질적인 좌장. 법조계에 영향력도 상당하고.'

혁민은 김문환 부장판사를 든든한 후원자로 만들 생각을 하고 있었다. 그리고 김태구 교수는 그와 자신을 연결해 주는 가교라고 생각하고 있었고.

"그럼 나가보겠습니다."

"그러게. 무슨 일 있으면 꼭 얘기하고."

방에서 나오면서 혁민은 만족스럽다는 표정을 지었다. 이제 지도 교수는 완전히 자신의 편이었다. 어려운 가정 형편에도 열심히 노력하는 제자. 그런 제자를 보살펴 주는 지도 교수. 김태구 교수가 다른 사람들에게 보여주기 가장 좋아하는 모습이었다.

"뭐, 이런 게 윈윈이지. 나는 내가 원하는 걸 얻고, 교수는 교수가 원하는 이미지와 평판을 얻고."

사실 얼마 전까지만 해도 이렇게까지 계산적으로 생각하고 움직이지는 않았다. 결심이 아무리 대단하다고 하더라도 그 사람의 본성을 이기는 건 어려운 일이다. 하지만 이제는 그런 게 조금씩 바뀌고 있었다.

혁민은 걸으면서 그런 생각을 했다. 사법개혁 모임의 핵심 멤버 중 한 명인 차동출 검사와 자연스럽게 친분이 생긴 걸 보면 자신과 그 모임은 확실히 인연이 있는 모양이라고.

"안녕하세요, 선배님."

"어, 그래. 식사는 했고?"

지나가던 후배들이 혁민을 보더니 꾸벅 인사를 했다. 혁민도 웃으면서 대꾸했고. 사람들은 혁민이 그런 일을 겪었다는 걸 전혀 모르고 있었다. 그럴 수밖에 없는 것이 지금처럼 오히려 다른 때보다 유쾌하게 지내고 있었기 때문이었다.

하지만 표정과는 달리 그의 머릿속에서는 진윤상에 대한 처리를 두고 냉정한 판단이 이루어지고 있었다. 그동안 혁민은 아무런 내색도 하지 않으면서 진윤상을 살폈다. 진윤상은 정말 자신은 아무 짓도 하지 않았다는 표정으로 혁민을 대했다.

그의 행동은 너무 천연덕스러워서 소름이 끼칠 정도였다. 정말 아무런 양심의 가책도 느끼지 못하는 듯했다.

'솔직히 말해서 사람이 그런 짓을 하면 가끔 켕기는 그런 표정이라도 지어야 정상 아닌가?'

하지만 그런 게 전혀 없었다. 연기력이 좋은 건가 생각하다가도 사실은 아무런 양심의 가책을 느끼지 못하는 걸지도 모른다는 생각이 들었다. 그렇지 않고서야 어떻게 그렇게 태연하게 자신을 대할 수 있겠는가.

하지만 모든 걸 알고 나니 진윤상과 같이 있는 것 자체가 몸서리쳐졌다. 그래서 혁민은 일단 진윤상을 스터디에서 배제하기로 결심했다.

"사시 합격하는 게 우선이니까 아줌마는 일단은 묵혀두고. 가까이 있는 진윤상부터."

아줌마도 자신의 행동에 책임져야 할 때가 올 것이다. 하지만 지금은 아니었다. 대신 진윤상은 대가를 치러야 할 것이다. 하지만 그냥 스터디에서 배제하는 건 너무 가벼운 벌인 듯했다. 앞에서는 웃으면서 등 뒤에서 칼을 꽂는 그런 사람에게는 그것보다는 조금 더 자극적인 방식이 어울릴 듯했다.

"선물을 준비해야겠어."

혁민은 조용히 웃었다.

*　　*　　*

혁민은 멀리서 성만과 진윤상이 흥분해서 프린트물을 보면서 대화하는 모습을 지켜보았다. 거리가 있어서 뭐라고 하는지는 들리지 않았지만, 표정과 몸짓만 봐도 어떤 심리 상태인지 불을 보듯 뻔했다.

당연한 일이었다. 혁민이 두 사람의 눈높이에 맞추어서 문제 풀이를 해놓은 거였으니까. 사람은 자신이 아는 만큼 볼 수 있다. 저들이 사법시험에 합격하기 위해서는 지금보다 더 높은 곳에 있는 걸 보아야 한다.

하지만 그런 게 어디 쉬운 일인가. 공연히 사람들이 사법시험 준비를 오래 하는 게 아니다. 다 그럴 만한 이유가 있기 때문이다. 정말 약간 더 높이 있는 게 눈에 들어오지 않기 때문에 합격하지 못하는 것이다. 그리고 그걸 보기 위해서 시간을 투자해서 공부하는 것이고.

"그런데 무언가 도움이 될 만한 걸 보게 되었다. 그러니 좋아하는 게 당연하겠지."

기대감에 부풀어 있을 것이다. 보면 감이 올 것이다. 머리에 쏙쏙 들어올 테니까. 그리고 그렇게 잘 정리된 게 있으면 공부하는 데 큰 도움이 될 거라는 것도 알 것이다. 올해는 아니더라도 몇 년 안에 합격할 수 있을 거라는 생각을 할 수도 있고.

혁민이 원하는 거였다. 혁민은 진윤상의 마음에 희망이 가득하기를 바랐다. 1미터 높이에서는 떨어져도 별다른 충격을 받지 않을 것이다. 하지만 그 높이가 더 높아진다면?

"희망이 커지면 커질수록 그것이 사라졌을 때 느끼는 절망감도 커지는 법이지."

오늘이 진윤상과의 마지막 스터디이다. 아직은 혁민밖에 모르는 일이었지만, 조만간 성만과 윤상도 알게 될 것이다. 혁민은 스터디를 더 이상 할 수 없다고 이야기했을 때, 윤상이 어떤 반응을 보일지 상상하면서 발걸음을 옮겼다.

그리고 다음 날 혁민은 성만과 먼저 만나 이야기를 나누었다. 성만은 알고 있어야 할 것 같아서였다.

"뭐? 아니 윤상이 그 새끼가?"

"저도 처음에는 믿지 않았는데, 녹음한 게 있더라고요. 원래는 안 되는 건데 아는 사람이 있어서 들을 수 있었거든요."

혁민의 말을 들은 성만은 길길이 날뛰었다.

"이런 개 같은 새끼. 야, 말리지 마. 내가 이 새끼하고 누가 죽나 한번 해보자. 그래, 어디 한번 해보자고."

혁민은 생각보다 격한 성만의 반응에 그를 뜯어말리느라 진땀을 뺐다.

"싸워봤자 무슨 소용이에요. 저기 진정하고……."

"아우, 진짜. 내가 그 새끼 그럴 줄 알았어. 하여간 사사건건 잘난 척은 있는 대로 하더니 드러운 짓은 지가 다 하고 있네."

성만은 한참을 씩씩대다가 겨우 흥분을 가라앉혔다. 그러고는 뭔가 생각나는 듯 미간을 찌푸렸다가 손뼉을 쳤다.

"아하~ 그래서 그때 그런 거구나."

"왜요? 무슨 일이 있었어요?"

성만은 혁민을 보고는 전에 윤상이 했던 말을 들려주었다.

"과외를 하고 와서는 이상한 소리를 하더라고. 니가 알짜배기만 다 빼먹고 자기한테는 떨거지만 던져 줬다고."

성만의 말에 따르면 윤상은 혁민이 비싼 과외는 전부 가져가고 좀 싼 걸 소개해 주었다고 하면서 화를 냈다고 했다.

"그래서 내가 그랬지. 너 과외하는 건 전부터 해왔던 거 아냐. 비싼 건 들어와도 시간 없어서 못 한다고 거절했고."

"그렇죠. 그런 거 제가 왜 속이겠어요. 그냥 있는 그대로 말한 건데."

"그래, 다 알지. 그런데 그 새끼가 자꾸 이상한 소리를 하더라고. 니가 말은 그렇게 하면서 사실은 그게 아니라고."

무슨 이야기를 들었는지는 모르겠지만, 단단히 오해한 모양이었다. 하지만 자신은 분명히 모든 걸 사실대로 이야기했다. 호의로 소개까지 해주었고.

"거기다가 그 말까지 하더라. 자기 떨어뜨리려고 과외 소개해 준 거라고."

혁민은 어이가 없어서 헛웃음만 나왔다. 이 정도면 거의 정신병이 아닌가 싶었다. 어떻게 자기가 생각하고 싶은 대로만 생각할 수 있는지 신기하기까지 했다. 그런데 혁민이 생각하는 것보다 성만은 심하게 화가 난 모양이었다.

그날 저녁에 윤상이 혁민을 찾아왔다. 그러고는 다짜고짜 혁민에게 아니라고 말했다.

"야, 혁민아. 아니야. 무슨 얘기를 들었는지 모르겠는데 난 아니라니까?"

"갑자기 그게 무슨 얘기예요?"

혁민은 무슨 이야기를 하는지 대충 짐작이 갔지만, 일단 차분하게 대응했다.

"성만이가 그러더라. 나보고 그럴 수가 있냐고."

윤상은 자신은 억울하다면서 혁민을 잡고 하소연을 했다. 자신이 무엇 때문에 그랬겠냐고. 정말 다른 사람에게 이야기만 들은 거면 윤상이 그러지 않은 게 아닐까 하는 생각이

들 정도였다.

하지만 혁민은 직접 목소리를 들었다. 비슷한 목소리도 아니고 분명히 진윤상의 목소리였다. 그런데도 이런 식으로 나오니 정말 가증스러웠다.

"그래요? 그러면 제가 뭘 잘못 들은 건가요?"

"당연하지. 잘 생각해 보라고. 우리가 대회 때부터 얼마나 호흡이 잘 맞는 팀이었냐? 게다가 스터디도 계속 같이 했고. 같이한 시간이 얼마냐고."

진윤상은 웃으면서 이야기했다. 혁민이 자신의 이야기에 좀 넘어오는 것 같자 실실 웃으면서 변명을 늘어놓았다.

"누군가가 모함을 하는 거라니까. 왜 그런 사람들 있잖아. 다른 사람들 잘되는 거 싫어하는 사람. 우리 스터디 멤버가 모두 1차 붙어서 그런 거야."

그러면서 진윤상은 계속해서 주저리주저리 이야기를 늘어놓았다. 잘나가는 사람에 대한 시기심. 게다가 장학생에다가 돈까지 벌고 있어서 부러웠던 거라느니 하는 이야기를 주절거렸다.

혁민은 그 이야기를 들으면서 알 수 있었다. 진윤상이 지금 자신의 이야기를 하고 있다는 것을. 사람은 자신이 아는 것만 보이고 아는 것만 말한다. 진윤상은 다급해지니까 아무 말이나 나오는 대로 말하는 거였는데, 그러다 보니 자신도 모르게 자기 얘기를 하는 거였다.

'자기보다 잘나가는 사람에 대한 시기심. 게다가 장학금을

받고 있는 데다가 과외를 해서 돈까지 벌고 있으니 사실은 아니꼽고 눈꼴시었다 이거네?'

그동안은 자신이 뜯어먹을 게 있으니 들러붙어 있었던 거였다. 그리고 아직도 먹을 게 남아 있다고 생각하니까 지금 이런 행동을 하는 것이다.

'니가 사람이냐? 어떻게 그런 짓을 하고도 나한테 와서 이럴 수가 있지?'

혁민은 어떤 면에서는 정말 대단한 사람이라고 생각했다. 차라리 연기자를 했으면 성공하지 않았을까 하는 생각마저 들었다. 혁민은 진윤상을 지그시 쳐다보면서 말했다.

"왜 그랬어요? 내가 정말 잘해줬는데."

"아니야. 아니라니까! 왜 내 말을 믿지 못하는 건데?"

진윤상은 소리를 버럭 질렀다. 혁민이 물끄러미 보고 있으니 계속해서 소리 높여서 자신의 억울함을 토로했다.

"왜 이렇게 시끄러운가?"

혁민이 강하게 쏘아붙이려는데 문이 벌컥 열리더니 김태구 교수가 들어왔다.

"아닙니다. 문제 해석하는 데 차이가 있어서 잠시 목소리가 높아졌던 모양입니다."

진윤상이 재빨리 대꾸했다. 그것도 아주 태연한 얼굴로. 하여간 임기응변은 정말 대단한 인간이었다. 김태구 교수는 그러냐면서 넘어갔다.

"내일 학교 선배들이 오기로 했으니 다들 참석하도록 하게.

연수원 졸업한 선배들이 특별히 시간을 내서 오는 자리야. 이번에 1차 합격한 동문이 많다고 조금이라도 도움이 되겠다며 마련한 자리이니 물어볼 거 있으면 미리 생각해 두고."

진윤상과 혁민은 알았다고 대답했다. 얼굴을 보기도 싫은 사람이었는데, 어쩔 수 없이 내일은 같이 있어야 할 일이 생겼다. 그런 자리에 혁민이 빠질 수는 없었으니까.

* * *

혁민은 다음 날 성만을 만나러 학교로 향했다.

"찾아가서 얘기하지 않았어야 더 좋았을 텐데."

진윤상의 진면목을 알게 해주어서 고맙기는 했지만, 혁민 나름대로 생각이 있었다. 진윤상에게 조금씩 좌절감을 느끼도록 해줄 생각이었다.

진윤상이 가장 원하는 게 어떤 것이던가. 바로 사법시험에 합격하는 일이다. 그러니 그대로만 두면 된다. 그러면 진윤상이 사법시험에 합격할 일은 없을 것이다. 지금 수준으로는 어림없는 일이었으니까.

예전에도 나이 서른이 되기 직전에야 간신히 붙은, 그것도 운이 좋아서 합격한 진윤상이 아니던가. 그러니 스터디에서 빼버리고 가만히 두면 계속 불합격하면서 헤맬 것이다. 그런 상태에서 혁민이 사법시험에 합격하고 나중에 자신보다 못하다고 여기는 성만까지 합격하는 모습을 보게 된다면 어떻게 될까?

"자존심이 강한 만큼 좌절감도 크겠지."

그리고 후회를 할 것이다. 자신이 그런 짓만 하지 않고 스터디에 계속 남아 있었으면 자신도 사법시험에 붙을 수 있었을 거라고 뉘우치면서. 혁민은 그런 모습을 그리고 있었다.

그래서 지금이라도 성만을 만나서 문제를 더 키우지 말라고 이야기를 할 생각이었다. 아직은 스터디를 같이 한 세 명을 제외하고는 아무도 이 문제를 모르니까. 하지만 혁민이 학교에 오기 전에 성만은 이미 김태구 교수와 만난 후였다.

"허허, 어떻게 이런 일이. 허우우우~ 그런데 얘는 알아보라고 시켰는데 왜 이렇게 안 오는 거야?"

김태구 교수는 성만에게 이야기를 듣고 큰 충격을 받았다. 올해 제현대학교 법학과는 그 어떤 해보다도 분위기가 좋았다. 사법시험 1차에 합격한 학생이 예년보다 많았고, 게다가 1차 수석 합격자까지 나왔으니까.

그래서 이번 2차 시험을 앞두고 총장이나 이사장은 물론이고 동문들도 상당한 관심을 보였다. 그런데 합격생 중 한 명이 그런 불미스러운 일을 했다니. 그것도 애산 법정변론 경연대회에서 입상한 팀 안에서 그런 일이 일어났으니 기가 막힐 노릇이었다.

교수는 간단한 이야기만 듣고는 성만에게 일단 알았다고 했다. 그리고 자신이 좀 더 알아볼 테니 다른 사람에게는 말하지 말고 있으라고 단단히 일렀다. 그리고 조교를 불러서 도대체 어떻게 된 일인지 한번 알아보라고 시켰다.

"시험이 얼마 남지 않았는데, 공연히 이런 일이 밖으로 새나가서 분위기를 망치면 안 되지. 그럼, 그런 일은 있어서는 안 되고말고."

진정하지 못한 김태구 교수가 방 안에서 이리저리 서성이고 있었는데 노크 소리가 들렸고, 기다리고 있던 정유나 조교가 들어왔다.

"어, 그래 유나야. 어때? 알아보니까 어떻든? 애들은 뭐래?"

교수는 문도 닫지 않은 조교에게 질문을 쏟아부었고, 정유나 조교는 굉장히 불편한 표정으로 이야기했다.

"성만이한테 자세히 물어봤는데 혁민이가 신고한 목소리가 녹음된 테이프까지 들었다고……."

"목소리가 녹음된 테이프까지? 어이구구~"

김태구는 머리를 짚었다. 원래 시험을 앞두고는 별일이 다 일어난다. 작은 일을 가지고도 서로 오해해서 언성을 높이기도 하고, 아무것도 아닌 것을 가지고 싸우기도 한다. 그래서 이번 일도 그런 것이기를 바랐다.

하지만 돌아가는 걸 보니 정말로 진윤상이라는 학생이 혁민을 무고한 듯했다. 그리고 그걸 당사자인 혁민이 알게 되었고.

"아니, 진윤상이라는 갠는 도대체 왜 그랬대? 갠는 뭐하는 놈인데?"

"저기… 그게……."

정유나 조교는 말을 잇지 못하고 머뭇거렸다. 다른 사람의 추악한 면을 이야기하는 게 기분 좋은 일은 아니었으니까. 하지만 교수가 눈빛으로 재촉하자 할 수 없이 입을 열었다.

"성만이 말로는 오해를 해서 그런 것 같다고 하는데요……."

조교는 진윤상이 자존심이 강해서 혁민에게 자격지심이 좀 있었다는 성만의 말을 전했다. 그런 상황에서 과외 문제로 다른 사람의 말만 믿고 곡해를 해서 그런 짓을 벌인 것 같다고 말했다.

"아니, 아무리 그래도 그렇지, 선배라는 놈이 후배한테 도움을 받아놓고 그런 짓을 해? 사람이 부끄러운 줄 알아야지."

정유나 조교는 지금까지 한 번도 김태구 교수가 이렇게 노한 모습을 본 적이 없었다. 하지만 평소에 점잖고 인자한 성품인 그가 이렇게까지 화를 내는 것도 이해는 되었다. 자신도 사정을 알고서 무척이나 화가 난 상태였으니까.

김태구 교수는 심호흡을 몇 차례 하더니 마음을 가라앉히고는 다시 물었다.

"그래서 그 진윤상이라는 학생 평판은 어때? 혹시 오해의 소지 같은 건 없는 건가?"

"그게… 제가 좀 알아보니까 후배들한테 좀 심하게 대하는 것 같더라고요. 잡다한 일도 많이 시키고 정리한 노트 같은 것도 그냥 가져가고. 그래서 불만이 좀 많았습니다, 교수님."

"나 참. 원래 그렇게 제멋대로이니 그런 짓도 한 거겠지. 그런데 왜 다른 날도 많은데 하필 오늘… 하우~"

교수는 손으로 이마를 짚었다. 그리고 얼굴과 머리를 쓰다듬었다. 그러자 더욱더 화가 치밀었다. 이렇게 복잡한 일이 터져서 짜증이 났고, 손에 머리카락이 얼마 잡히지 않는 것도 짜증이 났기 때문이었다.

안 그래도 머리가 빠져서 고민이었는데, 이번 일로 머리가 뭉텅이로 머리에서 이탈할 것 같았다.

교수는 인상을 잔뜩 찌푸리면서 조교에게 이야기했다.

"일단 혁민이부터 나 좀 보자고 그래. 현직에 있는 애들 왔는데 그 자리에서 싸우고 그러면 큰일이니까."

"예, 교수님."

"그리고 진윤상도 오라고 하고. 둘이 서로 겹치지 않게 시간 조절해서."

정유나 조교는 알았다고 하고는 밖으로 나왔다. 그리고 혁민에게 전화하려고 번호를 찾는데 마침 그가 건물 안으로 들어오는 게 보였다. 조교는 혁민을 향해 걸어가면서 손짓을 했다.

"혁민아!"

혁민은 형법 조교가 왜 자신을 찾는지 의아해하면서 그녀에게로 가볍게 뛰어갔다.

"너 김태구 교수님 방에 좀 가봐. 교수님이 찾으셔."

"지도 교수님이요?"

정유나 조교는 오늘 있었던 일을 간단하게 말해주었다.

"성만이가 와서 그런 얘기를 했다니까. 교수님이 아주 골치 아파 하셔."

"성만이 형이요? 아우, 그 형은 왜 자꾸 그런 걸 얘기하고 다닌대?"

혁민은 귀찮게 되었다고 생각하면서 교수의 방으로 들어갔다. 김태구 교수는 조교가 나가자마자 혁민이 들어오자 깜짝 놀랐는데, 그것보다는 지금 문제가 더 중요한 일이라 바로 이야기를 시작했다.

교수는 먼저 간단하게 사실관계를 확인하더니 한숨을 푹 내쉬었다.

"어허, 이거 참… 그래 자네는 이 문제를 어떻게 할 생각인가?"

"문제를 크게 키울 생각은 없습니다. 개인적인 일이니 둘이서 해결하면 될 일입니다."

김태구 교수는 혁민이 뜻밖에도 덤덤하게 이야기하자 문제가 커지지는 않을 것 같다는 생각을 했다. 그는 조심스럽게 혁민의 의중을 물었다.

"그래? 혹시 어떻게 해결할 건지 생각은 해보았나?"

"사과만 제대로 한다면 없던 일로 하겠습니다. 다른 사람의 확인되지도 않은 말 때문에 벌어진 일이고, 제가 피해를 본 것도 없으니까요."

혁민의 말에 교수의 표정에 화색이 돌았다. 문제가 엄청나게 커질 수도 있는 일이었는데, 혁민이 그렇게만 해준다면 조용히 넘어갈 수도 있겠다는 생각에서였다.

"그렇다면 내가 진윤상 학생을 불러서 잘 타일러 보겠네. 그리고 내가 중재를 하지."

"알겠습니다. 저는 사과만 받으면 됩니다."

"아, 그런 일을 당했는데 당연히 그래야지. 대신에 내가 부탁을 좀 하지. 그럴 일은 없을 것 같네만 오늘 자네 선배들이 오는데 큰소리가 나오지 않았으면 해서."

혁민이 웃으면서 대답했다.

"교수님도. 사과만 받으면 되는데 큰소리가 나올 일이 뭐가 있겠습니까. 더군다나 현직에 계신 선배님들 오시는데요. 그럴 일은 없을 테니 걱정하지 않으셔도 됩니다."

"허허허, 그런가? 알겠네. 내 자네만 믿지."

혁민의 말을 들은 김태구 교수는 마음이 푹 놓이는 듯 평소처럼 편안한 표정이 되었다. 그리고 혁민이 그렇게 예뻐 보일 수가 없었다. 실력도 좋은 데다 인성까지 이렇게 훌륭하다니. 평판이나 체면을 중요시하는 김태구 교수라서 더욱 지금 상황이 만족스러웠다.

혁민은 인사를 하고는 밖으로 나오면서 씨익 웃었다.

'진윤상. 연기는 너만 할 줄 아는 게 아니야. 이런 방식을 좋아하지는 않지만, 니가 그렇게 나온다면 나는 거기다 덤까지 얹어서 해주지.'

혁민은 밖으로 나오다가 근처에서 서성거리고 있던 조교를 발견하고는 눈빛이 번득였다. 조금 전까지 교수 방 앞에서 엿듣고 있다가 나오는 소리에 뒤로 물러난 티가 역력했으니까.

혁민은 싱긋 웃으면서 정유나 조교에게 인사했다.

"아직 계셨어요?"

"아, 혁민아. 잠깐만 이리 와봐."

그녀는 혁민을 끌고 구석으로 가더니 어떻게 된 일인지 물었다.

"사과만 하면 넘어가려고요. 시험도 얼마 남지 않았는데 문제 커지면 서로 좋을 거 없잖아요. 그리고 과 분위기도 이상해질 거고."

"으이궁, 우리 혁민이 넘 착하다. 나 같으면 가만두지 않았을 텐데. 그런데 진짜 테이프에서 목소리도 들은 거야?"

"아, 그거요?"

혁민은 주변을 살피고는 조교의 귀에다 대고 이야기를 시작했다.

"이건 조교님만 알고 계세요. 다른 사람한테 이야기하면 안 돼요. 알았죠?"

"어, 알았어. 그래서 일이 어떻게 된 건데?"

조교는 귀를 쫑긋 세우고 혁민이 무슨 말을 하는지에 집중했다.

"그게 어떻게 된 거냐 하면 말이죠……."

* * *

김태구 교수는 크게 한숨을 내쉬었다. 모든 일이 잘 마무리

된 듯해서였다. 혁민과 진윤상의 문제도 진윤상이 사과를 하면서 생각보다 쉽게 정리되었다.

진윤상은 처음에는 김태구 교수에게도 발뺌했다. 자신은 그런 적이 없다면서. 하지만 혁민이 테이프까지 가지고 있다는 말을 하자 곧 말을 바꾸었다. 김태구 교수에게 울면서 두려워서 거짓말을 한 거라고 하면서 용서를 구했다.

얼마나 서럽게 울던지 김태구 교수의 눈시울이 붉어질 정도였다. 그래서 혁민이 이해하고 넘어가기로 했으니 제대로 된 사과만 하라고 말해주었다. 그러자 진윤상은 곧바로 혁민에게 사과했고 상황은 그것으로 끝났다. 그런 생각을 하는데 제자들이 방으로 들이닥쳤다.

"교수님."

"하하, 그래 어서들 와. 이쪽으로 앉지."

교수는 자리에서 일어나 제자 둘을 맞이했다. 사법연수원을 거쳐 현직에 있는 지금까지 자신에게 종종 연락하는 아주 기특한 제자들이었다.

"그래, 후배들 보니까 좀 어떻던가?"

"뭐, 예전 생각 나던데요."

김태구는 시험을 볼 후배들의 실력이 어떠냐며 물어보았다. 판사로 있는 제자와 로펌에 들어간 제자 둘은 각자 자신의 의견을 말했다.

"전체적으로는 아직 기본기가 좀 부족하더군요. 그래도 가능성이 있는 친구가 몇 보였습니다. 예전 저희 때보다 나은 것 같던데요?"

"저도 비슷하게 봤습니다. 하지만 대부분 올해는 좀 어렵겠던데요. 뭐 그래도 올해 확실할 것 같은 후배도 한 명 있더군요."

"아! 너 그 녀석 얘기하는 거지? 1차 수석 한 그 녀석."

"맞아, 그 녀석은 어지간한 연수원생보다도 나을 것 같던데?"

둘의 이야기를 듣고 있던 김태구 교수는 흐뭇해하는 표정을 감추지 않았다. 자신이 지도하는 학생 중에서 그렇게 뛰어난 학생이 나왔으니 왜 기분이 좋지 않겠는가.

"그런데 진윤상인가 하는 그 녀석은 아주 못쓰겠던데요?"

"맞습니다. 동료 뒤통수치는 그런 녀석. 아우, 그건 정말 최악이죠."

김태구 교수는 깜짝 놀랐다. 둘이 진윤상을 알고 있었기 때문이었다. 그는 아주 의아하다는 표정으로 물었다.

"아니, 그 얘기는 어떻게 알았나?"

"뭐 다들 아는 얘기던데요? 저는 조교한테 들었는데."

"저도 오늘 여기 와서 아는 후배 만났다가 들었습니다."

둘은 어떤 조직에서든 배신자는 용서하지 않는다고 열변을 토했다. 그것도 도움을 받았던 사람한테 그런다는 건 있을 수도 없는 일이라면서.

"허허, 이거 참."

김태구는 난감한 표정을 지었다. 잘 마무리되었다고 생각했는데, 이미 소문이 다 퍼졌으니 큰일이라 생각했다. 하지만 제자 둘은 큰 문제는 아닐 거라는 듯 말했다.

"교수님이 걱정하실 건 아닌 것 같습니다. 다들 쉬쉬하는 분위기거든요."

"예, 저도 애들한테 당부했고, 조교들이 주의 줄 겁니다. 다른 데로 퍼뜨리지는 말라고요."

단단히 주의도 주었고, 내용이 워낙 지저분한 거라서 조심할 거라고 했다. 사실 법학과의 치부나 마찬가지인데 누가 여기저기 얘기를 하고 싶겠는가.

"그런가? 그러면 다행이기는 한데… 하아, 그 녀석은 왜 그런 짓을 해서……."

김태구 교수는 골치가 아프다는 표정이었지만, 제자 둘은 그것도 걱정하지 말라면서 말했다.

"이제 누가 그 친구를 아는 척하겠어요. 그 녀석은 어차피 얼마 버티지 못할 겁니다."

그리고 둘의 말대로 그날부터 진윤상은 왕따가 되었다. 진윤상은 처음에는 아무렇지도 않은 듯 행동했다. 너희들이 뭐라고 해도 나는 괜찮다는 듯. 하지만 노골적인 사람들의 비웃음과 조롱을 견디면서 학교에 나온다는 게 얼마나 힘든 것인지 알게 되었다.

그래도 며칠 학교에 나오던 진윤상은 슬그머니 자취를 감추었다. 그리고 자퇴를 했다는 이야기가 들렸다.

"나쁜 놈이긴 한데 이렇게 되니까 좀 불쌍하다는 생각도 드네."

성만의 말에 혁민이 고개를 저었다.

"자업자득이에요. 그런 거 신경 쓰지 말고 스터디나 하죠. 오늘부터 새 멤버들도 들어오잖아요."

성만은 알았다고 하면서 혁민과 함께 건물 안으로 들어갔다.

*　　　*　　　*

"2차 준비는 잘되고 있는 거야?"

6월 중순인데 낮 기온이 25도가 넘어가서 벌써 여름 느낌이 들었다. 이채민은 골라 먹는 재미가 있다는 CF로 유명해진 아이스크림을 한입 떠먹으며 물었다.

"뭐, 그럭저럭."

혁민 역시 아이스크림을 먹으면서 대답했다. 종류는 엄청나게 많았지만, 혁민이 언제 여자와 이런 델 와서 아이스크림을 먹어본 적이 있었겠는가. 그래서 이채민이 주문한 것과 같은 걸 달라고 했는데, 다행스럽게도 맛있었다.

"야, 그런데 넌 왜 휴학 안 했어? 기말고사도 봐야 하고 시간 많이 빼앗기지 않아?"

"뭐, 교수님이 편의 많이 봐줘서 괜찮아."

법학과에서 혁민에게 거는 기대는 남달랐다. 그래서 여러 가지 특혜도 있었는데, 시험만 보면 출석은 하지 않아도 눈감아주었다. 덕분에 오히려 시간이 다른 때보다도 여유가 있었다. 물론 그런 배려가 없었더라도 떨어지는 일은 없겠지만.

이채민은 대수롭지 않다는 투로 이야기하는 혁민을 보면서 한숨을 내쉬었다. 괴물도 저런 괴물이 없었다. 학부생인데도 연수원에 다니고 있는 자신보다도 법적인 문제에 더 해박하고 뛰어났으니까.

"하기야 니가 2차에 떨어질 리가 없지. 너 그래도 연수원 오면… 아니다. 너 정도면 연수원 와도 날아다니겠다."

이채민은 사법연수원에 들어가서 정말 다른 세상을 경험했다. 천재가 아닌 사람이 없었고, 비범하지 않은 사람이 없었다. 전교 1등을 늘 하다가 일류 대학에 진학하고 사법시험에 합격해서 온 사람들이 모이는 곳이 사법연수원이었으니 그게 당연한 일이다.

"왜? 성적이 잘 안 나와?"

"안 나오는 건 아닌데… 그렇다고 만족스러운 것도 아니고… 조금 더 상위권이면 좋을 것 같기는 한데, 워낙 쟁쟁한 사람들이 많아서……."

혁민이 조금 의아하다는 듯한 표정으로 물었다.

"니가 웬일이야? 그런 말을 다 하고? 이채민 하면 자존심 아냐?"

"자존심은 자존심이고 현실은 현실이지. 현실을 무시하고 자존심을 내세우는 건 머리 빈 애들이나 하는 짓이야."

이채민은 새침하게 토라지는 표정을 지으면서 톡 쏘아붙였다. 이야기를 들으니 혁민도 예전에 사법연수원에 다녔던 생각이 났다. 그 당시 혁민의 성적은 거의 꼴찌였다. 그래도 중간 정도는 할 줄 알았는데, 그건 희망 사항에 불과했다.

"그래도 너하고 2차 준비했던 게 도움이 좀 되더라."

"다행이네. 그런데 오늘은 왜 보자고 한 거야?"

사법연수원에서의 경쟁은 상상을 초월할 정도로 치열하다. 간혹 여유롭게 지내는 연수원생도 있긴 하지만, 대부분은 인생에서 가장 치열한 시기를 보낸다. 오죽하면 사법시험은 예선이고 사법연수원이 본선이라는 말까지 있겠는가.

수능이나 사법시험은 다시 볼 수 있지만, 사법연수원에서의 시간은 되돌릴 수 없다. 그래서 모두가 좋은 성적을 받기 위해서 잠을 줄여가면서 공부에 매진한다. 혁민도 그런 사정을 잘 안다. 그런데도 시간을 쪼개서 자신을 만나자고 한 이유가 있을 터.

"너 시험 끝나고 일주일에 한 번 정도 스터디 했으면 해서."

"스터디?"

"그래. 너도 어차피 연수원 들어올 거잖아. 그러니까 미리 예습한다 생각하고 하면 될 것 같은데?"

이채민은 판사로 임용되는 걸 목표로 하고 있었다. 하지만 지금으로써는 자신할 수 없는 성적이었다. 그래서 여러모로 고민하다가 혁민에게 제안한 거였다.

연수원에 와서 알았지만, 실제로 연수원에 들어오기 전에 과외를 받은 사람이 있었다. 연수원에서 좋은 성적을 받아야 하니 미리 준비한 거였다. 이채민은 알록달록한 색깔의 아이스크림을 뜨면서 혁민의 표정을 살폈다.

'스터디라…….'

사실 혁민은 이채민과 스터디를 할 이유가 없었다. 굳이 찾는다고 한다면 이채민이라는 법조계 인물과의 친분을 쌓는다는 정도였다.

"생각 좀 해보고. 일단은 시험에 집중해야 하니까."

"그래. 어차피 2차 합격할 테니까 시험 끝나고 한번 보자고."

혁민은 웃으면서 손사래를 쳤다.

"너무 그러지 마라. 부담돼서 잘 볼 시험도 못 보겠다."

"니가 그 정도에 흔들릴 사람이었으면 애초에 얘기 꺼내지도 않았다."

이채민은 어림도 없는 소리라면서 흥 하고 콧소리를 냈다. 모든 참가자가 긴장했던 애산 법정변론 경연대회 결선에서 혁민이 어떻게 했는지 뻔히 보았다. 떨기는커녕 아주 태연했고, 능수능란하게 분위기를 이끌었다.

그뿐이 아니다. 그 이후의 만남에서도 당황하거나 흔들리는 모습을 본 적이 없었다. 오죽하면 혜나와 윤주가 애늙은이라고 부르겠는가.

"참, 혜나도 너 많이 찾았다고 하던데."

"아니 나는 그쪽으로는 잘 모른다는데도 왜 자꾸 같이 가자고 그러는지 모르겠어. 뭐 시험 끝날 때까지는 안 된다고 해놨는데……."

혜나는 혁민을 통찰력이 뛰어난 사람으로 생각하고 있었다. 미래가 어떻게 되는지 대충 아니까 이야기할 수 있는 거였는데, 그런 사실을 모르는 혜나가 혁민을 그리 생각하는 건 당연한 일이었다.

"혜나는 지금 뭐해?"

"회사 들어가서 일 배우는 모양이더라. 일단 어떻게 돌아가는지 알아야 한다나? 걔는 사업하면 잘할 거야. 워낙 어렸을 때부터 그런 쪽으로만 관심이 있어서."

혁민은 고개를 끄덕였다. 오혜나는 성별을 떠나서 상당히 괜찮은 사람이었다. 욕심도 많고 의욕도 넘쳤지만, 급하지는 않았다. 기본이 얼마나 중요한지 안다는 게 어디 쉬운 일인가. 이십 대 때는 그저 무모할 정도로 돌진하곤 하는데 혜나는 현명했다.

혁민은 이채민이나 오혜나와의 관계 같은 방식이 자신에게는 가장 바람직한 게 아닌가 생각했다. 상대를 인정하고 자신에게 도움이 될 만한 걸 주고받는 사이. 극단적으로 이야기하면 서로를 이용하는 것이라고 할 수도 있겠지만, 그것과는 조금 달랐다.

정말 냉정하게 이익만을 목적으로 만들어진 사회에서의 인맥 같은 게 아니었다. 신뢰 같은 것도 약간 섞여 있었고, 또래라는 친밀감 같은 것도 있었다. 뭐라고 딱 집어서 말하기는 어려웠지만, 분명히 이익만을 목적으로 한 그런 관계는 아니었다.

하지만 무조건적인 우정 같은 것도 아니었다. 그래서 혁민은 이런 관계가 딱 적당한 게 아닌가 싶었다. 진윤상만 봐도 알 수 있지 않은가. 사람은 쉽게 믿을 수 없는 존재다.

'내가 믿는 건 가족을 제외하면 딱 세 사람. 성만이 형하고 율희, 그리고 용찬이.'

혁민은 갑자기 율희가 보고 싶다는 생각을 했다. 하지만 당분간은 찾아가지 않기로 했다. 혹시라도 저번 모습을 보았는데 자신을 보고 그 기억을 떠올리기라도 하면 곤란하니까. 그래서 율희가 성인이 되고 나서 보러 갈 생각이었다.

혁민은 생각에 잠겨 있다가 의자가 끌리는 소리를 듣고 고개를 들었다. 이채민이 자리에서 일어나는 소리였다.

"그럼 시험 잘 보고. 나는 집에 잠깐 들렀다가 다시 들어갈게."

"그래, 너도 잘 지내고. 내가 시험 끝나고 연락할게."

이채민은 서초동에 있는 사법연수원 바로 옆에 있는 원룸에 살고 있었다. 집이 상도동이라 사법연수원까지 그리 멀지 않았지만, 매일 이동하는 시간도 아까워서 방을 구한 거였다.

채민은 헤어지면서 불현듯 생각이 났는지 이야기를 꺼냈다.

"윤주 동생 윤태 알지? 나하고 같이 팀 했던. 걔도 요즘 장난 아니게 공부한다더라. 걔는 회사 법무팀 도움도 받는다니까 너도 너무 자만하지 말고 정신 바짝 차려."

"알았어. 들어가 봐라."

혁민은 윤태의 이름을 듣자 어쩐 일인지 찜찜한 기분이 들었다. 사실 율희의 집은 그다지 잘사는 편이 아니었다. 윤태는 재벌가의 일원이었고. 그런데 율희와는 어떻게 알게 되었는지 모를 일이었다.

"뭐 나중에 알아보면 되겠지."

전에도 결혼식에 찾아올 정도로 둘은 친한 사이였다. 율희도 항상 친오빠 같은 사람이라고 이야기했고. 그러니 큰 문제는 없으리라 생각했다.

"그나저나 이번 시험은 어떻게 한다?"

1차 시험에서 수석을 할 것이라고는 생각지 않았다. 수석이라고 하면 많은 관심을 받게 된다. 그런데 그것이 꼭 좋은 일인가 싶기도 했다. 너무 많은 주목을 받으니 여러모로 불편했다.

혁민이 원하는 건 여유롭고 행복한 삶이었다. 그걸 위해서는 너무 주목을 받아도 좋지 않았다. 너무 튀게 되면 자신의 의도와는 달리 일에 휩쓸리게 되는 경우가 있다. 그런 건 혁민이 바라는 바가 아니었다.

"그냥 우수한 성적 정도가 적당하겠지?"

혁민은 그렇게 중얼거리면서 뜨거운 태양을 마주하면서 걸어갔다.

*　　*　　*

"이야, 이거 아주 재미있는데?"

차동출은 사법시험 2차 합격자 소식을 접하고는 크게 웃었다. 자신과 관련이 있는 두 사람이 이번에도 수석과 차석을 한 거였다.

"우하하하. 이거 저번하고는 순서가 바뀌었네? 윤태가 수석이고 혁민이가 차석이고. 이거 완전 드라만데? 드라마."

차동출은 혁민에게 전화를 걸었다. 윤태야 윤주 동생이니 알고 있는 것이지 통화를 하거나 직접 만난 적은 없었다. 안 그래도 최근에 윤주에게 실수하는 바람에 사이가 또 살짝 틀어졌는데, 혁민과 술이나 한잔하면서 얘기나 하면 되겠다고 생각했다.

"뭐야, 이거. 계속 통화 중이네? 하기야 오늘 발표니 통화하기 어렵겠네."

차동출은 조금 이따 다시 전화해 봐야겠다고 생각하면서 입맛을 쩝쩝 다셨다.

그리고 그 시각 혁민은 여기저기에서 걸려오는 축하 전화를 받느라고 정신이 없었다.

"예. 아유, 감사합니다."

혁민은 자신이 아는 사람이 이렇게 많았나 싶었다. 가까운 친척부터 이름도 잘 모르는 동창까지 전화를 걸어왔다.

"야, 축하한다. 내가 넌 될 줄 알았지."

통화를 마치자 어느새 방에 들어와 있던 성만이 축하 인사를 건넸다.

혁민은 진심으로 아쉬워하면서 말을 꺼냈다. 성만은 합격자

명단에 없었기 때문에 조심스럽게 말했다.

"형도 곧 될 거예요."

"내 실력은 내가 잘 알아. 나는 아직 멀었다. 몇 년 더 해도 될까 말까야."

"무슨 소리예요. 형도 많이 좋아졌잖아요."

"조금은. 그래서 나도 긍정적으로 생각하려고. 조금씩이라도 나아지면 언젠가는 되겠지?"

성만은 비록 떨어졌지만 크게 낙심하는 표정은 아니었다. 불합격한 것이 기분 좋을 리는 없겠지만, 그래도 희망을 보았으니까. 하지만 상황은 둘이 대화를 나눌 시간을 주지 않았다. 계속해서 혁민의 전화가 울렸기 때문이었다.

정말 핸드폰에 불이 날 정도라는 말이 무언지 알 수 있었다. 계속해서 핸드폰을 대고 있었더니 살과 맞닿은 부분이 뜨끈뜨끈할 정도였다.

"예, 그럼요 외삼촌. 제가 한번 찾아뵐게요."

통화가 끝나자마자 곧바로 벨 소리가 났다. 혁민은 후우 하고 한숨을 내쉬면서 누구인지 확인하지도 못하고 핸드폰을 얼굴에 가져다 댔다. 그런데 최근에 자주 만나지 못했던 반가운 목소리가 들렸다.

"야 인마, 너 어쩐 일이야?"

고등학교 동창인 신용찬의 전화였다. 군대에 가 있어서 휴가 나왔을 때나 만났는데, 이렇게 전화를 하리라고는 생각지도 못했다.

—뭐긴 인마. 오늘 휴가 나왔는데 신문에 니 이름이 떡하니 있길래 전화했지.

보통은 차석의 이름은 나오지 않는데, 1차 때 수석과 차석을 한 사람이 이번에는 순서가 바뀌어서 신문에서 그 사실을 아주 흥미롭게 다루고 있었다.

"너 언제 들어가냐? 함 봐야지."

—내일 괜찮아?

"내일? 어, 괜찮아. 야, 전화 오니까 나중에 내가 연락할게. 집으로 하면 되지?"

—그래, 알았어 인마. 진짜 축하한다.

혁민은 활짝 웃으면서 통화를 마치고 바로 다음 전화를 받았다. 이번에는 혜나의 전화였다. 그녀도 축하한다면서 같이 만나자고 이야기했다.

"내일? 내일은 좀 그런데."

—왜? 나도 모레 저녁에 미국에 가야 해서 오늘이나 내일밖에는 시간 없는데.

"내일은 친구하고 만나기로 했거든."

—그럼 같이 봐. 뭐 어때? 어차피 너 여기저기 불려 다닐 데 많아서 따로 보기는 어려울 거라고 생각했어. 교수님이나 집안 모임이면 어렵겠지만, 친구면 다행이네.

"그래? 뭐, 그럼 같이 봐. 채민이하고 둘이 올 거야?"

—아니, 윤주까지 셋. 이런, 나 급한 일 생겨서 이만 끊을게. 내일 봐.

혁민은 용찬이도 반대하지는 않을 거라 생각하고 있었는데 쉴 틈도 주지 않고 다시 벨 소리가 울렸다.

"와, 진짜 징하다. 태어나서 전화 이렇게 많이 받는 건 처음이네, 처음."

전에 사법시험에 합격했을 때도 이렇진 않았다. 나중에 합격 소식이 알려지자 많이 연락이 오기는 했는데, 이렇게 하루에 우르르 몰리진 않았으니까. 신문에 이름이 난 게 이렇게까지 큰 것이구나 하는 걸 다시 한 번 깨달았다.

그러면서 살짝 후회했다. 시험을 보면서 조금 더 적당히 할 걸 그랬다는 생각이 들었다. 하지만 알고 있는 걸 모르는 척하기가 정말 어려웠다. 적당히 해야겠다는 생각을 하다가도 자기도 모르게 정답을 적어나가고 있는 자신을 발견했다. 중간에 힘을 좀 빼긴 했는데, 부족했던 모양이었다.

'하기야 4일간의 2차 시험 중에서 이틀은 제대로 봤으니까. 이럴 줄 알았으면 아예 더 낮출 걸 그랬네.'

자꾸만 세간의 주목을 받게 되니 부담스럽긴 했지만, 이미 벌어진 일. 그리고 이런 일은 며칠 반짝하다가 사라지는 법이다. 사건 사고는 늘 터진다. 그러니 한 달만 지나도 혁민의 이름을 기억하는 사람은 많지 않을 것이다.

혁민은 또다시 핸드폰을 얼굴에 가져다 댔다.

—어이, 혁민이.

"검사님이 어쩐 일이세요?"

차동출 검사의 전화였다. 그는 걸걸한 목소리로 축하한다고 하고는 본론을 말했다.

—쏘주나 한잔하지? 오늘 어때?

"오늘은 집에 가야 해서요. 죄송해요."

—그래? 그러면 내일이나 모레는?

"내일은 친구들하고 약속 있고 모레는 학교에서 교수님들하고 선약이 잡혀 있어서요."

—그래? 내일 어떤 친구들 만나는데?

차동출은 어지간히 술을 마시고 싶었던 듯 쉽게 물러서지 않았다. 혁민은 온종일 이어진 통화에 지친 목소리로 대답했다.

"고등학교 친구하고 혜나 일당 만나기로 했어요."

그러자 갑자기 차동출의 목소리가 커졌다.

—그래? 거기 윤주도 온대?

"예, 온다고 하던데요. 왜요? 둘이서는 따로 만나지 않아요?"

—어? 뭐 그렇긴 한데, 나도 내일 간다. 그렇게 알어. 알았지?

차동출은 묘한 웃음소리를 남기고는 통화를 끝냈고, 혁민은 그제야 둘 사이에 또 무슨 문제가 있었다는 걸 알 수 있었다.

"에휴. 또 싸웠구만, 또 싸웠어."

혁민은 혀를 차면서 기지개를 켰다. 그리고 내일 참 많은 사람이 모이겠다는 생각이 들었다.

*　*　*

“너는 차 검사님하고는 어떻게 되고 있는 거야?”

“어떻게 되긴. 그냥 똑같지 뭐. 사람이 좋긴 한데, 흐음… 연애는 너무 숙맥이라고 해야 하나?”

미녀 삼총사는 차를 타고 약속 장소로 가는 중이었는데, 자연스럽게 이런저런 이야기가 나왔다. 이채민은 윤주에게 질문했다. 윤주와 차동출 검사의 사이가 영 이상하게 생각되어서였다.

“둘이 사귀는 거는 맞아? 뭐가 그래?”

“글쎄? 이걸 사귀는 거라고 해야 하나? 근데 뭘 했어야 사귄다거나 아니라고 하지.”

윤주는 지금까지 얘기하고 손잡고 걸어 다닌 게 전부라고 말했다. 그나마 손도 최근 들어서 한 번 잡았다고 했다.

앞에서 운전하던 혜나가 그 말을 듣더니 웃어댔다.

“아니 너무 심한 거 아냐? 시간이 얼만데. 지금쯤이면 키스를 했어도 벌써 했겠구만. 기면 기고 아니면 아니지. 그냥 니가 확 해버려.”

“얘는. 연애도 못 하는 애한테 그런 얘기 듣고 싶지 않거든? 그리고 어떻게 여자가 그러니?”

“뭐 어때. 내가 하고 싶으면 하는 거지. 그나저나 채민이 너는 어때? 혁민이하고 스터디 하고 있다며.”

혜나의 말에 윤주가 눈을 빛내면서 채민 쪽으로 몸을 조금

틀었다.

“어머. 또 스터디 같이 한다고?”

“혁민이 시험 끝나고 바로 시작했어.”

윤주는 눈을 초롱초롱 빛내면서 질문했다.

“얘, 그러면 이번에는 진도 좀 나간 거야?”

“흥, 진도는 무슨. 그냥 공부만 열심히 하고 있지.”

이채민은 새초롬한 표정으로 대답했다.

윤주는 기대에 찬 표정을 하고 있다가 실망한 눈치였다. 솔직한 이야기로 친구이긴 했지만, 채민은 굉장히 매력적인 여자였다. 그런 채민이 계속해서 호감을 보이는데도 반응이 없는 혁민이 이해가 되지 않았다.

“걔 좀 이상한 애 아냐? 혹시 남자……?”

“아니야. 그건 아닌 것 같아.”

이채민은 고개를 저었다. 자신도 너무 이상해서 혁민을 잘 살펴보았는데, 지금까지 본 바로는 그런 취향은 아니었다. 이채민은 조금 짜증이 난다는 투로 얘기했다.

“이게 분명히 반응이 있긴 있거든? 왜 그런 거 있잖아. 다른 거 하다가도 가슴이나 허벅지 같은 데 은근슬쩍 쳐다보고 그러는 거. 걔도 분명히 그랬거든? 그리고 왜 표정이 있잖아. 굉장히 끌린다는 그런 표정. 저번에 만났을 때도 내가 분명히 봤거든.”

윤주가 채민의 말에 점점 빠져들어 몸이 아예 그녀를 향해 있었다. 그리고 운전하고 있던 혜나도 궁금한 눈치였다.

"어머, 관심이 아예 없는 건 아닌가 보네. 그래서? 그래서 어떻게 됐는데?"

"그런데 딱 거기까지야."

윤주와 혜나는 동시에 탄식을 내뱉었다. 드라마가 한참 재미있어지려고 하는데 TV가 꺼진 것 같은 느낌이었다.

"왜 그런 거 있잖아. 사극에서 수절하는 여자들이 밤중에 허벅지 찌르면서 참는 거. 약간 그런 거 하고 비슷한 느낌이랄까?"

채민의 말에 혜나가 고개를 갸웃거리면서 중얼거렸다.

"이상하네? 혁민이는 여자 없잖아. 슬기라는 애도 그냥 친구고 지금까지 다른 여자 있다는 얘기는 한 번도 한 적이 없는데?"

"얘들아, 혹시 숨겨놓은 여자 있는 거 아닐까? 이상하잖아. 그 정도면 생긴 것도 보통 이상은 되고 능력 있는데."

다들 고개를 주억거렸다. 이상하기는 이상했다. 아예 여자에게 관심이 없는 거라면 이해할 수 있었다. 하지만 분명히 관심도 있고, 반응도 있는데 이상하게도 거기서 진도가 나가질 않는 거였다.

"혜나야, 니가 만날 때도 비슷해?"

윤주는 혁민과 만난 적이 거의 없어서 그에 대해서 잘 모른다. 하지만 얘기만 들어도 뭔가 좀 이상했다.

"나하고 만날 때? 뭐 비슷한 것 같은데?"

혜나는 언제나 그렇듯 털털하게 대답했다. 혜나는 화장도 잘 하지 않고 옷도 남자처럼 입고 다녔다. 지금도 티에다 청바

지를 입고 거기에 카키색 점퍼를 걸치고 있지 않은가. 보통 여자들이 하고 다니는 복장은 아니었다.

하지만 몸의 볼륨만 따지자면 셋 중에서 혜나가 가장 좋았다. 그래서 은근히 혜나를 좋아하는 남자들이 많았다. 성격도 시원시원하고 술도 좋아해서 주변에 남자가 넘쳐났다. 물론 정식으로 사귄 사람은 없었지만.

"걔 뭐니? 혹시 용기가 없는 거 아닐까?"

윤주는 관심은 있지만, 용기가 없어서 그러는 거 아니냐며 물었다. 하지만 이채민과 혜나의 고개가 동시에 움직였다. 그런 건 아니라고 확실히 느끼고 있었으니까.

"내가 스터디 하자고 하니까 걔가 뭐라고 한 줄 알아?"

"뭐라고 했는데?"

"이 스터디 자기가 손해니까 자기한테 뭐 해줄 거냐고 하더라."

윤주는 눈이 살짝 커지면서 되물었다.

"어머, 어떻게 그런 식으로 얘기를 하니? 그냥 농담같이 한 게 아니고 진짜로? 정색하고?"

이채민은 고개를 끄덕였다. 처음에 이채민도 잘못 들은 줄 알고 되물었을 정도로 당황했었다. 그녀는 그 말을 들었을 때가 머릿속에 떠올랐다.

"뭐? 뭘 해줄 거냐고?"

"그렇잖아. 내가 손해지. 그렇다는 건 너도 잘 알잖아."

혁민의 말은 사실이었다. 인정하고 싶지는 않았지만, 자신이 거의 일방적으로 도움을 받는 모양새라는 건 채민도 느끼고 있었다.

“좋아, 그러면 내가 나중에 니 부탁 들어주는 걸로 해. 내가 그래도 너보다 법조계에 빨리 진출하니까 분명히 도움 되는 게 있을걸?”

이채민은 말을 꺼내고 그 정도면 이야기가 끝날 줄 알았다. 하지만 혁민은 탐탁지 않다는 투로 말했다.

“난 사람 말 같은 건 잘 안 믿는데… 흐음…….”

이채민은 어처구니가 없었다. 그래서 화를 내면서 쏘아붙이려고 했다. 어떻게 그런 말을 할 수가 있느냐면서. 하지만 혁민이 먼저 말을 꺼냈다.

“말보다 니 자존심을 믿을게.”

이채민은 혁민의 말을 어떻게 받아들여야 할지 혼란스러웠다. 화를 내야 하는지, 아니면 그래도 믿는다고 한 것이니 좋다고 해야 할지 갈피를 잡을 수가 없었다. 혁민의 말은 이채민은 자존심이 강하니 자기 말을 지킬 것이라는 말이었다.

‘나쁜 자식.’

그 당시에는 그냥 어물쩍 넘어갔다. 뭐라고 반응하기도 전에 혁민이 스터디를 하자고 하면서 상황이 정리되었다. 그리고 지금까지 스터디를 해오고 있었다. 하지만 생각하면 할수록 자신이 자꾸만 말려드는 것 같아서 짜증스러웠다.

“그래서 어떻게 되었는데?”

이채민은 윤주의 목소리를 듣고 상상의 나래를 벗어나 다시 현실로 돌아왔다.

"어떻게 되긴. 그냥 나중에 부탁 들어주는 걸로 하고 넘어갔지. 아무튼, 걔 용기가 없어서 주저하고 그럴 캐릭터 아냐."

둘의 대화에 혜나도 끼어들었다.

"어, 그거 맞는 것 같다. 나도 생각해 보니까 떠오르는 게 좀 있어. 뭐라고 해야 하지? 음… 그래, 주저하는 게 아니라 참는 거 같았어. 맞아, 참는 거."

"바늘로 허벅지 쿡쿡 찌르면서?"

윤주가 깔깔대며 말했고. 그 말에 다들 웃음보가 터졌다. 셋은 혁민의 이야기로 시간 가는 줄 모르고 대화를 이어갔다.

"그래서 채민이 너는 어떻게 할 건데?"

"뭘 어떻게 해? 그냥 이렇게 지내는 거지. 그렇다고 내가 매달리기라도 해야 해?"

윤주는 절대로 그럴 리는 없다고 생각했다. 자존심 강하기로 유명한 채민이가 그렇게 한다는 건 상상도 되지 않았다. 혜나가 웃으면서 말했다.

"그러니까 일단 사정거리 안에 두고 관리하겠다는 거구나?"

"뭐, 표현이 좀 그렇긴 한데 비슷하지. 가까이에 있어야 기회도 있는 거니까. 그리고 꼭 그런 사이가 아니더라도 실제로도 도움도 되고."

윤주가 그 말을 듣더니 고개를 끄덕였다.

"하기야 아직 어려서 그런 걸 수도 있지 뭐. 공부를 그렇게 하는 애면 남녀 사이 잘 모르고 그럴 것 같기도 하다."

"야, 우리 엄마가 늘 하는 말이 있거든? 김치는 시간이 지나야 익는 거랜다. 혁민이 걔가 아직 덜 익어서 그런 거야, 덜 익어서."

혜나의 이야기에 다들 또다시 웃음보를 터뜨렸다. 혁민이 들었으면 코웃음을 쳤을 그런 얘기였지만, 미녀 삼총사는 혁민이 공부만 하고 아직 어려서 그 방면으로 잘 모르는 거라고 결론지었다.

이제 막 이십 대 중반이 된 나이 어린, 그리고 자존심이 강한 여자들이라 내릴 수 있을 법한 결론이었다.

그렇게 웃고 떠드는 사이에 약속 장소에 도착했고, 셋은 차에서 내렸다.

"어, 여기."

혁민은 셋을 향해서 손을 흔들었다. 혁민도 지금 막 도착해서 가게에 들어가려던 참이었는데 입구에서 마주친 거였다. 혁민의 옆에는 고등학교 동창인 신용찬과 성만하고 슬기가 있었다.

안으로 자리를 옮긴 일행은 예약된 자리로 안내를 받았다. 고깃집이었는데 인테리어를 깔끔하게 해서 카페 같은 분위기가 났다. 자리에 앉으려는데 남자는 남자끼리 여자는 여자끼리 자리를 앉으려 하고 있었다.

"이거 뭐하는 겁니까. 지금 미팅 해요? 한 명 이쪽으로 오고 성만이 형이 저쪽에 가서 앉아요."

"어? 저기에?"

성만은 여자들 사이에 앉으라는 말에 기묘한 표정을 지었다. 좋기는 했는데 대놓고 표현하기는 그렇고, 워낙 미인들이라서 부담스럽기도 했기 때문이었다.

혜나가 일어서더니 혁민의 옆에 철퍼덕 앉았다.

혁민은 엉거주춤하게 일어선 것도 아니고 앉은 것도 아닌 채로 있는 성만에게 자리를 지정해 주었고, 슬기 자리를 용찬의 옆으로 옮기는 것으로 자리 배치를 마무리했다.

그나마 털털한 성격의 혜나를 제외하고는 다들 말이 없었다. 어색한 분위기가 이어지자 혁민은 한 사람씩 소개를 했고, 술잔이 돌기 시작하면서 분위기는 금방 달아올랐다.

"너는 술 안 마셔?"

"운전해야지. 그리고 내일 미국 가야 해서. 그래도 자리가 자리니까 맥주 딱 한 잔만 할까?"

혜나는 글라스에 손을 뻗으면서 말했다.

"무슨 말이야? 얘가 큰일 날 소리 하네."

혁민은 아예 혜나의 앞에 있던 잔을 치워 버렸다. 음주 운전은 절대로 안 된다면서. 혜나가 무슨 말을 하려는데 시끄러운 소리가 들리면서 손님이 한 명 더 도착했다.

"어허허허, 이거 내가 늦었지? 일이 워낙 많아서."

차동출은 자연스럽게 비어 있는 윤주의 옆자리에 앉았다. 윤주는 가볍게 인사만 하고는 살짝 토라진 표정을 지어 보였다.

"자, 자, 여기는 아까부터 계속 얘기했던 차동출 검사님."

혁민은 새로 온 차동출을 소개했고, 유쾌한 성격의 차동출이 분위기를 끌어가면서 자리는 점점 무르익어 갔다.

남녀가 술자리에서 이야기를 나누다 보니 분위기는 좋았다. 토라진 것 같았던 윤주도 차동출과 잠깐 밖에 나가더니 웃으면서 들어왔고, 용찬이는 옆자리에 있는 슬기와 이야기를 계속 나누었다.

성만은 차동출 검사, 이채민 이렇게 둘과 주로 이야기를 나누었다. 아무래도 법이라는 공통 화제를 가지고 있어서인지 말이 잘 통했다. 낙성계약이나 망각범, 공동정범 같은 법률 용어가 난무해서 다른 사람들은 대화에 끼어들 생각도 하지 못했다.

"미국에는 왜 가는데?"

"음악 관련해서 사람도 좀 만나보고 하려고."

"그러면 사업은 그쪽으로 정한 거?"

혜나는 대답 대신 고개를 끄덕였다. 혁민과 몇 차례 다니면서 생각을 음악 쪽으로 굳힌 거였다. 혁민은 알지 못했지만, 원래 혜나는 작은 게임 회사를 시작했었다. 하지만 혁민이 관여하면서 방향이 조금 바뀌었다.

"자. 마시자고! 마셔~"

차동출의 건배 제의에 사람들이 모두 잔을 들었다. 그리고 분위기는 점점 화기애애해졌다. 혁민은 일부러 신경 써서 모든 사람과 골고루 이야기를 나누었는데, 시간이 지날수록 분위기가 쌍쌍이 대화하는 분위기가 되었다.

오늘 잠깐 이야기한다고 남녀 사이가 가까워진다거나 그런 건 아니었지만, 그런 남녀의 모습을 보고 있으니 혁민은 기분이 약간 묘했다. 자신에게 쏠렸던 여자들의 관심이 다른 사람에게로 향하니 조금 섭섭한 기분이 들었다고나 할까.

'이거 나한테 너무 들이댈 때는 곤란했는데, 그러지 않으니까 좀 허전하네…….'

혁민은 사람은 감정은 참 간사한 거라는 걸 느꼈다. 그런 생각을 하니 자신도 모르게 피식 웃음이 나왔다. 그 모습을 본 혜나가 질문을 던졌다.

"너는 여자한테 관심 없어? 여자 별로 안 좋아해?"

"아니? 여자 싫어하는 남자가 어디 있겠냐. 당연히 좋아하지."

"그러면 나중에 결혼도 할 거고?"

"물론이지. 당연히 결혼해야지."

혁민은 율희와의 결혼식을 생각하면서 싱긋 웃었다. 아마도 회귀하기 전 가장 행복했던 순간이었을 것이다. 사법고시에 합격했을 때보다 그 순간이 더 기뻤으니까.

"마음에 드는 사람은 있고?"

"아직은. 때가 되면 만나겠지, 뭐."

다른 사람이야 언젠가는 이상형이 나타날 거라고 받아들이겠지만, 혁민은 다른 뜻으로 말한 거였다. 자신의 배우자가 될 사람이 아직 어려서 시간이 필요하다는 말이었으니까. 물론 그런 사실은 절대로 말할 수 없다. 자신이 생각하는 여자가 지금 초등학생이라고 어떻게 말할 수 있겠는가.

"히야, 너 눈 굉장히 높나 보다? 나중에 누구하고 결혼할지 궁금한데?"

"내가 여기에 있는 사람들은 꼭 초대할게. 그래도 나하고 가장 친한 사람들이니까."

혁민은 결혼식에 여기 있는 사람들은 꼭 초대하리라 생각했다.

* * *

사법시험에 합격하고 나서 거의 반년의 시간이 흘렀다. 하지만 사법연수원에 들어가려면 아직 반년 이상 기다려야 한다. 졸업이 남았으니까.

혁민은 차근차근 준비하면서 시간을 보내고 있었다.

선망의 눈초리. 그것이 어떤 것이라는 걸 혁민은 합격하고 나서 지금까지 숱하게 보았다. 법학과에 다니는 학생들은 물론이고 과외를 하는 학생이나 학부모까지도 그런 시선으로 혁민을 바라보았다.

물론 예전에도 그런 시선을 본 적은 있었다. 사법시험에 합격했을 때, 고시촌에 있던 사람들의 시선이 바로 그랬다. 그런 시선을 받으면 본의 아니게 우쭐하는 경우도 있다. 하지만 혁민은 전과 달라진 게 없었다. 그런 것에 들뜨고 할 이유가 없었으니까.

"지금부터가 시작이라고 봐야지."

혁민이 원하는 길에 이제 첫발을 뗀 정도였다. 그러니 한가하게 사람들의 시선에 정신을 팔고 있을 때가 아니었다. 그리고 그런 걸 떠나서 오늘은 정말 중요한 일을 해야 했다.

혁민은 음식점 앞에서 크게 심호흡을 했다.

인하식당. 봉천동에 위치한 허름한 식당의 이름이었다. 값도 저렴한 편이고 양도 넉넉해서 사람들이 많이 찾는 식당이었다. 하지만 혁민이 온 시간은 오후 네 시. 사람들이 적을 수밖에 없는 시간이었다.

"어서 옵셔."

40대 중반 정도로 보이는 남자가 혁민에게 다가왔다.

혁민은 빈자리로 가서 앉았고 가게를 한 바퀴 둘러보았다. 낡고 세월의 흔적이 느껴지는 그런 물건들로 가게 안이 꽉 차 있었다.

"뭘로 드릴까?"

"여기 양지가 맛있다던데."

혁민의 말에 주인의 눈초리가 살짝 반짝였지만, 순식간에 지워졌다. 그는 가볍게 웃으며 다시 물었다.

"양지머리? 일 인분 드리면 되나?"

"머리야 뭐 먹을 게 있나. 그냥 양지로."

주인은 입맛을 다시면서 이마를 긁었다. 그러자 주방 쪽에 있던 남자 한 명이 칼을 집어 드는 게 보였다.

주인은 몸을 슬슬 움직이면서 이야기했다.

"어떻게 알고 오셨데? 이런 데 올 사람이 아닌 것 같은데."

혁민은 주인이 자신과 입구 사이를 가로막는 걸 알고 있다는 티를 확실하게 낸 뒤, 느긋하게 벽에 기대면서 아주 퉁명스럽게 말했다.

"그런 것까지 얘기해야 하는 데면 아예 오질 않았지. 빨리 본론 들어갑시다. 서로 바쁜 사람들인데."

그 모습을 본 주인은 재미있다는 듯 키득거렸다. 나이도 어려 보이는 친구가 닳고 닳은 사람처럼 굴었기 때문이었다.

"뭐, 그럼 얘기해 보슈. 원하는 게 뭔지."

혁민은 주인에게서 고개를 돌린 채 물을 마시면서 중얼거렸다.

"야 하~ 이거 간을 너무 보시네. 꼭 뒷방 얘기까지 해야 하나?"

혁민의 말에 주인이 고개를 갸웃거렸다. 혁민이 하는 행동이 생김새나 나이와는 어울리지 않았기 때문이었다. 거친 일은 한 번도 해본 적 없는 것같이 보이는 20대 초반의 청년이 너무 능수능란했다.

하지만 어떤 사람이라도 상관없다. 손님으로 온 사람은 그에 걸맞은 대접을 하면 되고, 일을 꾸미러 온 사람도 그에 걸맞은 대접을 하면 되니까. 주인은 주방 쪽에서 괜찮다는 사인이 나오는 걸 보고는 혁민 앞으로 다가갔다.

혁민도 가게 안에서 벌어지는 상황을 유심히 살피고 있었다. 깔끔하게 일하는 곳이라고 알고는 있었지만, 조심해서 나쁠 건 없었으니까. 혁민은 상대를 안심시키기 위해서 이야기를 했다. 그렇다고 상대에게 얕보이면 곤란하니 아무렇지도 않다는 투로.

"꼬리는 붙지 않았으니까 걱정 마시고."

"걱정이야 늘 해야지. 우리들은 그거 안 하면 만수무강에 지장이 많거든."

아까 신호는 동료가 밖을 살피고는 특별히 이상한 건 없다고 신호를 보낸 거였다. 하지만 슬쩍 살펴서야 알 수 없는 일. 의뢰인이 나가고 난 뒤부터 이곳의 일은 본격적으로 시작된다.

주인은 피식 웃으면서 대답하고는 혁민에게 자신을 따라오라고 했다. 그는 혁민을 뒷방으로 데려가면서 슬쩍 물었다.

"그런데 언제 여기 왔었수? 꼭 그런 것 같은 분위기가 나는데?"

"그럴 리가. 이 얼굴 언제 본 적 있나?"

"아니, 뭐 그런 적은 없는데……."

와본 적 있었다. 지금으로부터 훨씬 미래에. 그때는 주변도 꽤 발전했고, 식당도 지금보다 훨씬 깔끔했었다. 하지만 배치는 그대로였다. 주방의 위치와 문이 있는 곳, 그리고 지금 가고 있는 뒷방의 위치까지.

혁민은 주인과 안으로 들어가서는 진짜 이곳의 주인이 있는 장소로 갈 준비를 했다. 주인은 물건들을 치우고 장판을 들어 올린 다음 지하로 통하는 문을 열었다.

먼지를 손으로 저으며 지하로 내려가니 퀴퀴한 냄새가 났다. 눅눅하고 축축한 기분 나쁜 느낌. 혁민과 주인은 철문 앞에 멈추었는데, 인기척이 들리더니 철문 상단부에 있는 자그마한 문이 열렸다.

끼이이이익!!

신경을 긁어대는 소리와 함께 자그마한 문이 열렸고, 그 사이로 환한 빛이 삐져나왔다. 그리고 곧이어 육중한 철문이 끼익거리는 쇳소리와 드드득거리는 땅 긁는 소리를 내면서 열렸다.

혁민은 안으로 들어가서 중앙에 있는 의자에 털썩 앉았고, 바로 앞을 바라보았다. 책상 너머에는 사람이 앉아 있었는데, 등을 묘하게 배치해서 그가 있는 곳은 어둠 속에 묻혀 있었다. 하지만 이미 겪었던 일이라 혁민은 태연스럽게 행동했다.

"거기에 앉으라는 소리를 하지 않았는데?"

"뭐, 여기밖에는 앉을 데가 없어서. 그렇다고 당신 무릎에 앉을 수는 없으니까."

혁민이 어깨를 으쓱거리며 대답하자 같이 온 사람과 어둠 속에 앉아 있는 사람이 동시에 큭큭대며 웃었다. 그리고 또 한 사람. 어둠 속에 앉아 있는 사람의 뒤쪽에 한 사람이 더 있었다. 그리고 그 역시 큭큭대며 웃었다.

"재미있는 친구로군. 그래서 원하는 정보가 뭔가?"

이름도 없는 남자가 이야기했다. 전에도 그랬다. 사람들은 그를 그냥 그 사람이라고 불렀다. 그리고 그 역시 그렇게 불리기를 원했고. 혁민은 잠시 뜸을 들이다가 입을 열었다.

"백 선생! 백 선생이 어디 있는지 알고 싶은데."

"흐음……."

이름 없는 남자. 이름을 밝히기 싫어하는 남자 장중범은 침음성을 내뱉었다. 혁민이 내뱉은 이름은 쉽게 대답할 수 없는 이름이었으니까. 하지만 그는 이내 웃으면서 대꾸했다.

"백 선생? 고등학교 선생인가?"

"하하!! 이거 서로 바쁜 사람들끼리 시간 버리지 맙시다."

이번에는 혁민이 큭큭대면서 대꾸했다.

"백 선생이 누군지는 알 테니 내가 따로 얘기하지 않아도 될 테고, 셈은 시가대로. 오케이?"

"재미있군. 재미있어."

어둠에 가려서 보이지는 않았지만, 혁민은 앉아 있는 남자가 웃고 있다는 걸 알 수 있었다. 하지만 웃음에 즐거움 같은 밝은 게 묻어 있는 건 아니었다. 오히려 섬뜩하고 날카로운, 살이 베일 것 같은 그런 느낌에 가까웠다.

"절반은 오늘, 나머지는 정보 받는 대로. 연식 있고 이름표 없는 애들로 준비하지."

낡은, 일련번호가 연결되지 않는 만 원권으로 준비하겠다는 말이었다. 혁민도 전에 이곳에서 배운 말이었다. 상대는 잠시 말이 없었는데, 혁민은 상대가 자신을 무척 이상하게 보고 있다는 느낌이 들었다.

남자는 생각보다 오래 고민했다. 한참 시간이 흐른 뒤에 그는 입을 열었다. 아주 묵직하고 굵은 목소리가 어둠 속에서 흘러나왔다.

"받아들이지. 대신 시간은 좀 걸릴 수도 있는데……."

"일만 확실하면 시간은 좀 걸려도 상관없지. 1년이면 떡을 치려나?"

"1년까지는 걸리지 않을 테니 걱정 마시고."

"그렇다면야 문제없겠네."

용건을 마친 혁민은 자신을 데려왔던 남자와 함께 밖으로 나갔다. 그리고 잠시 후 그 남자가 다시 안으로 들어왔다.

"어떻게 할까요?"

"그림자 붙여놨지?"

"당연한 거 아닙니까. 그게 일인데요."

"애들 더 붙여서 샅샅이 파봐. 왜 백 선생이란 사람의 뒤를 캐는지 확인부터 하고 어떻게 할지는 그다음에 결정하지."

장중범은 남자가 나가고 난 뒤 조용히 중얼거렸다.

"백 선생한테 한번 연락을 해봐야겠어. 여차하면 이사를 해야 할지도……."

백 선생은 지금 그를 찾고 있는 사람들은 전혀 상상도 하지 못할 곳에서 아주 안전하게 지내고 있다.

"설마 나와 백 선생이 연관이 있는 걸 알고? 아니야, 그걸 아는 사람 중에서 살아 있는 사람은 없어."

방금 나간 자신의 부하도 그 사실은 모르고 있다. 백 선생 쪽에 있던 사람들은 모두 죽었고. 그러니 지금 온 사람이 그걸 알고 자신을 들쑤시러 왔다기보다는 업계에서 가장 실력이 좋아서 왔다고 보는 편이 맞을 것이다.

"파다 보면 뭔가 나오는 게 있겠지."

장중범은 어둠 속에서 중얼거렸다. 묵직한 소리가 방 안을 맴돌았다.

*　　　*　　　*

"자, 각자의 앞날을 위해서!"

차동출이 잔을 들었고 다른 사람도 일제히 위하여라고 외치면서 잔을 들었다. 주변에는 아직 12월 초였지만, 송년회는 사람들로 북적였다. 그런 모습을 보니 어느새 2001년도 끝을 보이고 있다는 걸 실감할 수 있었다.

"올해도 참 일이 많았네."

혁민이 맥주를 쭉 들이켜고는 말했다. 이 자리에는 혁민의 사법시험 2차 합격을 위해 모였던 여덟 명이 그대로 모였다. 모두가 이제는 친해져서 처음과 같은 서먹서먹한 느낌은 찾아볼 수 없었다.

혁민의 말대로 올해에는 정말 많은 일이 있었다. 슬기는 올해 1차에 합격했다. 하지만 2차까지 단번에 합격하기에는 아직 실력이 모자랐다. 그리고 성만도 2차에 불합격했다.

혁민은 슬기를 보면서 이야기했다.

"내년에는 꼭 합격해라."

"잘 모르겠어. 2차 시험은 차원이 다르더라고. 1차는 어떻게든 붙을 수 있을 것 같은데, 2차는 아직 감이 오질 않아. 아무래도 몇 년은 더 해야 하나 봐."

"급하게 생각하지 말고. 실력 꾸준히 늘고 있으니까 잘될 거야. 그나저나 진짜 아쉬운 사람은 따로 있지."

"그러니까. 성만 오빠는 정말 아쉬운 것 같아. 하필 시험 날 컨디션이 안 좋은 바람에……."

성만은 하필 시험 전날 독감에 걸려서 최악의 컨디션으로 시험을 치렀다. 정상 컨디션이어도 될까 말까 한 시험을 그런 몸으로 치렀으니 결과는 뻔했다.

"야, 야. 괜찮아. 어차피 컨디션 좋았어도 어려웠을 거야. 문제 보니까 내가 잘 모르는 것만 나왔더라고."

성만은 허허 웃으면서 말했다. 말이야 그렇게 하고 웃고 있지만, 속도 어디 그러겠는가. 씁쓸함이 얼굴에 남아 있는게 혁민에게는 보였다. 그래도 예전과는 많이 달라졌으니 조만간 좋은 소식이 있을 것도 같았다.

"너는 예비 판사 임용이 가능할 것 같다고?"

"그래. 니 도움이 컸어."

이채민은 성적이 괜찮아서 예비 판사 임용이 될 것 같다고 했다. 혁민은 몰랐지만, 이채민은 원래 검사였었다. 하지만 혁민의 영향으로 상황이 바뀌게 되었다.

신용찬은 평범하게 대학 생활을 하고 있었다. 그리고 차동출과 강윤주는 헤어졌다. 서로 맞지 않는다는 걸 느끼고 좋게 관계를 마무리했다. 지금도 혁민의 눈에 보이는 것처럼 편안하게 이야기를 나눌 정도로 깔끔하게 헤어졌다.

"잘 깨졌지 뭐. 어차피 어울리지도 않았어."

헤나가 둘을 보면서 중얼거렸다.

"그래도 서로 좋게 헤어져서 다행이야."

"서로 깊이 들어간 사이도 아니니까. 깊은 관계가 될수록 상처도 큰 거잖아. 그런 게 없으니까 저렇게 편하게 지낼 수 있겠지, 뭐."

앞에서 이채민이 코웃음을 차면서 말했다.

"하이고, 연애 박사 나셨네. 너나 빨리 남자 만나. 이제 너도 스물다섯이야, 다섯. 내년이면 여섯이고."

"맘에 드는 남자가 없다니까? 맘에 드는 남자 있으면 내가 먼저 확 달려들지."

혁민은 헤나라면 그러고도 남을 것 같다고 생각했다.

"회사는 좀 어때?"

"이제 시작인데 뭐. 사람들은 어느 정도 갖춰졌으니까 연습생부터 뽑아야지."

헤나는 연예기획사를 만들었다. 아직은 걸음마 단계라서 보여줄 게 없다면서 사람들에게 회사를 보여주지도 않았다. 실제로도 보여줄 게 아직은 없었다. 아주 작은 공간에서 시작하는 거였고, 사람도 연습생은 아직 뽑지도 않았으니까.

헤나는 그동안 돌아다니면서 뜻을 함께할 젊고 능력 있는 사람들을 모았다. 시간도 걸리고 아직은 부족한 점이 있는 사람들이었지만, 가지고 있는 꿈마저 작은 건 아니었다.

"야, 너는 연수원 가서 성적 잘 받아. 그래야 내 밑으로 오지."

차동출은 아직도 혁민에게 검사가 되라고 권하고 있었다. 하지만 혁민의 진로는 전부터 이미 확고하게 정해져 있었다.

"저는 변호사 될 거라니까요."

"야, 그러지 말고 잘 생각해 보라니까. 그때 너 하는 거 보니까 너는 그냥 검사가 딱이야, 딱. 검사 체질이라니까."

"아, 몰라요 몰라. 아무리 그래도 전 어차피 변호사 할 거라니까요."

혁민은 연수원에서는 기필코 적당히 해서 무난하게 변호사가 되리라 생각했다. 그렇게 해도 변호사로서 유명세를 떨칠 방법을 미리 생각해 놓았으니까. 방법은 여럿 있었다. 그러니 굳이 연수원 성적에 목을 매지 않아도 되었다.

혁민이 지금 가장 신경 쓰고 있는 건 백 선생이 어디 있는지도 연락이 오지 않는다는 거였다. 이 정도면 연락이 와야 정상이었는데 이상하게 시간을 끌고 있다는 생각이 들었다.

"자, 자, 뭐해?"

차동출이 다시 잔을 들었다.

수석과 차석이라는 1차에서의 결과가 서로 뒤바뀐 혁민과 윤태. 특히 윤태는 전에는 평범한 성적으로 2차에 합격했었는데, 지금은 수석을 차지했다. 게임에서 음악으로 사업 방향이 바뀐 혜나. 검사에서 판사가 된 이채민.

서로 모르는 사이였지만, 지금은 잠깐 만났다가 헤어진 차동출과 강윤주. 전에는 1차도 합격하지 못했었지만, 지금은 1

차에 합격한 슬기, 그리고 전보다는 실력이 좋아진 성만. 그리고 이 사람들과 친하게 된 혁민의 친구 신용찬.

전과는 많은 것이 변했다. 그것이 좋은 일인지 나쁜 일인지는 아직은 알 수 없지만.

"모두의 앞날을 위하여!!!"

"위하여!!!"

힘찬 함성과 웃음소리, 희망과 아쉬움이 한자리에 뒤섞였다. 그리고 거기에는 아직은 때 묻지 않은 젊음과 설렘도 남아 있었다. 혁민은 사람들과 이야기를 하면서 크게 웃었다. 정말 이십 대의 청년처럼.

그리고 한일 월드컵이 열리는 대망의 2002년이 시작되었고, 율희는 중학교에 입학했다.

Chapter 2
사법연수원

2002년 3월 2일. 사법연수원이 서초동에서 일산으로 이전한 후 처음 입소식이 진행되는 날이었다. 청사는 신축 건물이라 그런지 무척 깔끔하고 세련되어 보였는데, 수많은 사람으로 북적이고 있었다.

연수생이나 가족들이나 신기한 표정으로 여기저기를 두리번거리고 있었고, 디지털 카메라로 사진을 찍는 모습도 쉽게 볼 수 있었다. 연수생이나 그 가족이나 대부분 짙은 색 정장을 입고 있었는데, 사람들의 얼굴에는 기쁨과 설렘의 기운이 한가득 들어 있었다.

"시간 돼서 저 들어가 봐야 할 것 같아요."

아홉 시가 되어가자 혁민은 같이 온 가족과 친척들에게 양해를 구했다. 혁민의 주위에는 명절 때보다도 더 친척들이 바글거리고 있었다. 평일이었다면 그나마 덜했을 것 같은데, 오늘이 토요일이라서 그런 거였다.

"아이고, 그래, 어여 들어가 봐라."

어머니가 혁민의 어깨를 쓰다듬으면서 이야기했고, 이모와 고모들은 혁민의 손을 잡으면서 어쩌면 이렇게 장하냐는 말을 연발했다. 아버지는 별다른 말은 하지 않았는데, 계속해서 웃는 모습만 봐도 어떤 생각을 하고 있는지 알 수 있을 것 같았다.

'아버지도 참, 좋으면 좋다고 얘기를 하시지.'

혁민은 자신을 흐뭇하게 쳐다보는 부모님과 부러운 눈초리로 바라보는 친척들을 뒤로하고 건물 안으로 들어갔다. 제33기 사법연수생 임명식장이라고 큼지막한 글씨가 쓰여 있는 1층 대강당. 시간이 거의 되어서인지 대강당 안은 천 명에 가까운 연수생으로 가득 차 있었다.

솔직한 이야기로 임명식은 조금 지루했다. 단상에서 이야기하는 것도 뻔한 말이었고, 한번 경험해 보아서인지 감흥 같은 것도 느껴지지 않았다.

'아니, 예전에는 학교에서 지루하게 연설하는 법을 따로 배웠나? 어떻게 연설만 했다 하면 지루해 죽겠네 아주.'

혁민은 이런 자리에 앞에 나가서 마이크를 잡는 사람들은 왜 하나같이 지루한 이야기를 하게 되는지 신기할 따름이었다. 그래서 연설은 듣지 않고 주변을 둘러보았다. 그의 눈에는 기자들이 열심히 플래시를 터뜨리면서 취재를 하고 있는 게 보였다.

그 모습을 보면서 혁민은 이번에는 확실하게 중간 정도만 유지하리라 마음먹었다. 안 그래도 자신에게 은근히 손을 뻗는 사람들이 있었다. 김태구 교수와 차동출 검사가 그랬다. 그 두 사람이야 사법개혁 모임의 일원이니 큰 상관 없었다.

어차피 친분을 다질 생각이었으니 오히려 잘된 것일 수도 있다. 하지만 그들 말고도 관심을 보이는 사람들이 있었다.

1차 수석이고 2차 차석. 당연히 주목을 받을 수밖에 없었다. 아직까지야 관심을 보이는 정도였지만, 연수원 성적까지 좋으면 움직임이 더 활발해질 것이다.

"변호사 개업해서 자리 잡기 전까지는 조용히 있어야지."

두각을 나타내면 법조계에 영향력 있는 인물들이 눈여겨볼 테고, 그런 사람들은 대개 상대를 자기 뜻대로 움직이려 한다. 그러니 아예 지금은 그들의 눈에 들지 않는 편이 좋다. 아직은 혁민이 힘이 없었으니까.

지루한 연설을 듣는 대신 그런 생각을 하다 보니 그렇게 지루했던 임명식도 끝이 났다. 혁민은 고개를 절레절레 저으며 식이 끝나자마자 밖으로 나왔는데, 거기서 반가운 얼굴을 만났다.

"어? PD님, 여긴 어쩐 일이세요?"

"이야, 혁민 군. 안 그래도 내가 찾고 있었는데 잘됐네."

혁민과 안면이 있는 윤종연 PD였다. 애산 법정변론 경연대회에서도 인터뷰했었고, 그 이후 사법고시 관련해서 촬영할 때도 혁민의 도움을 받은 적이 있는 그 PD.

“오늘은 뭐 찍으시는 건데요?”

“뭐 법조계 관련된 건데 나중에 방송하게 되면 알려줄게.”

“PD님은 법조계 관련된 것만 찍으시는 것 같네요?”

“에이, 그런 건 아닌데 어쩌다 보니 자주 하게 되네?”

그는 보도 관련해서 제대로 일했으면 하는데 기회가 잘 오지 않는다면서 투덜거렸다.

“그럼 잠깐 인터뷰 좀 딸게. 요령은 잘 알지?”

“그럼요. 인터뷰 한두 번 하나요.”

윤종연 PD는 이번이 세 번째 인터뷰라는 혁민의 농담을 알아듣고는 킥킥댔다. 짧은 인터뷰를 마치고 PD는 다른 연수생을 인터뷰하러 움직였고, 혁민은 가족들을 향해서 걸음을 옮겼다.

친척들은 건물 안 여기저기를 신기한 듯 구경하고 있었다. 혁민이 오자 곧바로 함께 식사하러 움직이려고 했는데 아버지와 어머니의 의견이 엇갈렸다.

“그래도 오늘 같은 날은 나가서 좋은 거 먹어야지.”

“아유, 이 양반은. 우리가 언제 여기서 밥을 먹어보겠어요. 오늘 같은 날이나 한번 먹어보는 거지. 그러지 말고 여기서 먹자구요.”

아버지는 근사한 곳에 가서 먹자는 거였고, 어머니는 구내식당에서 먹자는 거였다. 아버지야 오늘 같은 날 기분 좋게 한턱내고 싶으신 것일 테고, 어머니는 아들이 앞으로 2년 동안 밥을 먹을 곳이니 어떤 곳인지, 맛은 있는지 직접 확인하고 싶은 마음일 것이다.

주변을 보니 나가서 먹는 사람도 있었고, 구내식당을 이용하는 사람도 있었다. 밖으로 나가는 사람이 더 많은 것 같았지만, 혁민 가족은 구내식당으로 향했다. 원래 나이가 들수록 아내의 발언권이 강해지는 법 아니던가.

"자세한 건 여기서 얘기하기 좀 그렇구요, 나중에 문제 생기면 얘기하세요. 제가 아는 데까지는 알려 드릴게요."

혁민은 식사 내내 이런저런 질문에 답해야 했다. 친척들은 그동안 궁금했던 걸 시시콜콜 물어봤는데, 나중에는 약간 귀찮다는 느낌까지 들었다. 오늘 온 친척들이 많았고, 대답하는 건 혁민 혼자였으니까.

하지만 오늘은 특별한 날 아닌가. 혁민이 대답할 때마다 흐뭇해지는 아버지와 어머니의 표정을 봐서라도 기분 좋게 대답할 수 있었다. 하지만 밥은 엄청나게 빨리 먹었다. 빨리 식사를 마치면 질문을 피해 자연스럽게 밖으로 나갈 수 있었기 때문이었다.

"얘, 맛도 그 정도면 괜찮더라."

"맞아요, 언니. 판검사 될 사람들 공부하는 데라서 그런지 신경 많이 썼네."

"아유, 이런 데면 매일 먹어도 좋겠어요. 호호호."

질문이 끝났다고 상황이 좋아진 건 아니었다. 어머니를 비롯한 이모와 고모들이 모여서 수선을 떨었고, 혁민은 이리저리 끌려다니면서 같이 사진을 찍어야 했다. 이런 상황에 익숙지 않아서 약간 불편하기도 했다.

하지만 이런 불편함마저 즐거운 날이었다. 그리고 그런 건 이곳에 있는 모두가 느끼고 있는 것 같았다.

아직은 쌀쌀한 감이 약간 있었지만, 날씨가 좋아서 사진 찍기에는 그만인 날이었다. 주변에 있는 다른 연수원생도 가족, 친척들과 즐거운 시간을 보내기에 여념이 없었다.

혁민은 잠시 쉬는 동안 주변을 둘러보았다.

자글자글한 주름이 가득한 눈에도, 뽀글뽀글 파마머리를 한 아주머니의 얼굴에도, 희끗희끗한 머리를 한 아저씨의 표정에도 환한 웃음이 넘쳐흘렀다.

"좋네, 이런 느낌."

혁민은 앞으로도 이런 기분을 느끼면서 계속 살 수 있으면 참 좋겠다고 생각했다. 혁민은 다시 친척들에게로 다가갔다. 그리고 함께 시간을 보냈다. 그리고 아쉬워하는 친척들과 작별을 고하고는 사법연수원 안으로 들어왔다. 아직 일정이 남아 있었기 때문이었다.

"사실 어제 고향에서 친구들이 올라와서 술을 엄청 먹었거든요. 그래서 아직 정신이 하나도 없습니다."

"저는 외무고시 준비하다가 떨어지고 직장에 잠깐 다녔었는데, 도저히 이건 아니다 싶더라고요. 그래서 다시 사시 준비해서……."

배정된 반으로 간 혁민은 임명장을 받고 자기소개의 시간을 가졌다. 정말 나이도 제각각이고 사연도 다 다른 사람들. 개중에는 재치 있는 사람도 있었고, 바짝 긴장해서 실수를 연발하는 사람도 있었다.

아직은 다들 약간 어리둥절해하는 분위기였다. 대학교 신입생이나 군대 신병 같은 느낌이랄까. 군대보다는 대학교 신입생이 더 비슷한 것 같았다. 앞으로 무슨 일이 벌어질까 궁금해하고 기대를 하는 마음은 있었지만, 두려움 같은 감정은 거의 없었으니까.

그리고 이어지는 회식. 연수원 초반에는 서로 빨리 친해지라는 의미에서 다양한 행사가 있다. 그리고 첫날 회식도 그런 의미에서 하는 자리였다.

상황에 따라서 조별로 모이기도 하고 넓은 장소를 빌려 반이 통째로 회식을 하기도 했는데, 혁민이 속한 5반은 반 전체가 모여서 회식을 했다.

"어때요? 소개도 하고 진솔하게 이야기를 하니 좀 가까워진 것 같지 않아요?"

지도 교수가 흐뭇한 표정으로 후배들을 바라보면서 이야기를 꺼냈다. 혁민이 둘러보니 정말 아까 교실에서 소개할 때와는 분위기가 확연히 달랐다. 아까는 서로 서먹서먹해하는 분위기가 있었는데, 어느새 그런 게 많이 없어져 있었다.

주로 하는 이야기는 그동안 힘들게 공부한 이야기였다. 고시생이 합격하기 전까지 느끼는 중압감은 다른 사람들은 절대

모른다. 고시생은 백수나 마찬가지다. 거기서 벗어나지 못할 수도 있다는 공포는 정말 끔찍하다.

그런 이야기를 나누니 서로 쉽게 공감할 수 있었다. 모두가 그런 과정을 거친 사람들이었으니까. 동질감이나 동료의식 같은 게 저절로 피어났다. 혁민도 지금은 그러지 않았지만, 예전에 고생했던 경험이 있어서 사람들과 자연스럽게 이야기할 수 있었다.

'이런 분위기는 체육대회 때까지지.'

앞으로 어떤 일이 벌어질지 혁민은 알고 있었다. 지금이야 이렇게 다정하게 이야기도 나누고 그러지만 조금만 지나면 하루가 어떻게 갔는지도 알지 못할 정도로 정신없게 될 것이다. 그게 진정한 연수원 생활이다.

하지만 혁민은 적당한 성적을 유지할 생각이었기 때문에 여유로운 생활을 즐기리라 꿈꾸고 있었다.

* * *

연수원에서의 첫 주는 각 분야 유명 인사의 특강으로 채워졌다. 인원이 거의 천 명이나 되어서 강의는 대강당에서 진행되었다.

"어디 보자."

혁민은 자신의 자리를 찾아 움직였다. 인원이 인원이다 보니 출석을 부를 수도 없었다. 그래서 지정된 좌석이 있었다. 많아서 잘 보이지 않을 것처럼 보이지만, 빈자리는 아주 잘 보인다.

혁민은 자리에 앉아서 주변을 둘러보았다. 연수원생들은 대부분 아직 연수원 생활이라는 게 실감이 나지 않는 표정이었다.

'하기야 아직은 여유 있을 때지.'

명사들의 강의라는 게 다 그렇다. 아주 좋은 내용이다. 하지만 강의 내용이 좋다고 집중이 잘되는 건 아니다. 처음에는 강의에 집중하던 사람들도 시간이 지나자 조금씩 풀어지고 있었다.

그런데 개중에 유독 자세가 흐트러지지 않고 집중하는 사람이 몇 있었는데, 그중 한 명이 윤태였다. 윤태는 혁민이 앉은 자리에서 열 명 정도 우측 옆에 앉아 있었는데, 정말 모범생의 피를 타고난 사람이라는 생각이 들었다.

'로봇이네, 로봇. 공부하는 로봇. 하기야 저러니까 그런 성적을 내는 거겠지.'

인간이면 지금 이 강의가 지루하지 않을 수 없는데도 저런 꼿꼿한 자세와 맑은 눈을 유지하다니 놀라울 따름이었다. 혁민은 고개를 절레절레 흔들었다. 자신은 죽었다가 깨나도 저렇게는 되지 못할 것 같아서였다.

혁민은 강의가 끝나자마자 밖으로 나왔다. 졸음이 쏟아져서 까딱했으면 잠이 들 뻔했는데 가까스로 버텼다. 그나마 시원한 공기를 마시니 정신이 돌아오는 느낌이었다.

잠깐 맑은 공기를 폐 속으로 밀어 넣고 있는데 몸이 부르르 떨렸다. 핸드폰 진동. 얼른 꺼내보니 어머니의 전화였다.

"예, 저예요. 어쩐 일이세요?"

—지금 수업 중 아니지? 너 쉬는 시간 맞춰서 전화했는데 괜찮은 거지?

"그럼요. 수업 중이면 전화 제가 안 받죠."

어머니는 시골에 아는 할머니 한 분이 연락해 왔는데 물어볼 게 있다는 거였다. 아주 억울한 일이 있다면서. 사법고시에 합격했다는 소식이 알려지고 나서 부모님에게 이런 질문을 하는 사람들이 종종 있었다.

"무슨 일인데요?"

이야기인즉슨 원래 다른 사람 땅인 줄 알았는데, 알고 보니 그게 할머니 땅이었다는 거였다. 마침 돈이 필요해서 그 땅을 팔려고 했는데, 그 땅에 살던 동네 주민이 자기 땅이라고 소송을 했다는 거였다.

—애, 그게 말이 되는 거니? 자기 땅 아니면 당연히 돌려줘야지. 사람이 양심도 없이 말이야.

혁민은 곧바로 질문했다.

"거기 살던 사람은 언제부터 살았다는데요?"

—20년도 넘었다던데?

"아~ 그러면 점유취득시효가 완성된 건데."

—점유 뭐?

"아, 그건 그냥 법률 용어예요. 그것보다 얘기 들어보니까 어렵겠는데요?"

어머니 목소리가 갑자기 커졌다.

—그게 무슨 소리니? 그거 완전히 도둑놈이잖니. 남의 땅에서 그동안 잘 살고 농사까지 지어먹었으면 오히려 감사하다고 돈을 줘도 모자랄 판인데.

"저기 어머니, 저도 그렇게 생각은 하는데요, 법적으로는 조금 다르거든요."

—법이 뭐 그러니?

혁민은 아무 소리도 못 하고 듣고만 있었다. 어머니는 무슨 법이 그따위냐며 계속 화를 냈다. 펄쩍 뛰면서 흥분해서 말하는 모습이 혁민의 머릿속에 그려졌다. 한참을 그러다 흥분을 조금 가라앉힌 어머니는 여전히 화가 가라앉지 않은 목소리로 이야기했다.

—저기 내일 할머니가 오신다니까 저녁에 잠깐 연수원 근처로 갈게. 얘기라도 좀 들어보고 어떻게 좀 해봐라.

어머니의 통사정에 혁민은 알았다고 대답할 수밖에 없었다. 어머니의 부탁을 어떻게 거절할 수 있겠는가.

"알았어요. 내일 오시면서 연락 주세요. 하지만 법적으로 어쩔 수 없는 건 저도 어떻게 할 수 없어요. 그러니까 너무 기대는 마세요."

혁민은 다시 수업을 시작할 시간이라 통화를 마치고 대강당으로 부리나케 들어갔다.

*　　*　　*

“이거, 정말 오랜만이야. 미안하네. 내가 좀 늦었지? 시간 내기가 워낙 어려워서 말이야.”

문을 열고 들어온 김문환 부장판사는 사람들을 향해 웃으면서 이야기했다. 그러자 이미 자리에 와 있던 사람들 예닐곱 명이 일제히 일어나면서 김문환에게 인사를 했다.

“무슨 말씀을 그렇게 하십니까, 선배님. 저희가 자주 연락을 드렸어야 하는데 그러지 못해서 죄송하죠.”

김문환을 제외하고는 가장 나이도 많고 서열도 높은 고인수 차장검사가 상석으로 그를 안내하면서 말했다.

“다들 고생이 많지? 내가 소식은 듣고 있네.”

“저희야 무슨 고생이랄 게 있겠습니까. 선배님이 고생이시죠. 법원장으로 가셨어도 벌써 가셨어야 하는데…….”

고인수 차장검사의 말에 다들 분노한 표정이었다. 사실 김문환 부장판사가 받는 대우가 바로 자신들이 겪고 있는 현실이었으니까. 사법개혁 모임은 법조계에서 비주류였다. 지금 주류라고 불리는 라인들에 비하면 파워도 인력도 부족했다.

그런 데다가 그들이 주장하는 바가 무엇인가. 가진 자에게 유리하게 되어 있는 법과 체계를 개혁해야 한다는 것 아닌가. 그러니 권력자들이 좋아할 리가 없다. 당연히 모임의 멤버는 승진에도 불이익을 받았다.

그래서 사법개혁 모임의 수장이라고 할 수 있는 김문환은 법원장이 되고도 남았을 인물인데 아직도 부장판사에 머무르고 있었다. 모임의 분위기는 자연스럽게 지금 세태를 성토하는 분위기가 되었다.

"고 차장. 자네는 이번에 법무부로 발령이 날 거야. 기획조정실장으로."

김문환은 술을 한 잔 쭉 마시고는 이야기를 툭 던졌다. 그 말을 듣고 옆에 앉아 있던 고인수 차장검사의 고개가 홱 돌아갔다.

"선배님. 안 됩니다."

"또 양보하시다니요. 이건 아닙니다. 이제는 선배님이 올라가셔야죠."

사람들이 분개한 표정으로 떠들어댔다. 기획조정실장이면 상당한 요직이다. 그런 자리에 비주류인 사법개혁 모임의 인물이 등용된다? 상식적으로 있을 수 없는 이야기이다. 그것이 가능해지려면 당연히 반대급부가 있어야 한다.

사람들은 김문환이 또 거래했다는 걸 알 수 있었다. 자신이 법원장에 오르지 못한 걸 문제 삼지 않는 대신 다른 사람을 올리게 한 것이다. 김문환도 법조계에서 나름대로 영향력 있는 인물이다. 그가 문제를 제기하면서 움직이면 여러모로 골치아파진다.

김문환은 그런 점을 최대한 활용하고 있었다. 자신이 위로 오르는 걸 포기하는 대신 능력 있는 후배들을 끌어올리고 있었다. 그런 거래를 탐탁지 않게 생각하는 사람도 있었지만, 그렇게라도 하지 않으면 모임의 미래가 없다는 생각에서였다.

"아무나 올라가면 되는 거지. 우리 뜻을 제대로 펼치려면 일단 힘이 있어야 해. 힘없는 정의는 공허한 메아리만도 못한 거라는 거, 잘 알지 않나."

"그래도 이건 아닙니다, 선배님. 이게 벌써 몇 번쨉니까?"

김문환은 허허 웃으면서 말했다.

"자네들이 더 높이 올라가서 날 끌어주면 될 거 아닌가."

고인수 차장검사는 술을 단숨에 털어 넣고는 이야기했다.

"그러겠습니다. 반드시 살아남아서 더 위로 올라가겠습니다. 반드시!"

"그러게. 꼭 살아남게. 다들 살아서 더 높은 곳으로 가. 높은 곳에서 외쳐야 멀리까지 들리니까."

김문환의 목소리는 살짝 떨리고 있었다. 아직은 힘이 미약했다. 아무리 좋은 의도를 가지고 있어도 힘이 없으면 아무런 소용이 없는 게 현실이다. 그래도 그나마 지금과 같은 세를 만들 수 있었던 것은 많은 동료의 희생과 노력이 있었기 때문이었다.

아직은 미약하지만 무시할 수만은 없는 그런 세력. 그게 바로 사법개혁 모임의 현주소였다. 그 정도가 되니까 김문환이 다른 라인과 협상도 할 수 있는 거였다. 아예 존재감이 없으면 누가 말이나 들어주겠는가.

여기까지 온 것만 해도 정말 힘겨운 시간이었다. 온갖 역경을 헤치고 올라온 자리. 김문환은 지금 이 정도에서 만족할 수 없었다. 그는 멤버들의 표정을 살폈다. 다들 씁쓸해하는 게 보였다. 씀바귀를 한 움큼 먹은 듯한 표정.

'하기야 먹는 게 쓰다 한들 세상의 쓴맛보다 더할까.'

모임의 멤버들이 가지고 있는 이상이 높다 보니 더 그럴 것이다. 그 이상을 제대로 펼치지 못하니 현실이 더 초라하다고 느껴질 것이다. 하지만 때는 반드시 올 것이다.

"자, 무거운 얘기는 털어버리고 한잔들 하지."

김문환은 건배를 제의했고 사람들은 결연한 표정을 지으며 잔을 들었다. 술을 마신 뒤 김문환은 사람들로부터 법조계 돌아가는 이야기를 듣다가 화제를 돌렸다.

"그것보다 요즘은 우리 모임에 들어오겠다는 사람이 너무 없구만. 안 그런가?"

"아… 그게……."

사람들의 표정이 좋지 않았다. 사실 이런 비주류 모임에 누가 들어오고 싶겠는가. 뜻있는 젊은 법조인들이 간혹 들어오기는 했는데, 수도 적고 그나마 오래 버티지도 못했다.

"능력 있고 젊은 친구들이 많이 있어야 하는데……."

"다들 알아보고 있긴 한데… 요즘 워낙 다른 라인으로부터 견제가 심해서……."

가장 가슴 아픈 건 능력이 있는 사람들은 들어왔다가도 현실의 벽을 실감하고는 나가 버리는 거였다. 그런 사람을 뭐라고 할 수도 없었다. 자신들과 같이 모든 걸 희생하면서까지 살아가라고 강요할 수는 없었으니까.

특별한 과오가 없다면 법원이나 검찰에서 지금 하고 있는 일을 계속할 수는 있을 것이다. 하지만 일정 지위 이상 오르는 건 포기해야 한다. 승진이라는 게 실력만으로 되는 게 아니기 때문이었다.

그런 길을 오로지 신념 한 가지만 믿고 걸어가라고 하는 건 쉽지 않은 일이다. 그래서 아깝지만 보내야 했던 사람들이 꽤 있었다. 다시 다들 표정이 어두워지자 김문환이 웃으면서 잔을 들었다.

"우리가 힘들었던 게 이번이 처음도 아니지 않은가. 그런데 표정들이 왜 그래? 우리가 언제 어렵지 않은 적이 있었나?"

고인수 차장검사가 옆에서 웃으면서 말을 덧붙였다.

"음식점에 가니 그런 얘기를 하더군요. 요즘 경기가 안 좋다고 하니까 언제 경기 좋은 적 있었냐고요. 그네들 사는 게 꼭 우리 같습니다."

"그런가? 그러면 우리가 잘되면 그네들도 살기 좀 좋아지려나?"

김문환은 그렇게 말하자 사람들이 웃으면서 일제히 잔을 들어 건배했다.

그렇게 사법개혁 모임 사람들이 이야기를 나누고 있던 시각, 혁민은 어머니와 한 노파를 만나고 있었다.

"아이고오, 변호사 양반. 내 아들 좀 살려주시구랴."

허리가 구부정한 노파는 혁민을 만나자마자 손부터 덥석 잡았다. 손을 잡은 힘이 어찌나 세던지 손이 저릴 정도였다. 혁민은 일단 진정하라고 말하면서 어머니와 노파를 근처에 있는 카페로 데리고 갔다.

"어떻게 된 일인지 차분하게 얘기해 보세요. 무슨 일인지 정확하게 알아야 제가 뭐라고 얘기해 드릴 수가 있어요."

"그게 말이유, 에이구구구. 그 나쁜 놈이……."

이야기를 들어보니 딱하기는 했다. 노파는 수술비를 마련하기 위해서 땅을 팔려고 했다. 아들이 교통사고를 당해서 수술비가 필요했기 때문이었다. 그래서 어디를 내놓을까 알아보다가 다른 사람의 땅이라고 알고 있었던 곳이 사실은 자신의 땅이었음을 알게 된 거였다.

"영감이 죽고 나서 어디 정신이 있었어야지. 그리고 나는 영감 재산이 어디에 있는지도 잘 몰랐어."

이야기가 좀 왔다 갔다 해서 정확하게 파악하기는 어려웠지만, 21년 전에 남편과 사별하면서 문제가 시작된 듯했다.

"그 빌어먹을 영감탱이가 제대로 얘기를 안 해주는 바람에. 어이구우, 그 영감탱이 지금 같았으면 그냥……."

노파는 흥분해서 주먹을 쥐고는 몸을 들썩들썩했다. 얘기를 들어보니 서류상으로는 노파의 소유였지만 본인은 전혀 모르고 있었고, 바로 옆에 살던 김 씨가 자기 땅인 양 사용한 거였다.

"얘, 이게 말이 안 되잖니. 자기 땅인데 그걸 다른 사람이 자기 땅인 것처럼 사용했다고 해서 그 사람 땅이 된다니."

어머니는 덩달아 흥분해서 따지듯 이야기했다. 다른 사람이 억울한 일을 당하면 자기 일처럼 흥분하는 건 아버지나 어머니나 비슷했다. 나서서 도와주려고 하는 건 어머니가 조금 더 적극적이었고.

억울한 일을 당했다며 사람들이 찾아왔을 때 거절하지 못한 혁민의 성격이 어디서 나왔겠는가. 다 부모로부터 물려받은 거였다. 물론 지금은 조금 변하긴 했지만, 부모님은 여전했다.

"민법에 점유취득시효라는 게 있거든요."

민법 제245조에는 20년간 소유의 의사로 평온, 공연하게 부동산을 점유하는 자는 등기함으로써 그 소유권을 취득한다고 되어 있다.

쉽게 바꾸어 말하면 20년 동안 그 땅의 주인이라고 생각하고 소유하고 있었고, 땅을 차지하기 위해서 폭력과 행위를 사용하지 않았고, 그 땅을 자신이 차지하고 있다는 걸 숨기지도 않았으면 등기만 하면 그 사람의 소유가 된다는 뜻이라고 혁민은 말했다. 혁민으로서는 최대한 쉽게 이해할 수 있도록 단어를 선택해서 설명한 거였다.

"이제 좀 아시겠죠?"

하지만 쉽게 풀어서 설명했어도 두 분은 이해하지 못했다. 말 자체를 이해하지 못한 것도 약간 있었지만, 그것보다는 도저히 이해가 되지 않는다는 표정이었다.

"그게 말이 되는가? 남의 땅이라도 가지고 이십 년 동안 내 땅이네 하면 내 땅이 된다고? 그런 게 정말 법이라고?"

노파는 도저히 이해가 안 된다는 듯 말했다. 너무 황당해서 화도 내지 못하는 그런 표정. 혁민은 노파가 그러는 게 이해되었다. 사실 점유취득시효는 혁민도 이해는 하면서도 문제의 소지가 있는 많은 부분이라고 생각하고 있었다.

하지만 여기서 깊은 이야기를 할 수는 없다. 어머니와 노파 앞에서 법적 안정성 같은 개념을 이야기해서 뭐하겠는가.

"일단 몇 가지 제가 확인을 할게요."

자료를 검토해야겠지만, 지금은 그럴 수 없으니 일단 이야기만 들어보았다. 일단 김 씨라는 사람이 거기서 살면서 농사를 지은 건 맞다고 했다. 그리고 기간은 21년 정도 되었다.

"내가 그런 걸 어떻게 알긋나. 이번에 등기분가? 뭔가 띠어보니까 있더라니까. 살면서 언제 그런 거 띠어보고 그러나. 농사일하기도 바쁜데."

노파는 한숨을 푹 내쉬었다. 그 땅이 있어야 수술비를 마련할 텐데 걱정이라면서. 하지만 아주 곤란한 상황이었다.

"그러니까 동네 사람들도 그 땅이 김 씨 땅인 줄 알았다, 이거죠?"

"그기서 살면서 계속 있었으니까 다 그런 줄 알지."

본인도 자기 땅인 줄 알았다고 하고 있고, 동네 사람들도 그렇게 알고 있었다. 그리고 그 자리에서 계속해서 살았고. 그런데 어머니가 재미있는 이야기를 했다.

"원래는 거기가 아무것도 아닌 땅이었거든. 그런데 오 년쯤 전인가? 바로 앞으로 도로가 들어서면서 거기 땅값이 엄청나게 뛰었대."

밭값도 많이 올랐지만, 그것보다 집터가 굉장히 비싸졌다고 했다. 그 이야기를 들으니 의심이 더 커지긴 했다.

'점유취득시효가 완성되자마자 소유권이전등기청구를 한 걸 보면 모르고 있다가 우연히 알게 된 것 같지는 않은데…….'

어머니는 확신하듯 이야기했다.

"내가 보기에는 김 씨라는 사람이 이건 무조건 알고 있었던 거야. 이 할머니가 아무것도 모르니까 할아버지 돌아가셨을 때 땅을 슬쩍한 거지."

"제 생각도 비슷하긴 해요. 정황상으로 볼 때 그럴 가능성이 있죠. 문제는 증거가 없다는 건데."

조언만 해야겠다고 생각했지만, 막상 사건을 접하니 손이 근질거렸다. 사법시험 문제를 풀 때도 그러더니 이런 일만 접하면 자신도 모르게 끓어올랐다. 혁민은 마음을 가라앉히고 법적으로는 어렵겠다는 말을 하려고 했다.

그런데 말을 하려는데 노파가 혁민을 쳐다보았다. 간절함이 절절 흐르는 그런 표정으로. 혁민은 그 얼굴이 갑자기 낯익다는 느낌이 들었다.

'아, 그 부적을 준 할머니.'

그 할머니의 표정과 판박이였다. 얼굴 생김새는 전혀 달랐지만, 그 느낌은 같았다. 아들을 위해서 무엇이라도 할 것 같은, 그리고 아들 걱정에 가슴이 메어지도록 괴로워하는 그런 표정. 혁민은 마음을 다잡고 다시 질문했다.

"할머니 혹시……."

혁민은 이것저것 물어보았다. 서류까지 자세히 검토할 수 없으니 최대한 사건에 대해서 자세히 파악할 수 있게 질문을 던졌다. 그리고 자신이 할 수 있는 최선의 방법을 알려주었다.

"그런데 하실 수 있겠어요?"

혁민의 말에 노파가 희미하게 웃으면서 이야기했다.

"애미는 지 자식 살릴 수 있다고 하믄 손도 끊어 줄 수 있는 거여."

혁민은 잠시 멍한 표정이 되었다. 어머니와 노파가 가고 나서도 그 말이 준 여운이 남았다. 저런 말을 아무렇지 않게 할 수 있다는 게 얼마나 대단한 일인가. 혁민은 율희 생각이 났다. 율희가 자신에게 얼마나 헌신했는지가 떠올랐다. 그 생각은 방에 와서까지 이어졌다.

"율희야, 조금만 기다려."

혁민은 자신이 생각한 목표를 반드시 이루고 율희와 행복하게 살아야겠다는 다짐을 다시 한 번 했다. 그리고 노파에 관한 걱정도 조금 들었다.

* * *

'뭐지? 평소와는 뭔가 다른 것 같은데…….'

이채민은 오랜만에 혁민을 만나서 이야기를 나누다가 무언가 위화감 같은 걸 느꼈다. 자신은 예비 판사 일을 하느라, 혁민은 연수원 생활을 하느라 만나지 못하다가 오랜만에 만나서 그런 걸까 싶었는데, 그건 아닌 듯했다.

"야~ MT 가니까 좋긴 하더라."

혁민은 첫 주에 MT 간 이야기를 했고 이채민도 2년 전을 떠올리며 고개를 끄덕였다. 사법연수원 입소 첫 주에 MT를 가는 게 사법연수원 전통이다. 물론 사정에 따라서 한 주 정도 늦게 가기도 하지만 대부분은 첫 주에 MT를 간다.

그것도 빨리 조원들끼리 친해지라는 의미에서 하는 거였는데, MT라고 하니 다들 설레했다. 사법고시 공부를 하던 사람들이 어디 MT를 갈 일이 있겠는가. 게다가 조원 중에는 결혼했거나 나이가 많은 사람도 있었는데, 그들은 더 들뜬 것처럼 보였었다.

'하기야 나도 전에 연수원에 들어와서 MT를 간다고 했을 때 설레었었지. MT를 간 지가 거의 10년은 되었었으니까.'

혁민은 MT를 간 때를 떠올리며 슬며시 미소 지었다. 금요일 수업을 마친 뒤에 혁민이 속한 5반은 버스에 나누어 타고 강화도로 향했다. 출발할 때는 아직 밝았는데, 이동하다 보니 하늘이 점점 붉어지는 걸 볼 수 있었다.

사법연수원에서도 늘 보는 모습이었다. 하지만 연수원에 있을 때는 그런 광경에 별다른 감흥을 느끼지 못했는데, 버스를 타고 MT를 가는 도중에 보는 풍경은 다른 느낌으로 다가왔다.

버스의 창문 너머로 보이는 붉은 하늘과 구름은 마치 유채화 같았다. 어디론가 떠난다는 건 사람의 마음을 흔들어놓는 마력 같은 걸 지니고 있는 듯했다. 그래서 같은 걸 보고도 다르게 느끼는 것일 터이다.

'다들 편안한 복장이라서 좀 색다르게 보이기도 했고.'

계속 정장을 입은 모습만 보았으니 더욱 그렇게 느꼈던 것 같았다. 도착하자마자 일거리를 나누어 저녁 식사를 준비하고, 곧이어 이어진 술자리. 회식하고 나서 조금 가까워졌다고 생각했는데, 약간은 서먹한 감이 남아 있었다. 이야기를 많이 해보지 않은 사람도 있었고.

"너희도 이름 외우기 게임 했겠네?"

"원래 다 하는 게임이야?"

어색한 분위기를 없애려고 게임을 했는데, 처음으로 한 게 이름 외우기 게임이었다. 10명이 한 조가 되어서 일어나서 자기소개하고 모든 소개가 끝나면 돌아가면서 자기 조원의 이름을 외우게 했다. 틀리면 벌주를 마시게 되는데 다들 머리가 좋아서인지 틀리는 사람은 거의 없었다.

"재미없더라. 걸리는 사람이 있어야 재미가 있는데 말이지. 나중에는 술 마시고 싶어서 일부러 틀리던데?"

"그거야 뭐 서로 이름 외우고 분위기 좋게 하려는 거니까."

"하기야 그거 한 번 하니까 이제 서로 이름은 다 알긴 하더라."

몇 차례나 반복해서 그 사람 얼굴과 이름을 보고 들었는데 모를 리가 있겠는가.

"그건 그런데 술 진짜 많이 먹더라. 무슨 술하고 웬수가 졌는지."

이채민도 사정을 아는지라 고개를 끄덕이면서 웃었다. 자신도 교수를 비롯한 사람들이 생각보다 술을 많이 마셔서 놀랐으니까.

혁민은 질렸다는 듯 고개를 흔들다가 목을 축이기 위해서 커피를 조금 마셨다. 이채민은 그 모습을 보다가 뭐가 달라졌는지 알 수 있었다.

'나한테 전혀 신경을 쓰고 있지 않잖아?'

이채민은 눈빛을 빛냈다. 예전에도 노골적으로 관심을 보인 건 아니었지만, 그래도 혁민이 자신을 보고 있다는 느낌은 있었다. 관심이나 무언가를 담은 시선이 오는 게 느껴졌었다. 하지만 지금은 그런 게 전혀 느껴지지 않았다.

갑자기 성인군자가 되었을 리는 없으니 무언가 변화가 있는 것이다. 이채민은 단도직입적으로 물었다.

"연애해?"

"연애?"

뜬금없는 이채민의 질문에 혁민은 피식 웃었다.

"사법연수원 1년 차에 연애는 무슨."

혁민의 말에 이채민은 자신도 모르게 고개를 끄덕였다. 사법연수원 1년 차. 그 시간을 지내본 사람들은 모두 안다. 얼마나 가혹한 시간인지를. 물론 전쟁 중에도 사랑은 꽃핀다. 하지만 평소에 여자에게 관심을 크게 보이지 않던 혁민이 하필 이 시기에 연애한다는 건 좀 이상하기는 했다. 사람 일이라는 게 어떻게 될지 모르는 거긴 하지만.

'하기야 오죽하면 사법연수생 1년 차 형에 처한다는 농담이 있겠어.'

법조계 사람들이 하는 농담이었다. 저 이야기를 들으면 법조계 사람들은 다들 진저리 친다. 다시는 돌아가고 싶지 않은 시간이니까. 이채민도 예전 생각이 났는지 인상을 찌푸리면서 으으 소리를 내면서 고개를 저었다.

"연애 같은 건 변호사 개업하고 나서 생각하려고. 어차피 연수원 마치고 법무관도 3년 해야 하고."

"하긴 아직 군대 안 갔구나."

"어, 뭐 아직 나이도 그렇고 하니까 변호사 개업하고 나서 생각해도 늦지 않을 것 같아."

이채민은 혁민이 공부에 열중하기 위해서 마음을 먹었나 보다 하고 생각했다.

'하기야 사법연수원은 정말 다르지.'

항상 최고였던 사람들이 모인 곳이다. 그런 사람들끼리 경쟁을 하다 보니 자존심에 상처를 입지 않는 사람이 거의 없다. 이채민도 정말 죽기 살기로 매달리지 않았던가. 그렇게 노력해도 정상은 항상 괴물들의 차지였다. 그래서 혁민도 마찬가지일 것이라고 생각했다.

물론 혁민의 생각은 전혀 달랐다. 성적은 크게 관심 없었다. 오히려 중간 정도만 하려고 마음먹지 않았던가.

'연수원 2년, 법무관 3년 하고 변호사 개업해서 자리 잡으려면 1년 정도는 걸리겠지?

그러면 6년이라는 시간이 지난다. 율희가 고등학교를 졸업한다.

'그러면 곧바로 변호사 사무실로 데려와야지. 흐흐흐.'

전에도 율희는 상업고등학교를 나와서 대학교에 가지 않고 바로 취업을 했었다. 그런데 직장 생활이 좋지 않았었던 것 같았다. 월급도 제대로 받지 못하고 그랬다는 이야기를 들었었다.

그래서 이번에는 그런 고생은 시키지 않겠다고 결심했다. 바로 자신의 변호사 사무실에서 일하면 된다. 자신이 알아서 잘 챙겨주면 된다.

그리고 사실 변호사 사무실에서 가장 바쁜 사람은 변호사다. 다른 직원들은 솔직히 그렇게까지 일이 많은 건 아니다. 변호사가 해야 하는 일은 누가 대신해 줄 수가 없는 일이어서 그렇다.

준비 과정이나 자료 같은 거야 도움을 받을 수 있지만, 마무리는 변호사가 직접 해야 한다. 거기다가 서류 작업이 끝이 아니다. 법원도 왔다 갔다 해야 한다. 그러니 바쁠 수밖에. 하지만 혁민은 어차피 1년 정도만 고생하고 그 이후로는 여유 있게 보낼 계획을 짜놓고 있었다.

'야간 대학이나 방통대도 다니라고 해야겠어. 율희가 글 쓰는 거 좋아했지?'

혁민은 율희가 원하는 거 하면서 즐겁게 생활할 수 있게 도와줄 것이다. 그리고 같은 공간에 있다 보면 아무래도 가까워지기도 쉽지 않겠는가.

'결혼은 율희가 스물 대여섯쯤이면 딱 좋겠지? 애는 둘 정도?'

오륙 년 정도 일하다 보면 충분히 사이가 가까워질 것 같았다. 혁민은 율희와의 알콩달콩한 미래를 상상하면서 히죽히죽 웃었다. 그 모습을 본 이채민이 말했다.

"너 뭐하니?"

"어? 아니야. 뭐, 그냥… 전에 그 뭐냐… 어… 도움받은… 도움받은 사람이 생각나서."

혁민은 화들짝 놀라서 말을 더듬었다. 그러자 이채민이 가자미눈을 하고 혁민을 쳐다보았다.

"도움받은 사람이 여잔가 보네? 표정이 딱 여자 떠올리는 표정인데?"

"어? 여자? 음… 뭐 그런가? 그것보다 너 가야 할 데 있다고 하지 않았어?"

"어머, 시간이 벌써 이렇게 됐네?"

이채민은 시계를 보고는 깜짝 놀랐다. 약속 시각이 거의 다 되었기 때문이었다. 그녀는 핸드백을 메고는 서둘러 자리에서 일어났다.

"너 혹시……."

그녀는 나가면서 혁민에게 무언가를 물어보려다 시계를 보고는 아쉬워하면서 황급히 카페 밖으로 나갔다. 이채민이 나가자 혁민은 한숨을 내쉬면서 의자에 푹 기댔다. 그의 얼굴에 피어난 웃음꽃은 시간이 흘러도 시들지 않았다.

이채민은 정말 매력적인 여자였다. 혜나도 그랬고 슬기도 그랬고. 젊고 매력적인 여자가 호감을 보이면서 다가오는데 흔들리지 않을 남자가 어디 있겠는가. 그건 당연한 거였다.

"멋진 풍경을 보고 감탄하는 거나 맛있는 음식을 보고 먹음직하다고 느끼는… 아니, 음식은 비유가 이상하니까 그냥 풍경만."

아무튼, 그런 거였다. 흔들리는 게 당연하다. 그게 사람이다. 하지만 율희가 자신에게 한 걸 잊을 수는 없다. 어려울 때 그 사람의 본성이 나온다. 할머니는 자식을 위해서 손이라도 자를 수 있다고 했는데, 율희도 비슷한 마음이었을 것이다.

혁민은 그런 율희를 행복하게 해주고 싶었다. 그런 마음을 갖는 게 사람이다. 혁민은 그런 사람이다.

"사람은 믿을 게 못 되지. 사람을 믿지 않아. 하지만 나에게 잘해준 사람은 무슨 일이 있더라도 챙긴다. 반드시!!"

그리고 그 다짐의 가장 우선순위에 있는 건 율희였다.

* * *

"그 정도면 충분한 것 같습니다. 정말 고생하셨네요."

―내가 뭘 했다고. 그냥 그 여편네하고 얘기한 게 전부인데.

"아닙니다. 할머니 연기가 아주 좋으신데요?"

노파는 김 씨의 부인과 만나서 이야기를 나누었고, 그 내용을 녹음했다. 이제는 문제가 없을 것이다.

"무슨 전화?"

"아, 내가 얘기했잖아. 점유취득시효 사건."

같이 저녁을 먹던 동기가 고개를 끄덕였다. 혁민은 그날 할머니와 이야기를 하다가 중요한 이야기를 들었다. 마을의 소식통인 동복이네라는 아주머니가 김 씨 식구들이 전부터 그 땅이 할머니 땅이라는 걸 알고 있었다고 말했다는 거였다. 그래서 어떻게든 그 사실만 녹음할 수 있으면 땅은 할머니의 것이 될 거라고 말해주었다.

"그래도 용케 할머니가 필요한 말을 끌어냈나 보네? 그런 이야기 잘 안 하려고 했을 텐데."

"할머니가 배운 건 없으실지 몰라도 참 현명하시더라."

할머니와 김 씨네는 사이가 별로 좋지 않았다. 할머니가 사는 게 좀 더 여유로웠고 인망도 있었는데, 김 씨네는 그런 게 영 아니꼽게 보였던 모양이었다. 그리고 할머니도 그런 걸 알고 있었고.

그런데 이번에 이런 상황이 되니 김 씨와 그 부인은 기고만장해져 있었다. 할머니는 김 씨는 얘기해 봐야 소용없으리라는 걸 알고 그 부인을 공략했다. 찾아가서 머리를 조아리면서 돈을 좀 빌려달라고 한 거였다. 어차피 그 땅은 김 씨네 땅이라고 하면서.

김 씨의 부인은 처음에는 경계하다가 돈을 빌려달라고 머리를 조아리면서 부탁하자 조금씩 경계가 누그러들었다. 그렇게 고깝게 보였던 사람이 자기 앞에서 머리를 숙이면서 부탁을 하니 얼마나 신이 났겠는가.

녹음된 걸 들어보니 김 씨 부인은 할머니를 타박하면서 잘난 체를 했다. 할머니는 그런 수모를 참으면서 계속 비위를 맞추었고. 김 씨 부인은 신이 나서 이야기하다가 예전부터 김 씨가 그 땅이 할머니 땅이었다는 걸 알고 있었다고 말했다. 그것도 여러 차례 확인까지 해가면서.

이미 그 땅이 자신의 땅이 된 것으로 생각하고는 있는 대로 잘난 척을 했다. 할머니는 계속해서 그걸 참으면서 녹음을 마쳤다.

할머니는 누구를 목표로 하면 좋을지, 어떻게 하면 상대방이 방심할 것인지를 정확하게 파악하고 있었다. 배운 적은 없었지만, 오랜 경험으로 사람의 성격이나 돌아가는 이치를 잘 아는 분이었다.

"자주점유가 깨진 거네? 타주점유면 점유취득시효를 주장할 수 없지."

"당근. 이걸로 게임 끝."

그 땅이 자기 땅인 줄 알고 있었다면 20년 이상 소유했을 때 소유권이전등기청구소송을 할 수 있다. 하지만 남의 땅인 줄 알았다면 그럴 수 없다. 법은 악의는 보호하지 않는다. 다만 그걸 증명하는 게 어려울 뿐이다.

비록 본인은 아니지만, 부인의 말이라면 증거로는 충분하다. 혁민은 일이 잘 풀렸다고 생각했다. 사실 저런 식으로 법을 악용하려는 사람이 이 세상에는 넘쳐 났다. 이번 경우는 간단한 사건이었지만, 아주 교묘하게 이용해 먹는 사람들을 만나면 어떻게 당하는지도 모르고 당하게 된다.

그래서 혁민은 백 선생을 찾고 있었다. 대한민국에서 법망을 교묘하게 이용한 수법으로는 최고라고 불리는 백 선생을. 적을 상대하려면 적을 알아야 한다. 그 분야의 최고봉인 백 선생을 찾아서 모든 수법을 싹 배울 생각이었다.

'아니, 왜 아직 연락이 없는 거지? 벌써 연락이 오고도 남았어야 정상인데.'

물론 자신이 공부해서 하나씩 배워 나갈 수도 있다. 하지만 그런 것보다야 전문가에게 배워서 써먹는 편이 좋지 않겠는가. 그런데 도무지 연락이 오질 않았다.

그러나 그 순간이었다. 혁민의 마음을 듣고 있기라도 한 듯 전화가 왔다.

—아이고, 이거 격조했습니다, 손님. 가게로 한번 오셔야겠는데요? 아시죠? 인하식당.

가게 주인의 목소리였다. 혁민은 퉁명스럽게 대꾸했다.

"연락이 너무 늦은 거 같은데?

—그러게 말입니다. 아무튼, 오셔서 얘기하시죠? 언제가 좋으시겠습니까?

혁민은 가능하면 빨리 가야겠다고 생각했다.

한편 가게 주인은 지하에서 전화를 걸고 있었다.

스피커폰이라 혁민의 목소리가 지하에 다 들렸다.

—이번 주 일요일. 오후 네 시면 적당하겠지?

"알겠습니다. 미리 준비하고 있겠습니다."

통화를 마친 가게 주인은 장중범에게 물었다.

"어떻게 하실 생각이십니까?"

"둘 다 준비해."

장중범의 말에 가게 주인은 살짝 놀란 표정이 되었다.

"둘 다… 말입니까?"

"그날 얘기를 들어보고 결정한다. 만약 조금이라도 이상한 구석이 있으면."

잠시 뜸을 들인 장중범은 묵직한 목소리를 내뱉었다.

"지운다!!"

* * *

"예, 정혁민입니다."

—안녕하세요~

정혁민은 전화를 받자마자 한숨을 푹 내쉬었다. 어떤 전화인지 알 수 있었기 때문이었다. 일명 마담뚜라고 불리는 여자의 전화였다.

연수원 수첩이 나오기가 무섭게 전화가 빗발쳤다. 예전에도 전화가 오기는 했다. 하지만 이번에는 시험에서 수석과 차석을 한 유명세 때문인지 감당하기 어려울 정도로 전화가 많이 왔다.

그렇다고 모르는 번호로 오는 전화를 전부 받지 않을 수는 없는 일이다. 간혹 중요한 전화가 오는 경우도 있었으니까.

"관심 없습니다."

혁민은 다급하게 이야기나 조금 더 들어보라는 외침을 외면한 채 전화를 뚝 끊었다. 여자들이 말발이 얼마나 좋은지 듣고 있다 보면 자기도 모르게 혹하는 마음이 생길 정도였다. 그러니 아예 빨리 끊어버리는 게 가장 현명한 방법이다.

그런데 전화기를 내려놓자마자 또 벨 소리가 울렸다. 혁민은 인상을 찌푸리면서 핸드폰을 들었는데, 이번에는 마담뚜의 전화는 아니었다. 자신이 도움을 준 할머니의 전화였다.

"예, 할머니. 어쩐 일이세요?"

—아이구구. 가만 좀 있어보라니까. 저기 변호사 양반, 그거 내가 이길 수 있는 거 맞지? 그렇지?

무슨 일인지는 몰라도 할머니 주변이 무척 시끄러웠다.

"그럼요. 확실한 증거니까 그건 걱정 하지 않으셔도 돼요."

—그런데 그거 아무짝에도 소용없다고 하면서 자기한테 넘기라고 그러네. 몰래 녹음했으니 경찰서에 잡혀간다믄서. 나 잡혀가믄 안 돼. 우리 상철이 병원에 있단 말이여.

할머니는 김 씨가 변호사라고 하는 사람하고 같이 와서는 잡혀갈 수도 있으니 땅을 넘기라고 했다는 거였다. 땅만 넘기면 잡혀가지 않게 해준다면서.

혁민은 헛웃음이 나왔다. 하다 하다 안 되니까 이제는 별 쇼를 다 한다고 생각해서였다.

할머니를 완전히 무식한 시골 노인네라고 생각해서 사기를 치려는 거 아닌가. 사실 할머니 입장에서는 겁이 더럭 날 수도 있겠다는 생각이 들었다.

'그 땅이 제법 돈이 나가긴 나가나 보네. 이런 짓까지 하는 걸 보면.'

혁민은 할머니를 차분하게 안심시킨 후에 이야기했다.

"할머니, 거기 변호사라는 사람 좀 바꿔주세요."

시간이 조금 지나고 젊은 남자의 목소리가 들렸다.

—당신! 누구길래 남의 일에 끼어드는 거야? 누군지는 모르겠지만, 빠지쇼. 그 땅은 김 씨 땅이니까.

혁민은 웃음보가 터지려는 걸 꾹 참고 대답했다. 변호사라는 사람이 저런 말을 할 수 있겠는가. 상대는 절대로 변호사가 아니었다.

"그 땅이 김 씨 땅이라고? 민법상 점유취득시효를 완성한 경우라도, 점유자가 자신의 명의로 당해 토지의 소유권을 경료해야 소유권을 취득할 수 있는 걸로 아는데. 아닌가? 변호사 양반."

—뭐?

상대는 당황해서 제대로 대꾸도 못 했다. 아마 지금 혁민이 한 말이 무슨 뜻인지도 제대로 모를 것이다.

그러니까 20년 이상 그 땅을 소유하고 다른 아무런 하자가 없다고 하더라도 소유권이전등기청구소송을 해서 김 씨의 이름으로 등기가 되어야 법적으로 김 씨의 땅이 되는 것이다. 법을 아는 변호사가 그렇게 막무가내로 그 땅이 김 씨의 땅이라고 말할 수는 없는 일이다.

"쉽게 말해서 그 땅은 김 씨 땅이 아니라고. 그리고 이미 타주점유의 증거가 있으니 소유권을 주장할 수도 없고."

—무슨 소리야? 몰래 녹음하는 건 불법이라고, 불법.

이번에는 정말 웃음을 참지 못했다. 큰소리로 웃어젖힌 혁민은 계속 터져 나오는 웃음을 간신히 참으며 말을 이었다.

"이봐요, 변호사라고 주장하는 양반. 통신비밀보호법에는 타인 간의 대화를 녹음하지 못한다고 되어 있어. 타인 간의 대화. 이건 할머니가 이야기하는 걸 녹음한 거라서 해당이 안 돼요."

전화기 너머에서는 한참 있다가 풀죽은 목소리가 들렸다.

—그래도 몰래 한 건데…….

"누군지는 모르겠는데, 잘 알아두쇼. 민사재판에서는 증거능력은 문제되지 않는다고. 형사재판에서나 그런 걸 따지지. 민사에서는 말이야 위법하게 수집된 증거라도 법관의 판단에 따라서 재판의 증거로 사용될 수도 있어. 자유심증주의에 입각해서 말이야."

혁민은 큰 소리로 또박또박 말했고, 소란스럽던 조금 전과는 달리 전화기 너머에서는 아무런 소리도 들리지 않았다.

"그러니까 헛소리 지껄이지 말고 꺼지라고. 할머니한테 잘못했다고 싹싹 빌고 나서. 알았어?!"

혁민은 버럭 소리를 질렀다. 역시나 상대방은 아무런 말도 하지 못했다.

"다시 할머니 바꿔."

—예…….

상대는 완전히 기가 죽었는지 혁민의 말에 고분고분 대답했다.

"할머니, 걱정하지 않으셔도 돼요. 그 땅은 지금도 그렇고 앞으로도 할머니 땅이에요."

—아이구. 고맙네, 고마워. 그럼 나 경찰서 안 가도 되는 거지?

"할머니가 뭘 잘못했다고 경찰서를 가요. 그런 일 없으니까 마음 푹 놓으셔도 돼요."

할머니는 연신 고맙다고 말했다. 고맙다는 말을 너무 많이 해서 오히려 민망할 지경이었다. 하지만 가슴은 뿌듯했다. 무언가 가슴을 꽉 채우는 그런 게 있었다.

*　　*　　*

혁민은 다시 식당을 찾았다. 시간이 4시라서 그런 것인지 일부러 손님을 받지 않은 것인지는 모르겠지만, 식당 안에는 일하는 사람을 제외하고는 아무도 없었다.

"어서 옵셔."

주인장이 히죽거리면서 혁민을 맞이했다.

"바로 가지."

"차라도 한잔하시지? 숨이나 돌리게."

"내가 차를 별로 좋아하지 않아서."

주인장은 씨익 웃고는 고개를 끄덕였다. 그리고 뒷방으로 향하면서 자신을 따라오라고 손짓했다. 혁민이 움직이자 다른 사람이 문으로 가더니 가게 문을 닫아버렸다.

혁민은 조금 이상하다는 생각을 하면서도 일단 주인장을 따라 지하로 내려갔다. 역시나 그 사람이 어둠 속에 앉아 있었고, 그 뒤에 그를 경호하듯 한 사람이 서 있었다.

"생각보다 좀 늦었는데? 무슨 일이라도 생긴 줄 알았지."

"일이야 항상 생기는 거 아닌가."

어둠 속에서 들리는 목소리는 정말 묵직했다.

"그런데 말이야, 5급 별정직 공무원인 사법연수원생께서 백 선생은 왜 찾는 거지? 그리고 이곳에 대해서는 어떻게 알게 되었고?"

"그런 건 서로 묻지 않는 게 이 바닥 예절 아니었나? 내가 당신 정체가 뭐냐고 물으면 대답해 줄 건가?"

혁민의 말에 가볍게 웃는 소리가 들렸다.

"원래는 그렇긴 한데, 이번 경우는 좀 예외적이라서 말이야. 대답을 꼭 해줘야겠어."

혁민은 이런 질문을 받을 줄 몰랐기 때문에 무척 곤혹스러웠다. 상대의 목소리를 들어보니 그냥은 넘어가지 않겠다는 단호함이 엿보였다. 하지만 대답을 하기가 무척 어려웠다. 뭐라고 말을 할 것인가?

'미치겠네. 이런 건 묻지 않는 게 여기 규칙이라고 분명히

들었는데. 그렇다고 미래에서 알고 왔다고 할 수도 없고.'

뭐라고 이야기해도 이상한 상황이었다. 사실 혁민이 그런 사실을 알고 있다는 것 자체가 이상한 거였으니까.

"미안하지만 대답을 하지 않으면 내 나름대로 결론을 내릴 수밖에 없다네. 그리고 그 결론은 자네에게는 무척 유감스러운 일이 될 거야. 그러니 대답을 들었으면 좋겠군."

하지만 대답하기 어려웠다. 무슨 대답을 해도 조금만 조사해 보면 거짓임이 드러날 테니까. 사실대로 말하는 것 외에는 방법이 없었다. 하지만 사실대로 말해도, 거짓을 말해도 결과는 비슷할 것 같았다.

계속 고민하는 혁민을 보다가 장중범은 마음을 굳혔다. 그냥은 입을 열 것 같지 않으니 다른 방법을 써서 이야기를 들어야겠다고 생각한 것이다.

이런 방법은 사용하지 않으려고 했지만, 이번에는 그냥 넘어갈 수 없는 상황이었다. 그런데 장중범이 일어나려고 하는데 갑자기 뒤에서 커다란 손이 그의 어깨를 잡았다.

그림자처럼 장중범의 뒤에 서 있던 남자가 그를 잡은 거였다. 장중범은 고개를 돌려 의아한 표정으로 그를 쳐다보았다. 지금까지 이런 적이 한 번도 없었으니까. 그 남자는 고개를 숙이더니 장중범의 귀에다 대고 무언가 속삭였다.

장중범은 이야기를 듣고는 잠시 고민하다가 고개를 끄덕였다. 그리고 앞을 바라보면서 이야기했다.

"다들 나가지."

장중범은 자리에서 일어나서는 문밖으로 나갔다. 그리고 주인장과 문지기 역할을 하던 사람도 그의 뒤를 따랐다. 혁민은 갑자기 사람들이 나가 버리자 당황스러웠다.

'뭐지? 설마 고문을?'

방에는 자신과 눈앞에 있는 남자 둘만 있었다. 지금까지는 어떤 방법을 써서라도 혁민에게서 대답을 듣겠다는 그런 분위기였다. 그러니 지금 벌어질 일이 뭐가 있겠는가. 당연히 고문이라고 생각했다.

하지만 그 남자가 뱉은 말은 그런 것과는 전혀 상관없는 말이었다. 그런데 혁민은 그 말을 듣고는 회귀를 한 이후 가장 놀랐다.

"무슨 소원을 말한 거지?"

정말 심장이 쿵 하고 떨어지는 느낌이었다. 상대가 한 말이 무엇을 뜻하는 것인지 단박에 알 수 있었다. 믿어지지 않았다. 자신이 회귀한 걸 아는 사람이 있다니. 하지만 그럴 리가 없다는 마음도 강하게 들었다. 그래서 애써 태연함을 가장하고는 말했다.

"무슨 말이지? 소원이라니?"

"무슨 말인지는 잘 알 텐데? 설마 신의 문을 지키는 자를 모른다고 하지는 않겠지?"

혁민은 말을 하지 못했다. 왜 그 말을 모르겠는가. 자신이 회귀하기 직전에 들은 말이었다.

'그대가 원하는 대로 이루어질 것이다. 위대한 신의 문을 지키는 자의 이름으로.'

그 남자는 혁민의 표정을 보더니 피식 웃었다.

"그렇게 놀라지 않아도 된다. 내가 너 같은 걸 어쩌겠다거나 그런 건 아니니까. 그런데 나도 사정이라는 게 있어서 말이지."

남자는 오만한 표정으로 앉아 있는 혁민을 내려다보았다. 그러고는 팔짱을 끼면서 이야기했다.

"자세한 이야기는 알 것 없고, 백 선생인가를 찾는 게 너의 소원과 관련이 있는 건가?"

의심할 여지가 없었다. 이 남자는 그 부적 같은 물건의 존재를 알고 있었다. 하지만 그의 의도가 무엇인지는 알 수가 없었다. 자신에게 득이 되는 존재인지, 아니면 해가 되는 존재인지도 알 수 없었다. 하지만 그가 어떤 자이든 간에 지금은 그의 말에 따를 수밖에 없었다.

"소원?"

혁민은 곰곰이 생각해 보았다. 자신이 원하는 건 율희와 행복하게 사는 것이었다. 그리고 자신이 생각한 그런 삶을 살아가려면 백 선생을 만나야 했다. 혁민은 고개를 서서히 끄덕였다.

"그래? 그러면 백 선생이 있는 곳을 알려주라고 하지."

"그런데 왜 나를……."

문 쪽으로 걸어가던 남자는 혁민을 돌아보았다.

"왜 돕는 거냐고? 나는 너 따위를 돕는 게 아니야. 내가 찾아야 하는 게 있어서 이러는 것뿐이지. 그러니 착각하지 말라고."

남자가 문을 열었고, 장중범의 귀에다 대고는 무언가 이야기했다. 그리고 장중범은 고개를 끄덕였고. 사람들이 모두 다시 들어왔고, 전과 같은 위치에 자리를 잡았다.

"좋아. 그럼 그 문제는 해결되었다 치고 넘어가고."

혁민은 안도의 한숨을 내쉬었다. 무슨 일이라도 당하는 줄 알았는데, 일단은 넘어가게 되었다. 하지만 오히려 여러 가지 의문이 들었다. 저 남자는 도대체 누구인데 자신이 회귀한 사실을 알고 있을까? 그 부적 같은 건 어떤 물건일까? 그리고 왜 자신을 돕는 걸까?

"백 선생이 있는 곳을 알려주지."

장중범은 다른 사람들온 모두 밖으로 나가라고 손짓했다. 사람들이 모두 나가자 그는 목소리를 낮추어 이야기했다. 혁민도 귀를 기울이고 긴장한 채 그의 입이 열리기만 기다렸다.

"백 선생은 치료감호소에 있다."

"치료감호소?"

전혀 뜻밖의 장소가 말해져서 혁민은 고개를 갸웃거릴 수밖에 없었다. 치료감호소. 잘은 모르지만, 정신병자들이 가는 곳이라고 언뜻 들은 듯했다. 게다가 이어진 말은 더 가관이었다.

"하지만 백 선생은 공식적으로는 그곳에 존재하지 않는다. 쉽게 말하자면 그곳에서 아무도 모르게 숨어 지낸다는 말이지."

"그러면 백 선생을 만나려면 어떻게 해야 하지?"

"공식적으로 그를 만날 방법은 없지. 존재하지 않는 사람이니까 면회 신청 같은 걸 할 수도 없고. 정 그를 만나고 싶으면 치료감호소 안에 들어가는 방법밖에는 없다. 안으로 들어갈 수 있으면 그때 그를 만날 방법을 알려주지."

겨우 백 선생이 있는 곳을 찾았지만, 문제는 해결되지 않았다. 그를 만날 수가 없었으니까. 게다가 이곳에 있는 사람들이 자신에게 득이 되는 존재인지 아닌지도 의심스러웠다. 혁민은 지금까지와는 달리 일이 좀 꼬인다는 느낌을 받았다.

혁민은 어둠 속에 있는 두 남자를 쳐다보았다. 전혀 속내를 알 수 없는 두 사람. 하지만 당장 자신에게 해가 되는 자들은 아닌 것 같았다.

'여기 주인은 백 선생을 보호하려고 하는 것 같아. 그리고 아까 그 남자는 찾아야 할 게 있어서 결과적으로는 나를 돕는 행동을 했고.'

나중에야 어떻게 될는지 모르는 일이지만, 지금 당장은 자신에게 도움이 되는 자들이라고 판단했다. 하지만 안심할 수는 없는 일. 혁민은 가능하면 이곳에는 오지 않아야겠다고 생각했다. 그리고 자신을 보호할 방법도 좀 찾아봐야겠다는 생각도 함께.

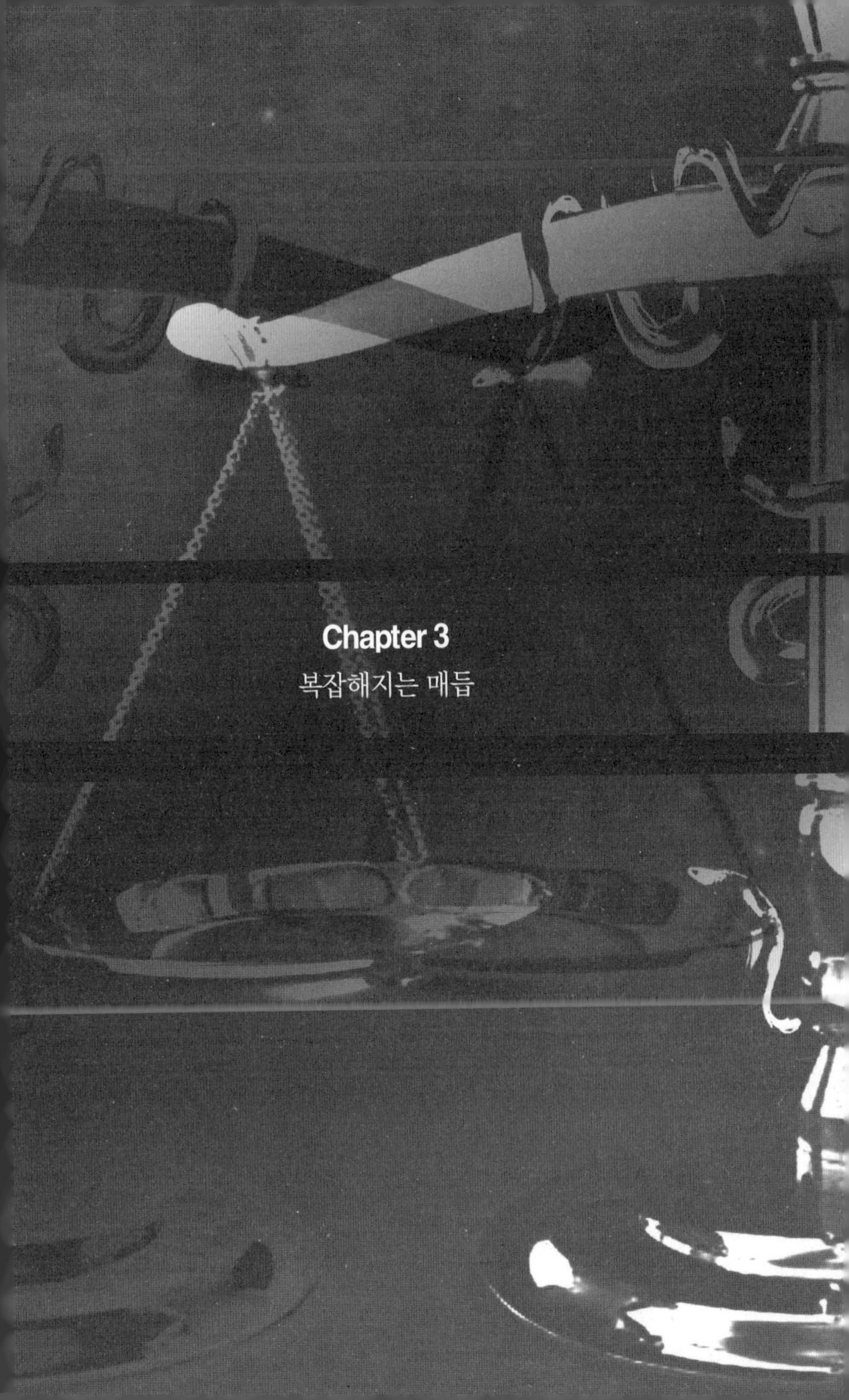

Chapter 3

복잡해지는 매듭

"깨어났다. 깨어났어!! 야, 혁민아. 내 목소리 들려?"

혁민은 낯익은 목소리에 눈을 떴다. 친구인 신용찬의 목소리가 들렸기 때문이었다. 용찬이 왜 자신의 집에 있는지 의아해하면서 눈을 떴는데 몸이 좀 이상하다는 느낌이 들었다. 몸이 잘 움직이지 않았고 힘도 없었기 때문이었다.

힘겹게 눈을 뜨니 신용찬이 자신을 내려다보고 있었다. 그런데 신용찬은 굉장히 이상한 모습을 하고 있었다. 갑자기 나이를 폭삭 먹은 그런 얼굴이었다.

"야, 너 얼굴이 왜 그래?"

"무슨 소리야? 너 얼마 만에 깨어난 줄 알아?"

"깨어나? 그게 무슨 소리야?"

목 안이 건조해서 자꾸만 목이 메어 목소리가 잘 나오지 않았다. 혁민은 침을 삼키면서 40대로 보이는 신용찬의 얼굴을 쳐다보았다. 그리고 그제야 주변이 제대로 보였는데, 혁민은 지금 있는 장소가 자신의 방이 아니라는 걸 깨달았다.

"뭐야? 여긴 병원 같은데?"

"병원 맞아, 인마. 너 거의 보름 만에 깨어난 거야."

"보름? 깨어나? 그게 무슨……."

"너 칼에 찔린 채 버려져 있는 걸 누가 신고해서 병원에 온 거야. 다들 가망이 없다고 했는데, 정말 기적적으로 회복한 거라고."

혁민은 갑자기 몸에 소름이 쫙 돋았다. 그는 용찬의 소매를 잡으면서 물었다.

"지금 몇 년이야? 나, 내 나이가 몇이지?"

"너 어디 안 좋아? 22년이잖아."

"22년? 2002년이 아니고???"

혁민은 소리를 버럭 질렀다. 용찬이 당황한 표정으로 대답했다.

"야, 왜 이래? 갑자기 웬 2002년 타령이야? 정신 차려."

"거울, 거울 어디 있어?"

혁민은 눈을 부릅뜨고 허둥지둥 사방을 둘러보았다. 혁민의 말에 용찬이 구석에 있는 작은 거울을 황급히 가져왔다. 혁민은 용찬의 손에서 거울을 빼앗다시피 가져와서는 거울 속에 있는 자신의 모습을 보았다.

거울 속에는 40대의 깡마르고 볼품없는 예전 혁민이 환자복을 입고 있었다. 암 투병으로 온갖 고생을 한 후라서 나이보다 더 늙어 보이고 삭아 보이는 그런 얼굴. 혁민의 눈은 더할 수 없이 커졌다. 거울을 든 혁민의 손이 부들부들 떨렸다.

"뭐야, 이게. 왜 이래? 왜??"

"뭐가? 뭐가 잘못됐는데? 어디 아픈 거야?"

가슴이 꽉 막히고 숨이 제대로 쉬어지지 않는 것 같았다. 혁민은 가슴을 부여잡고 가쁘게 숨을 쉬었다. 지금까지 회귀해서 있었던 일이 설마 꿈이었단 말인가. 다시 한 번 거울을 보았지만, 거기에는 분명히 회귀하기 전 자신의 모습이 있었다.

그리고 칼에 맞은 자리라고 생각되는 부분에서 통증도 느껴졌다. 혁민은 갑자기 눈물이 났다. 뜨거운 눈물이 저절로 흘러서 앞이 보이지 않았다. 희망이 가득한 순간이었는데, 갑자기 나락으로 떨어진 게 아닌가.

혁민은 잠시 넋이 나간 사람처럼 있다가 눈물을 닦아냈다. 그리고 불현듯 생각나는 게 있어서 용찬을 쳐다보면서 물었다.

"율희는? 율희는 어때?"

용찬은 그 질문을 받자 슬그머니 시선을 외면했다. 온몸에 냉기가 확 돌면서 심장이 철렁 하고 떨어지는 느낌. 혁민은 숨을 헐떡이면서 다시 물었다.

"야, 율희는? 율희는 잘 있지? 그렇지??"

"그게… 그 이야기는 나중에 하자. 지금 안정부터 해야지."

"얌마, 대답해. 잘 있지? 잘 있는 거지?"

하지만 용찬은 시선을 외면하면서 고개를 살짝 저었다. 그리고 혁민의 갈라진 목소리에 용찬의 눈에도 물기가 고였다.

그 모습을 보자 용찬의 옷을 잡은 혁민의 손아귀에서 힘이 빠졌다. 툭 하고 떨어진 손등 위로 물방울이 하나둘 떨어졌다.

혁민은 손에 들고 있던 거울을 있는 힘껏 집어 던졌다. 그리고 소리를 질렀다.

"왜??? 왜 나한테 이러는 건데??? 내가 뭘 잘못했다고오!!!"

*　　*　　*

혁민은 소리를 지르면서 자리에서 벌떡 일어났다.

"커헉……."

목 안이 바싹 말랐는지 헛기침이 나왔다. 혁민은 재빨리 주변을 둘러보고는 사법연수원 근처에 있는 자신의 방이라는 걸 깨달았다. 그는 비틀거리면서 일어나서 냉장고를 열어 물통을 꺼냈다.

그리고 컵에 물을 한가득 따라 벌컥벌컥 마셨다. 한 컵으로는 갈증이 가시지 않아서 다시 한 컵을 단숨에 마셨다.

"후아~ 무슨 꿈을 그런 그지 같은……."

정말로 기분 나쁜 꿈이었다. 꿈이었기에 망정이지 만약 현실이었다면 미쳐 버렸을 것이다. 혁민은 그런 상황이라면 견디지 못하고 자살을 했을 수도 있다고 생각했다.

"그놈 때문인가? 그 이상한 놈 때문에 꿈을 꾼 걸 거야."

부적을 알고 있는 그 이상한 사람. 알 수 없는 말만 지껄이는 그 사람 때문에 이런 꿈도 꾸었다는 생각이 들었다. 그런 생각을 하니 그자의 정체가 무엇인지 더 궁금했다. 그는 자신의 모든 걸 알고 있는 것 같아서 무척 불안했다.

가장 골치 아픈 건 적이 아니다. 아군인지 적군인지 알 수 없는 사람이 가장 골치 아픈 사람이다. 그리고 그 부적에 관해서 안다는 게 어디 보통 일인가. 도대체 어떤 자인이 확인했으면 좋겠다고 생각했다. 그래야 좀 안심이 될 것 같아서였다.

하지만 지금으로써는 방법이 없었다.

"직접 찾아가서 물어볼 수도 없고, 그렇다고 조사를 의뢰할 수도 없고."

생각하면 할수록 오싹했다. 깨끗하게 일처리를 하는 곳이라고 알고 있었는데, 자신을 위협할 줄은 몰랐기 때문이었다. 그냥 겁만 주려고 한 것인지 실제로 행동까지 옮겼을지는 모르는 일이지만, 그런 일을 한번 겪고 나니 거기에는 다시는 가고 싶지 않았다.

게다가 그런 인물을 조사하려면 비용도 비용이지만 위험도 감수해야 한다. 그 방면에서 일하는 사람들은 자신의 정체가 밝혀지는 걸 극도로 싫어하니까. 생각하면 할수록 한숨만 나왔다.

"일단은 조심하는 수밖에."

예전에는 그런 식으로 일이 마무리되었고, 자신이 들은 바로도 인하식당은 아주 평판이 좋은 곳이었는데, 무언가 일이 꼬였다. 무엇보다도 자신이 아무것도 할 수 없다는 게 짜증스러웠다. 게다가 그런 꿈까지 꾸고 나니 정말 기분이 더러웠다. 그리고 그 찝찝한 기분은 하루 내내 계속되었다.

"뭔 일 있어? 오늘 얼굴이 영 안 좋은데?"

"그래, 어디 아픈 거 아냐?"

평소와는 워낙 다른 얼굴이라 연수원 동기들이 물어볼 정도였다.

"별거 아냐. 그냥 이상한 꿈을 꿔서……."

"꿈이라. 자네도 그 꿈을 꿨나 보지?"

혁민이 대답하는데, 뒤에서 교수의 목소리가 들렸다. 교수는 빙긋 웃으면서 다 아는 듯한 표정으로 혁민의 어깨를 두드렸다. 사람들이 궁금해하는 표정으로 쳐다보자 교수는 웃으면서 이야기했다.

"이미 꾼 사람도 있을 것 같은데? 꿈속에서 아직 사시에 합격하지 못한 채 계속 고시 공부 하는 그런 꿈 말이야."

교수의 말에 한 명이 아 하고 탄식을 흘렸다. 그 역시 그 꿈을 꾼 모양이었다. 그리고 다른 사람들은 으으 하면서 진저리를 쳤다. 생각만 해도 끔찍했기 때문이었다.

"나도 몇 번이나 꾸었지. 현직에 나가고 나서도 꿨다니까."

교수는 허허하고 웃으면서 이상하게도 꿈을 꾸면 전에 꿨던 부분에서 이어서 꾼다는 말도 했다. 1월에 고시 공부 하는 꿈을 꿨으면, 그다음 꿈에서 공부하다가 달력을 보면 2월이라는 이야기를 해서 사람들을 웃게 했다.

군대에 다녀온 남자들은 모두 알 것이다. 제대하고 나서 한동안 군대 꿈을 꾼다. 분명히 제대했는데 서류가 잘못되어서 다시 가야 하는 상황이 된다거나, 군대 내무반에서 일어나니 아직 제대하려면 시간이 남았다고 사람들이 이야기하는 꿈.

그리고 희한하게도 꿈을 이어서 꾼다. 혁민은 예전에 두 가지 꿈을 모두 꾸었었다. 군대도 다녀왔고, 오랜 고시 공부를 하다가 사법시험에 합격했으니까.

'아마도 절대로 그런 일만은 일어나지 않았으면 하는 마음이 그런 꿈을 꾸게 하는 거겠지.'

오늘 꾼 꿈도 아마 그래서일 것이다. 절대로 그런 일만은 일어나지 않기를 바라는 마음이 강해서. 혁민은 빨리 치료감호소에 가는 방법을 찾아야겠다고 생각하면서도 계속해서 두 남자가 신경 쓰였다.

이름도 모르는 두 남자. 그리고 누가 위인지도 불분명한 두 남자.

'일단은 나에게 악의를 가지고 있는 것 같지는 않지만, 어떨지 모르니까 최대한 신중하게.'

혁민은 일단 치료감호소에 들어가는 방법부터 찾아야겠다고 생각했다. 두 남자가 신경 쓰인다고 아무것도 하지 않을 수는 없었으니까.

*　　*　　*

"일족의 고귀한 보물을 회수하려면 그 녀석이 빨리 소원을 이루어야 하는데……."

그 물건을 되찾으러 온 남자, 파비램은 어둠 속에서 중얼거렸다. 하지만 자신이 직접 움직일 수는 없었다. 그건 일족의 규율에도 어긋났고 자신의 신념에도 위배되는 일이었다.

"하아… 하필 내가 그 일을 맡아서 이런 비천한 인간들 속에서……."

하지만 자신의 명예와 긍지를 걸고 이 일을 완수하겠다고 맹세했다. 맹세는 목숨보다도 고귀하고 고결한 것. 그걸 어길 수는 없는 일이다. 그것만 아니었다면 자신이 그렇게 경멸하는 인간들 사이에서 살아가고 있지는 않을 것이다.

그리고 그가 찾으려는 일족의 고귀한 보물이 보통 소중한 것이던가. 이 세상에 딱 하나밖에 없는 물건. 고대로부터 전해져 내려오는 무엇과도 바꿀 수 없는 물건이었다. 그러니 반드시 그 물건은 회수해야 한다.

"그 녀석의 소원을 완수해야 몸에서 빼낼 수가 있는데……."

일족의 고귀한 보물은 혁민이라는 인간의 몸속에 잠들어 있었다. 일종의 계약이 이루어진 상태. 그 인간의 소원이 이루어지면 자연스럽게 그 인간과 분리가 될 것이다. 그러니 하루라도 빨리 그 인간의 소원이 이루어져야 한다.

그래야 자신이 경멸해 마지않는 인간들 틈에서 벗어날 수 있다. 하지만 그 과정에 일족이 직접 관여해서는 안 된다. 그래서 파비램은 고민이었다. 정체를 드러낼 수도 없고, 직접 움직일 수도 없었으니까.

지금 그의 정체를 아는 사람은 아무도 없다. 백 선생과 장중범만이 그를 외국계 특수 요원으로 짐작하고 있을 뿐이었다. 일부러 그렇게 생각하도록 유도했다. 그게 가장 그들의 곁에 있기에 편했으니까.

“그래도 보물을 가진 자가 그 두 사람과 인연이 이어진다는 예언이라도 있었으니 찾을 수 있었지.”

처음에는 몰랐다. 유물의 기운이 워낙 약해져 있어서 알아채지 못했다. 그런데 혁민이 두 번째 왔을 때 미약하나마 유물의 기운을 감지할 수 있었다. 하지만 생각보다 상황이 골 때렸다.

처음에 일족의 보물을 회수하라는 임무를 맡았을 때는 별거 아니라고 생각했다. 그저 자신이 경멸해 마지않는 인간들 사이에 있어야 한다는 게 짜증 났을 뿐이다. 그런데 막상 상황에 맞닥뜨리니 제한이 많아서 여간 움직이기 까다로운 게 아니었다.

“이렇게 불편하고 귀찮은 거라서 그렇게들 나오려고 하지 않았던 게로구만?”

어쩐지 일족 중에서 아무도 나오려 하지 않는다는 게 이상하다고 생각했었다. 하지만 이미 결정된 일에 후회 따위는 없다. 자신은 긍지 높은 존재니까.

"가만있어 보자. 어떻게 해야 이 녀석이 빨리 소원을 이루게 한다? 그런데 도대체 어떤 소원을 말했는데 유물의 기운이 하나도 느껴지지 않을 정도인 거야?"

어마어마한 소원을 말한 거라고 생각했다.

"세계 정복이라도 하겠다는 건가?"

무슨 짓을 해도 괜찮다. 세계 정복을 하든 세계 제일의 부자가 되든 자신과는 상관없는 일이니까. 그런 건 인간들끼리나 문제가 되는 것이다. 파비램은 그저 혁민이 빨리 소원을 이루기만 하면 된다고 생각하고 있었다.

"법조인이라는 걸 하려는 걸 보면 세계 정복은 아닌 것 같고… 그러면 출세인가? 권력?"

돈은 아닌 것 같으니 그쪽인 것 같았다. 인간들이 원하는 거야 뻔하지 않은가. 하지만 소원이 무엇인지 대답하라고 강요해서는 안 된다. 물어봤을 때 상대가 이야기해 주면 모르지만. 그래서 더 답답했다.

백 선생이라는 자와 만나는 게 관련이 있다고 해서 이어주기는 할 건데 그다음에는 뭘 어떻게 해야 할지 알 수 없었으니까.

파비램이 끙끙대고 있을 때, 문이 열리고 장중범이 들어왔다.

"무슨 일이라도 있는 겁니까?"

"아닙니다. 신경 쓰이는 일이 좀 있어서."

"그런데 정혁민이라는 친구 일은 괜찮을까요? 책임지신다고 얘기해서 넘어가기는 했는데……."

"그 문제는 내가 책임집니다. 백 선생한테도 얘기했으니 걱정하지 않아도 됩니다."

파비램은 대화를 하면서도 속으로는 메스껍다는 생각을 했다. 인간과 대화라니. 그것도 서로 존대를 하면서. 임무를 위해서 어쩔 수 없이 하고는 있었지만, 이런 연기를 할 때마다 손발이 오그라드는 것 같았다.

하지만 참았다. 자신은 긍지 높은 존재니까. 그리고 맹세와 신념을 목숨보다 소중하게 지키는 존재니까.

"그자는 뭐라고 하던가요?"

"그게… 이곳으로 오는 건 좀 어렵다고 합니다. 그리고 인적이 없는 곳에서 보는 것도 곤란하다고 하고요. 아무래도 단단히 경계하는 모양입니다."

혁민이라는 인간에게 중요하게 할 이야기가 있으니 만나자고 했다. 아무래도 아는 게 있어야 돕더라도 도울 거 아닌가. 그래서 큰 결심을 한 거였다. 자신이 경멸해 마지않는 인간에게 먼저 대화를 하자는 제안을 했으니까.

'그런데 이 시건방진 인간이 거절을 해?'

파비램은 살짝 짜증이 났다. 하지만 참았다. 자신은 긍지 높은 존재였으니까.

"직접 전화를 해보는 게 어떻겠습니까?"

"직접이요?"

"예. 아무래도 그게 좋지 않겠습니까? 제가 하는 것보다야 따로 이야기를 나눈 적이 있는 사람이 하는 편이……."

인간에게 먼저 연락한다는 게 꺼려졌지만, 임무를 위해서 어쩔 수 없는 상황이라고 자신을 납득시켰다. 그리고 직접 전화를 했다.

"한번 만나는 게 좋을 듯하다. 그러니 이곳으로 오거나 조용한 곳에서 만나도록 하지."

아주 점잖게 이야기했다. 자신은 가능하면 사람의 눈에 띄지 않는 것이 좋다. 게다가 이야기를 하다 보면 다른 사람들이 듣지 않는 것이 좋은 이야기가 나올 수도 있으니 인적이 드문 곳이 좋았다.

하지만 혁민은 그렇게 생각할 수가 없는 모양이었다.

—죄송하지만 그건 좀 어렵겠는데요. 저는 연수원 근처 카페가 좋을 것 같은데.

파비램은 화를 꾹꾹 눌렀다. 자신은 긍지 높은 존재였으니까.

"그건 좀 곤란한데. 인적이 드문 장소가 좋겠군. 우리 이야기가 좀 그렇지 않을까? 소원이니 그런 거 얘기하는데 사람이 많으면 곤란하단 말이지."

—카페 구석에서 조용히 얘기하면 되죠. 그러니까 사람이 많은 곳에서 보는 게 좋겠어요. 아, 저는 바빠서 이만.

파비램은 전화기를 들고 멍한 표정으로 서 있었다. 인간에게 까였다는 충격에 움직일 수가 없는 거였다. 그리고 혁민은 통화를 마치고 중얼거렸다.

"아니, 왜 자꾸 으슥한 데서 보자는 거야? 무슨 짓을 하려고.

아무래도 조심해야겠어. 뭔가 수상해."

*　*　*

"공익법무관? 글쎄? 보통은 군법무관으로 가려고 하지 않아?"

"그렇긴 하지."

스터디가 끝날 때쯤 혁민이 법무관 이야기를 꺼냈는데, 이채민은 당연히 군법무관에 가야 하는 것 아니냐며 대답했다. 사실 물을 필요도 없는 말이었다. 일부러 공익법무관을 가겠다고 하는 사람은 없었으니까.

사법연수원에 입소한 사람 중에는 군대에 아직 가지 않은 남자도 있다. 그런 남자들은 법무관으로 병역을 대체할 수 있다. 법무관에는 두 종류가 있는데 군법무관과 공익법무관이 있다.

군법무관은 군대에서 판검사를 한다고 보면 되고, 공익법무관은 경제적으로 어렵거나 법을 잘 모르는 사람들을 위해서 법률 상담 등을 하거나, 국가나 지방자치단체의 소송 관련 업무를 한다. 그리고 둘을 가르는 기준은 바로 성적이다.

"대우나 월급 같은 걸 다 떠나서 성적순이잖아. 누가 일부러 공익법무관이 되려고 하겠어?"

백번 맞는 말이다. 사법연수원 성적이 좋은 사람을 우선 군법무관을 채용하고, 그 아래 성적의 사람들은 공익법무관이 된다. 그러니 다들 군법무관이 되고 싶어 하는 게 당연했다. 혁민 역시 아무리 생각해도 일부러 공익법무관이 되려고 하는 건 이상했다.

하지만 혁민에게는 공익법무관으로 가야 하는 이유가 있었다. 바로 치료감호소에 들어갈 수 있기 때문이었다. 치료감호소는 국립감호정신병원이라고도 하는데, 알아보니 거기에 공익법무관이 근무했다.

'그런데 이게 가능성만 있는 것이지 실제로는 거의 불가능하단 말이야. 곤란하네, 곤란해.'

문제는 발령이 어디로 날지는 알 수 없다는 거였다. 공익법무관이 된다고 하더라도 치료감호소로 발령이 난다는 보장이 없으니 골치가 아픈 거였다.

"그런데 그건 왜 물어보는데?"

"아니야. 그냥 생각이 나서."

혁민은 대답하고는 다시 골똘히 생각에 빠졌다.

이채민은 이상하다는 듯 혁민을 쳐다보았다. 이상하게 요즘 이야기하다 말고 생각하는 경우가 많아졌다는 생각이 들어서였다.

'그러고 보니까 이 자식은 요즘은 아예 나는 쳐다보지도 않네?'

사법연수원 생활이 힘들어서 그런가 생각해 보았지만, 아직은 그럴 때도 아니었다. 본격적으로 바빠지는 건 체육대회가 끝나고 난 후부터인데, 아직 체육대회 전이었으니까.

'여자가 생긴 건가? 그건 또 아닌 것 같고…….'

이채민은 가자미눈을 뜨고는 혁민을 째려보았다. 하지만 그는 이채민에게는 신경을 쓰지도 않고 갑자기 자리에서 벌떡 일어섰다.

"나 먼저 가볼게."

"야! 어디 가?"

혁민은 정리할 게 좀 있다면서 이채민의 대답도 듣지 않고는 밖으로 나왔다.

이채민은 씩씩거리면서 화를 내다가 남은 커피를 홀짝였다. 허겁지겁 혁민의 뒤를 따라 나갈 수는 없지 않은가. 그건 이채민의 자존심이 허락하지 않는 일이었다.

이채민은 커피를 마시다가 인상을 찌푸렸다. 남은 커피는 차갑게 식어 있었고, 무척 썼기 때문이었다.

혁민은 이채민과 헤어지고 나서도, 방에 도착해서도 계속 그 문제에 대해 고민했다.

"누군가의 도움이 필요하기는 한데……."

혁민의 힘으로는 할 수 없는 일이다. 하지만 잘하면 가능할 것 같기도 했다. 혁민에게 관심을 보이고 있는 사람들이 제법 있었기 때문이었다. 가장 적극적으로 혁민에게 접근하고 있는 건 사법개혁 모임이었지만, 다른 곳에서도 관심은 보이고 있었다.

그러니 자신이 연수원에서 두각을 나타내면 여기저기서 손을 내밀 것이다. 그리고 그들 중 한 곳과 손을 잡으면 자신이 원하는 걸 얻을 수 있을 것이고.

"아~ 그런데 성적이 좋으면 공익법무관으로 갈 수가 없는데……."

머리가 아팠다. 성적이 좋아야 자신을 밀어줄 곳의 주목을 받을 수 있는데, 성적이 좋으면 군법무관으로 갈 수밖에 없다. 이런 아이러니한 일이 어디 있단 말인가. 성적이 좋아야 하는데 성적이 좋으면 안 되는 상황이라니.

"아니야. 꼭 그렇게만 생각할 게 아니지."

잠시 고민하던 혁민은 자신이 아직도 너무 정직한 방법만 생각하고 있다는 걸 깨달았다. 그럴 필요가 없었다. 조금만 시선을 달리하면 방법은 얼마든지 있을 것 같았다. 그는 펜을 들고 종이에 무언가를 썼다가 줄을 그었다가를 반복했다.

그러다가 무언가를 적고는 크게 동그라미를 쳤다. 그리고 만족스러운 듯 웃었다. 해법이 떠올랐기 때문이었다. 그리고 자신이 생각한 방법대로 되려면 아무래도 자신의 가치를 최대한 끌어 올려야 할 것 같았다.

"패가 좋은 사람이 주도권을 쥐는 법이지."

혁민은 일단 좋은 패를 손에 넣고, 협상은 그다음에 해야겠다고 마음먹었다.

그런 생각을 하고 있을 때, 전화가 걸려왔다. 익숙한 번호였지만 혁민의 인상은 살짝 구겨졌다. 바로 부적의 정체를 알고 있는 그 남자의 전화번호였으니까. 혁민은 살짝 긴장하면서 전화를 받았다.

"예… 아니요. 그건 아니죠. 다시 얘기하지만, 장소는 제가 정합니다. 네… 네… 아, 글쎄 인적이 없는 곳은 곤란하다니까요."

혁민은 데자뷔를 경험하는 기분이었다. 매번 거의 비슷한 내용의 대화가 오갔으니까. 상대는 전에 통화한 내용을 잊어먹는 것인지 계속 같은 얘기만 했다.

"아니 낮에 사람 있는 데 오면 두드러기라도 나세요? 왜 꼭 밤에 으슥한 곳에서만 보자고……. 아무튼, 장소 제가 정하는 데서 만날 거 아니면 전 안 나갑니다. 그렇게 아세요."

혁민은 그렇게 말하고는 전화를 끊었다. 지금까지 몇 차례 연락이 왔지만, 혁민은 그들과 만나지 않았다. 계속해서 인적이 없는 장소를 고집해서였다. 절대로 그런 장소에는 나갈 생각이 없었다.

"이 사람들하고는 거리를 둬야겠어. 어차피 백 선생이 필요한 거지 그들이 필요한 건 아니니까."

정보 상인은 별다른 문제가 없을 것이다. 어차피 백 선생을 만나고 난 뒤에는 상대하지 않으면 그만이니까. 그들이 최고이기는 했지만, 정보를 구할 수 있는 사람이 그들만 있는 건 아니다.

그리고 이쪽에서 먼저 건드리지 않는 이상 자신에게 손을 대지는 않을 것이다. 은밀하게 일해야 하는 자들이다. 문제를 일으키는 걸 극도로 싫어하고 일을 처리하는 것도 가능한 한 조용히 처리한다. 그래야 자신들의 안전이 보장되니까.

그러니 일반인도 아니고 법조계에 있는 자신에게 무언가를 하지는 않을 것이다.

"문제는 그 남자인데… 도대체 어떤 사람인지를 알 수가 없으니… 알아야 대책을 세우든가 하지."

비밀을 아는 것도 찝찝한데 자꾸 만나자고 연락이 왔다. 그것도 꼭 늦은 밤이나 새벽에 아무도 없는 장소에서. 그래서 더 수상했다.

물론 애초에 손을 쓸 거였으면 썼을 것이다. 그리고 혁민을 적대적으로 대하는 인물이었다면 백 선생의 위치를 알려주지도 않았을 것이고. 하지만 혁민 입장에서는 아직은 믿을 수도 없고, 조심할 수밖에 없다.

"일단은 조심하는 게 제일이야. 그리고 안전을 위해서라도 확실히 존재감을 드러내는 게 좋겠어."

백 선생을 만나기 위해서라도 어차피 자신의 가치를 높여야 했다. 그리고 그가 그렇게 결정한 데에는 다른 이유도 있었다. 막연한 불안감이 그 이유였다.

지금까지는 모든 게 잘될 줄 알았다. 굳이 자신을 드러내지 않아도 변호사 개업을 하고 성공하는 데 문제가 없다고 생각했다. 그리고 그렇게 되는 데 아무런 장애물도 없다고 생각했고.

하지만 그 남자를 만난 이후로 생각이 조금 바뀌었다. 엄청난 비밀을 알고 있는 남자. 그리고 자신은 그에 대해서 아무것도 모르고 있다. 그것만으로도 불안했다. 비록 지금은 자신에게 호의적인 것처럼 보였지만, 무슨 속셈을 가졌는지는 모르는 일 아닌가.

그런 대단한 비밀을 아는 사람이니 마음만 먹으면 무슨 짓이라도 할 수 있지 않을까 하는 불안감이 있었다. 자신의 힘으로는 막을 수 없을지도 모른다. 그렇다고 손을 놓고 있을 수는 없지 않은가.

그래서 혁민은 칼을 뽑기로 결정했다. 칼을 뺀 이상 뒤는 없다. 목표는 무조건 수석. 가장 강한 패를 가지고 가장 유리한 협상을 하기로 결정했다. 그리고 자신이 유명세를 타면 탈수록 안전하다는 생각도 있었고.

혁민의 결심은 곧바로 행동으로 옮겨졌고, 사법연수원에서 사람들이 그의 이름 앞에는 단어 하나를 붙여서 부르기 시작했다.

그 단어는 바로 괴짜였다.

괴짜 정혁민.

앞으로도 계속해서 그를 따라다닐 단어였다.

* * *

연수원에서 본격적으로 공부에 들어가는 건 4월에 있는 체육대회가 끝난 후부터이다. 그때부터는 정말 정신없는 생활의 연속이다. 공부해야 할 양도 어마어마하고 숙제도 쏟아진다. 그리고 연수원생의 표정에서 웃음이 점차 사라진다.

실무에 능숙한 혁민도 살짝 버거운 감을 느낄 정도였으니 이런 걸 처음 접하는 사람들이야 오죽하겠는가.

“어이, 괴짜.”

자신을 부르는 소리에 혁민의 고개가 옆으로 돌아갔다. 여전히 이름으로 부르는 사람도 있었지만, 저렇게 부르는 사람도 제법 있어서 이제는 괴짜라는 별명에 제법 익숙해졌다.

처음으로 괴짜라는 말이 퍼진 건 혁민이 교수와 논쟁을 한 후였다. 수업 시간에 교수가 지나가는 말로 사이버 재산권에 관해서 언급했다. 고가의 게임 아이템 관련된 기사를 언급하면서 나온 이야기였다.

교수는 현행법상으로는 아이템은 재산으로 보호될 수 없다고 이야기하고는 원생들의 의견을 물었는데, 혁민이 곧바로 대답했다. 디지털 재산도 개인의 재산으로 보아야 한다면서.

‘그날 일부러 그런 거긴 했는데…….’

혁민이 대놓고 존재감을 드러내려고 한 일이었다. 그래서 교수가 흥미를 느낄 만한 이야기를 던졌고, 교수는 미끼를 덥석 물었다. 교수는 일부러 혁민의 반대편에서 논리를 전개했는데, 그 분야로 소송까지 한 경험이 있는 혁민을 당할 수는 없었다.

혁민은 법리적 해석과 더불어 앞으로 기술의 발달에 따른 변화와 거기에 법조계가 어떻게 대처해야 하는지까지 의견을 피력했다. 그리 긴 대화는 아니었지만, 교수는 나중에 박수를 치면서 혁민을 칭찬했다.

예비 법조인이라면 이런 자세와 생각을 가져야 한다면서 아주 흐뭇해했다. 잊어질 권리나 일신전속권 같은 것까지 얘기했으면 더 난리가 났겠지만, 그런 것까지 언급하는 건 너무 나가는 일. 적당한 선에서 마무리했다.

'변호사가 되겠다는 말은 하지 말 걸 그랬나? 아니야. 이런 캐릭터로 나가는 것도 나쁘지는 않아.'

그 교수는 다른 교수들과 있는 자리에서 혁민의 이야기를 했고, 그 자리에서 혁민이 판검사가 아니라 변호사를 지망한다는 이야기가 나왔다. 혁민을 면담한 교수가 한 말이었는데, 교수들은 모두 혁민이 독특한 사고방식을 가졌다고 웃었고, 어떤 교수가 '그 녀석 참 괴짜구만' 이라고 이야기했다. 그리고 그 이야기가 연수원생들한테까지 퍼진 것이다.

* * *

"난 도저히 이해가 안 된다. 넌 그 성적으로 왜 변호사가 되려고 해? 판사 하다가 나중에 변호사 하면 되는 거 아닌가?"

"각자 생각이 있는 거지. 다양성을 좀 존중해 달라고."

스터디를 하다가 잠시 쉬던 중이었는데, 사람들은 하나같이 이해가 되지 않는다는 표정이었다. 누구나 다 가고 싶어 하는 길이 있는데, 혁민은 그걸 뿌리치고 다른 길을 가려고 하고 있었으니까.

혁민은 그러거나 말거나 기지개를 켜면서 주위를 둘러보았다. 동기들의 얼굴이 하나같이 푸석푸석했다. 체육대회 전까지는 쌩쌩했던 동기들이었는데, 시간이 지날수록 점점 힘들어

하는 게 그냥 보기에도 느껴졌다.

'하기야 너무 힘들어서 휴학하는 사람들이 생길 정도니까.'

살인적인 일정을 버티려면 체력은 필수다. 2002년 사법연수원 생활은 자신이 공부했던 때보다도 더 힘들었다. 그 때문인지 버티지 못하고 휴학을 하는 사람이 몇 명 있었다.

그만두면서 다들 아쉬움을 감추지 못했는데, 여자 동기 한 명은 마지막 인사를 하면서 살짝 울먹이기도 했다. 하지만 다들 힘들어하는 가운데 유독 두각을 나타내는 연수원생이 두 명 있었다. 바로 윤태와 혁민이었다.

하지만 윤태는 그중에서도 발군이었다. 정말 공부를 위해서 태어난 인간 같았다. 반이 달라서 잘 몰랐는데, 연수원에 둘이 탑을 놓고 경쟁하고 있다는 소문이 쫙 돌았다. 교수들 사이에서 화제가 되면서 그게 원생들에게까지 퍼진 거였다.

혁민은 가볍게 스트레칭을 하면서 사람들을 살폈다. 스터디를 하는 이유 중 하나가 혹시라도 나중에 같이 일할 사람이 있을까 싶어서 사람을 살피려는 거였는데, 혁민의 마음에 차는 사람은 아직 없었다.

'윤태라면 같이 일해도 좋을 것 같긴 한데… 윤태야 판사를 할 거니까 그건 어렵겠고…….'

같은 시각, 윤태는 아버지인 강진명과 대화를 하고 있었는데, 혁민의 생각과는 조금 다른 일이 벌어지고 있었다.

"변호사를 하겠다고? 보통은 판사를 하고 나서 변호사로 가지 않던가?"

"그게 일반적이긴 한데 변호사 일에 관심이 생겼습니다."

"그래? 오 변호사, 그런 경우도 있나?"

강진명은 옆에 있는 변호사를 쳐다보았다.

"최근에는 대형 로펌에 바로 들어가는 경우도 있습니다. 도련님 실력이면 충분히 가능하다고 보입니다. 이미 연수원생 수준이 아니니까요."

윤태는 그 말이 귀에 들어오지 않았다. 정말 죽을힘을 다해서 공부했다. 법무법인 소속 변호사의 도움에 링거를 맞으면서까지 노력했다. 하지만 충격적인 사실을 알게 되었다. 그렇게 애를 썼는데도 혁민과의 차이가 제법 난다는 거였다.

물론 기말고사도 남아 있고, 2년 차도 올라가 봐야 알 수 있다. 하지만 윤태는 확실하게 목표를 정했다. 바로 정혁민. 사법연수원의 괴짜 천재 정혁민을 목표로 하리라 마음먹은 것이다.

판사나 검사는 안중에도 없었다. 그런 건 아무래도 상관없었다. 자신을 이렇게까지 흥분시키는 상대는 처음이었다. 2차 시험에서 수석을 하면서 1승 1패가 되었다며 얼마나 기뻐했던가. 하지만 다시 밀리고 있었다.

"아직 시간이 남았으니 잘 생각해 보거라."

"알겠습니다."

대답은 그렇게 했지만, 윤태는 혁민이 방향을 바꾸지 않는 이상 변호사가 되리라 다짐하고 있었다.

그렇게 서로를 향한 매듭은 점점 더 복잡하게 얽히고 있었다.

* * *

2학기 마지막 시험을 앞두고 원생들의 몰골이 좀비처럼 변했다. 저 사람이 저런 얼굴이었나 싶을 정도로 망가진 사람도 여럿 보였다. 그리고 시험을 보고 나면 더 심해질 것이다. 2학기 마지막 시험은 정말 살인적이니까.

여덟 시간 동안 쉬지 않고 시험을 보는 과목이 몇 있는데, 원수원생들은 그 시간도 항상 모자란다고 느낀다. 시험 기간 동안 시험장에는 우리나라 어디에서도 볼 수 없는 진귀한 풍경이 펼쳐진다.

두툼한 문제지와 수십 장의 답안지, 연수원에서 나누어 주는 소법전과 메모지, 연수원생들이 준비한 도시락과 간식거리가 책상에 널려 있다.

'여덟 시간이 왜 그리 빨리 가던지. 그리고 어후~ 손하고 어깨…….'

시험문제는 책 한 권이라고 보면 된다. 그걸 읽고 파악하는 것만 해도 상당한 시간이 걸린다. 왼손으로는 기록을 넘기고 오른손으로는 답안지를 채워 나간다. 답안지만 해도 수십 장, 그런 작업을 대여섯 시간에 걸쳐 하다 보면 나중에는 손아귀가 저리고 팔이 마비되는 걸 느낀다. 어깨와 목은 뭉치고 뻣뻣

해지고.

점심시간도 따로 없어서 가지고 간 음식을 먹으면서 한 과목 시험을 치고 나면 몸에서 영혼이 빠져나가는 느낌이 든다. 그런 과목이 한 개도 아니고 여러 개. 정말 살인적인 시험이 아닐 수 없다.

'실제로 시험 보다가 사람이 죽기도 했고.'

사법연수원에서는 유명한 이야기였다. 이야기만 들었지 몇 년인지는 몰랐는데, 바로 작년이었다. 2학기 시험은 아니고 졸업시험이었는데, 형사변호사실무 과목 시험을 마친 직후에 쓰러진 거였다. 안타깝게도 결국 사망했고.

스터디를 하다가 잠시 쉬고 있는 동기들을 보니 정말 그럴 수도 있겠다는 생각이 들었다. 지금도 저렇게 힘겨워하는데 그런 살인적인 일정의 시험까지 보다 보면 쓰러지지 않는 게 오히려 용한 것일지도 모른다.

'그러고 보면 나는 정말 축복받은 거지. 그 정도까지는 힘에 부치지 않으니까.'

혁민은 계속해서 수석을 유지하고 있었다. 다들 경이롭게 생각했다. 서울대 출신도 아닌 중위권 대학 출신에다가 법 공부를 오래 한 사람도 아닌데 수석을 달리고 있었으니까.

하지만 혁민은 이제 시작이라고 생각하고 있었다. 2학기 시험을 보면 격차가 더 벌어질 것으로 생각하고 있었다. 그리고 앞으로는 차이가 더 벌어질 것이고. 지금도 법조계 선배들로부터 한번 보자는 얘기가 여기저기서 들어오고 있었는데, 2학기 시험을 보고 나면 그런 구애가 더 강해질 것이라고 보았다.

"어이, 괴짜. 너도 미리 배웠지?"

목을 이리저리 돌리면서 스트레칭을 하던 동기 한 명이 혁민에게 슬쩍 물었다. 연수원에 들어오기 전에 배우고 왔느냐는 질문이었다. 사실 자체가 궁금하기도 한 거였고, 자신을 위안하기 위한 것이기도 했다.

사실 여기 모인 사람치고 천재 소리 들어보지 못한 사람이 어디 있겠는가. 살면서 자신이 중위권이나 하위권에 속하리라고는 한 번도 생각해 보지 않은 사람들이었을 것이다. 그런데 이곳에서는 대부분이 그런 현실에 직면하고 자존심에 큰 상처를 입는다.

그래서 이런 질문도 하는 거였다. 자신이 다른 사람에게 뒤진다는 걸 인정하고 싶지 않아서. 그 이유를 다른 데서 찾고 싶어 하는 것이다. 혁민도 그런 기분을 잘 안다. 예전에 자신이 겪었던 감정이니까.

"뭐, 배우긴 배웠지."

틀린 말은 아니었다. 사람들이 생각하는 것과는 조금 다르게 배웠지만, 어쨌든 배운 건 배운 거였으니까.

"아우, 나도 미리 좀 배우고 올 걸 그랬네. 넌 어디서 배웠는데? 윤태는 아예 변호사를 집으로 불러서 배웠다던데."

그러자 옆에 있던 여자 동기를 포함한 사람들이 우르르 대화에 끼어들었다.

"걔는 집안이 워낙 빵빵하잖아. 그런데 너도 개인 과외 받은 거야? 그거 엄청 비싸다고 하던데……."

"학원에서 몇 명 모아서 해주는 것도 있대. 연수원 입학하는 사람한테."

사람들은 제각기 알고 있는 정보를 말하면서 수군거렸다. 사실 혁민은 윤태에게 놀라고 있었다. 자신이야 당연히 잘 적응할 수밖에 없었지만, 윤태는 다르지 않은가. 정말 탐나는 인재였다.

"하우~ 진짜 뭘 어떻게 해야 하는지 모르겠어."

옆에 앉아 있던 동기 하나가 머리를 감싸 쥐면서 앓는 소리를 했다. 저런 소리를 하지만, 시험에 들어가면 어떻게든 문제를 풀기는 한다. 하지만 원생들은 조금이라도 점수를 더 받으려고 치열하게 경쟁했다.

사법연수원생의 수가 늘어나서 판검사로 가는 문이 좁아졌기 때문이었다. 작년에 시험을 보다 사람이 죽은 것도 다 경쟁이 치열해서 벌어진 일 아닌가. 그런 상황은 지금도 마찬가지였다.

"자료 구하려면 복사집에서……."

혁민은 반사적으로 말이 나가다가 멈추었다. 사법연수원의 과정은 매년 똑같다. 사법연수원 앞에 있는 두 곳의 복사집이 있는데, 거기에는 사법연수원에서 사용된 모든 공식 자료가 있었다. 그것도 연도별로. 그리고 공식 자료 외의 자료들도 있었고.

예전에 혁민이 연수원에 다녔을 때는 지금 자신의 눈앞에 있는 동기와 같은 상태였다. 어찌할 바를 모르고 패닉 상태에 빠져 있었다. 그래도 그때는 복사집 자료들이 있었다. 혁민에게 가뭄의 단비와도 같았던 복사집 자료들이. 하지만 지금은 그 복사집들이 생기기도 전이다.

"뭐? 뭐라고 했어?"

"어, 아니야."

혁민은 대충 얼버무렸다. 그리고 살짝 미안한 생각도 들었다. 솔직한 이야기로 이건 불공정한 게임이었다. 100미터 달리기로 치면 자신은 70이나 80미터 앞에서 뛰는 거나 마찬가지였다.

상대는 무슨 짓을 해도 도저히 이길 수 없는 그런 게임이다. 하지만 그렇다고 상대를 배려한다거나 할 생각은 조금도 없었다. 어차피 세상은 평등하지 않다. 금수저를 물고 태어나는 사람도 있고, 나무 수저도 없이 태어나는 사람도 있는 게 세상이다.

세상이 그런데 자신에게 온 기회를 날려 버릴 이유는 없지 않은가. 혁민은 자신이 원하는 걸 얻기 위해서 달려가리라는 마음을 다시 한 번 확인했다.

*　　*　　*

"자, 쭉 털어 넣어! 개나발!!"

"개나발!!"

원생들이 일제히 외치면서 잔을 비웠다. 혁민도 폭탄주를 단숨에 넘겼는데, 찌릿한 느낌이 목을 타고 아래로 흘러내리는 걸 느낄 수 있었다. 검찰실무 시험이 끝나고 검사 교수가 폭탄주를 사는 자리였다.

사법연수원에는 현직 판사나 검사들이 교수로 오는데, 스타일이 확연히 달랐다. 판사의 경우에는 차분하고 학구적인 느낌이라고 한다면, 검사들은 활동적이고 카리스마가 있었다. 그리고 술을 엄청나게 잘 마셨다.

여자 동기들은 검사 교수의 술자리를 좀 불편해했는데, 워낙 마초 스타일이고 말을 좀 거칠게 해서 그런 거였다. 술을 많이 마셔야 하는 것도 있었고.

'개나발. 개인과 나라의 발전을 위해서. 참 오랜만에 듣는 말이네.'

폭탄주를 마시기 전에 이야기하는 걸 폭탄사라고 하는데, 여기 있는 검사 교수처럼 본인이 하고 끝내는 경우도 있었고, 사람들이 돌아가면서 말하는 경우도 있었다. 교수는 계속해서 폭탄주를 돌렸고, 다들 알딸딸하게 취했다.

시험의 스트레스를 술로 풀겠다는 것인지 원생들도 제법 많은 양의 폭탄주를 마셨고 분위기는 점점 무르익어 갔다. 얼추 자리가 마무리되어 갈 때가 되었는데, 화장실에 다녀온 검사 교수가 혁민 옆자리에 앉더니 말을 걸었다.

"허이고. 이거 몸이 예전 같지 않아. 전에는 이 정도 마셔도 말짱했는데. 그나저나 요즘 교수들 사이에서 자네 얘기가 많이 돌아. 실력이 발군이라고."

"과찬이십니다."

혁민은 가볍게 대답하고는 교수의 이야기를 들었다.

"시험 끝나고 시간 한번 내지. 내가 소개할 사람이 있어."

"예, 알겠습니다."

검사 교수는 거절 따위는 생각지도 않는다는 투로 이야기했다. 사실 연수원생이 교수의 말을 거절하기도 어려웠고.

혁민도 일단은 알겠다고 대답했다. 그리고 시험이 모두 끝난 후 며칠 지나지 않아 그가 소개하려는 사람이 누구인지 알 수 있었다.

"인사하지. 이쪽은 법무법인 태경의 파트너 변호사인 하치훈. 나랑은 연수원 동기고 막역한 사이지."

혁민은 고개를 숙이면서 악수를 하면서 그가 누구인지 알 수 있었다. 이름만 들었을 때는 기억이 나지 않았는데, 얼굴을 보니 확실하게 기억났다.

'맞아, 태경의 대표인 하치훈. 내가 왜 생각하지 못했지?'

지금은 파트너 변호사지만 나중에는 거대 로펌인 태경의 대표가 되는 인물이었다. 판사 출신 변호사이고 수완 좋고 인맥도 넓은 사람이었지만, 평은 썩 좋지 않았다. 음험하고 좀 지저분한 방법을 쓴다는 소문이 있었다.

"자, 앉지."

하치훈의 말에 셋 모두 자리에 앉았다. 혁민은 태연한 표정을 하고 있었지만, 속에서는 웃음이 터져 나오려는 걸 꾹꾹 눌러 참고 있었다.

예전에 성만의 폭행 사건 때 가해자의 변호사가 하치훈이었다. 그때는 그에 대한 기억이 나지 않았다. 얼굴을 본 적도 없었고, 그냥 이름만 들어서 그런 거였다. 아마도 하치훈은 혁민이 그 사건에 관여되었다는 걸 전혀 모르고 있을 것이다.

"보통은 나까지 나오지는 않지. 밑에 있는 변호사들이 만나고 다니는데 자네는 내가 보겠다고 일부러 자리를 마련해 달라고 했네."

하치훈은 자신과 같은 거물이 직접 움직였으니 영광으로 알라는 투로 말했다. 혁민은 이런 자리에 적당한 표정을 지으면서 그들이 하는 말을 들었다.

'그때 나랑 차 검사하고 같이 한 방 먹인 걸 알면 어떤 표정일까?'

하지만 하치훈은 그런 건 꿈에도 모르는 표정이었다. 하기야 누가 그런 걸 기억하겠는가. 직접 얼굴을 본 적이 있다면야 모르겠지만 그런 것도 아닌데.

하치훈은 은근슬쩍 질문을 던지면서 혁민의 수준을 시험해 보았다. 혁민은 그의 기대감을 충분히 충족시킬 정도의 답변을 들려주었고, 혁민이 대답할 때마다 하치훈은 고개를 끄덕였다. 그리고 검사 교수의 얼굴에는 웃음이 피어났고.

"어떤가? 내 말대로지?"

"허어, 이거 연수원 1년 차라고는 믿기지 않는군그래."

하치훈의 얼굴에는 생각했던 것보다 혁민의 실력이 더 뛰어나다는 티가 여실히 드러났다. 그리고 탐이 난다는 기색도 노골적으로 보였고. 그는 그런 걸 굳이 숨기려고 하지 않았다.

"판검사가 아니라 바로 변호사를 할 생각이라지?"

"예, 그렇습니다."

하치훈은 웃으면서 고개를 끄덕였다. 당연히 대형 로펌에 들어가는 걸 생각하고 있다고 여기는 듯했다. 하기야 하치훈이 그렇게 생각하는 것도 무리는 아니었다. 판검사를 하지 않을 거면 대형 로펌으로 들어가는 게 너무나도 당연한 거였으니까.

"내년 1학기에는 실습 돌아야지?"

"예, 그렇습니다."

혁민은 적당히 분위기를 맞추어주었다. 한 배를 타지는 않더라도 굳이 척을 질 이유는 없었으니까. 하치훈의 말대로 3학기에는 실무실습을 나간다. 검찰과 법원, 그리고 변호사 사무실에서 2개월씩 일하는 거라고 보면 된다.

"변호사 실습은 어디를 지망했나?"

"서울에 있는 개인 변호사 사무실을 지망했습니다."

"그래? 뜻밖이군."

하치훈은 뜻밖이라는 표정을 지어 보였다. 혁민의 성적이라면 당연히 대형 로펌을 지원했으리라 생각했기 때문이었다. 하치훈은 슬며시 웃으며 이야기를 이어나갔다.

"혹시 생각이 있다면 우리 로펌으로 오는 게 어떤가?"

"태경으로요? 하지만 거기는 제가 지원하지 않았는데……."

"그게 무슨 상관인가."

하치훈은 그 이야기를 하고는 이를 살짝 드러내며 웃었다. 힘을 가진 자의 여유라고 할까? 지원은 하지 않았지만, 내가 마음만 먹으면 원하는 대로 할 수 있다는 뉘앙스를 풍겼다. 그리고 그런 걸 은연중에 드러내면서 즐기는 것처럼 보였다.

'이런 걸 보면 하치훈에 대한 소문이 맞겠군.'

원하는 걸 얻기 위해서는 무엇이든 할 수 있는 사람. 가까이서 본 건 처음이었지만, 혁민은 하치훈이 그런 사람이라고 느껴졌다.

예전 같았으면 무조건 가까이하지 않았을 것이다. 상종하지 못할 인간이라고 하면서. 하지만 지금은 다르다. 그런 인간이 필요한 상황도 있는 법.

"그런가요? 대형 로펌에서 시보 생활을 하는 것도 나쁘지 않겠군요."

"그래? 역시 이야기가 통하는 친구군. 그러면 조만간 회사에서 보자고."

하치훈은 마치 모든 일이 이미 끝난 것처럼 말했다. 혁민과 하치훈의 만남은 거기까지였다. 이후로도 자잘한 이야기가 오갔지만, 의미 없는 이야기들이었다. 혁민이 먼저 자리에서 일어난 후 검사 교수는 하치훈에게 물었다.

"어떤가?"

"쓸 만하군. 아니, 그 이상이야. 강윤태도 그렇고 저 친구도 그렇고 이번 기수에는 괴물들이 많구만."

"아, 강윤태 그 친구는 어떻던가?"

"그 친구도 만만치 않다고 하더라고. 다른 변호사가 만났는데, 다녀와서는 극찬을 하더군. 명현그룹 자제라는 게 좀 걸리기는 하지만, 인재라는 건 확실해."

검사 교수가 혀를 차면서 말했다.

"이런, 내가 그 생각은 못 했구만. 맞아. 강윤태는 명현그룹 삼남이었지. 그런데 태경하고 명현그룹은 이제 좀 화해할 때도 되지 않았나?"

"나야 그러고 싶지. 하지만 가장 꼭대기에 있는 사람끼리 틀어진 건데 밑에 있는 사람들이 어쩌겠나? 풀려면 둘이 풀어야지."

하치훈은 복잡한 이야기는 하지 말자면서 술잔을 내밀었다. 둘은 잔을 부딪치고는 잔에 있던 술을 단숨에 입에 털어 넣었다.

"크으~ 그러면 혁민 군은 바로 데려다가 쓸 건가?"

"일단 실력을 좀 더 보고. 어차피 급할 건 없으니까."

검사 교수는 큭큭 웃으면서 말했다.

"하기야 이론으로는 빠삭한데 실전에서 헤매는 경우도 간혹 있지."

"보면 알겠지."

하치훈은 빈 잔에 술을 채우면서 말했다. 그리고 오늘 보여준 게 정말이라면 꼭 잡아야겠다고 다짐했다. 그 정도 인재라면 충분한 대가를 내더라도 자신의 품에 넣어야겠다고 생각하면서.

*　　*　　*

하치훈은 확실히 큰소리칠 만했다. 혁민은 변호사 사무실, 법원, 검찰의 순으로 시보 생활을 하게 되었는데, 배치 명부를 받아보니 법무법인 태경에서 변호사 실무 수습을 하게 되어 있었다.

"하기야 그래도 명색이 태경의 파트너 변호사인데 이런 정도는 우습겠지."

모든 것이 원리원칙대로만 돌아간다면야 무슨 문제가 있겠는가. 하지만 세상은 그렇지 않다. 그리고 원리원칙을 지키려고 하는 사람들만 손해를 보는 게 현실이다. 그래서 혁민도 조금 다른 관점에서 세상을 바라보기로 한 것 아니겠는가.

혁민은 태경에서 과연 어떤 일을 하게 될지 기대를 하면서 배치 명부를 주머니에 집어넣었다. 그리고 하치훈은 잘만 활용하면 상당히 유용할 수 있다는 생각이 들었다. 자신에게 눈독을 들이고 있는 데다가 욕심이 많아 보였으니까.

보통은 저번에 만나서 이야기한 것같이 그렇게 노골적으로 나오지는 않는데, 아마도 혁민을 애송이라고 생각해서 그런 것 같았다.

'그가 보기에는 이제 겨우 대학을 졸업하고 바로 사법연수원에 온 풋내기겠지.'

어떻게 보면 하치훈이 혁민을 그렇게 생각하는 건 당연했다. 이제 해가 바뀌어 스물다섯 살. 게다가 지금까지 오로지 법 공부만 들이판 사법연수원생. 복잡한 인간관계에 대해 알기에는 너무나도 어린, 그리고 세상 물정에 대해서 잘 알기도 어려운 나이였으니까.

공부를 잘하는 것과 세상을 아는 것은 전혀 다른 문제이다. 게다가 하치훈은 대형 로펌의 파트너 변호사이고 혁민은 사법연수원생에 불과하다. 사회적 격차나 경험의 차이가 어마어마하다. 그래서 하치훈은 혁민을 무척 쉽게 생각하고 있었다.

하지만 혁민은 그런 점이 오히려 마음에 들었다. 상대가 그런 마음을 가지고 있을수록 자신에게는 유리하니까. 그리고 그가 욕심이 많은 것도 자신에게는 유리하다고 생각했다.

"바다는 메울 수 있어도 사람의 욕심은 채울 수 없는 법이지."

하치훈은 자신의 욕심을 채우기 위해서 계속해서 움직일 것이다. 그런 상대가 이용해 먹기 딱 좋은 상대다. 그리고 꼭 하치훈이 아니더라도 자신의 가치가 올라가면 올라갈수록 원하는 걸 얻기는 쉬워질 것이다.

혁민은 생각을 멈추고 발걸음을 옮겼다. 지도관에게 도장을 받아서 태경에 팩스로 보내야 하는데 아예 오늘 처리해 버릴 생각에서였다.

"음? 아니 갑자기 웬일이지?"

바쁘게 걷던 중 갑자기 전화가 울려 보니 액정에 차동출이라는 이름이 보였다. 혁민은 무슨 일일까 생각하면서 전화를 받았다.

"오랜만이네요. 잘 지내셨죠?"

—염병. 잘 지내긴. 아주 바빠서 죽을 것 같다.

풋 하고 순간적으로 웃음이 터졌다. 과연 차동출다운 대답이었다.

"그런데 무슨 일인데요?"

—너 시간 좀 낼 수 있어? 보고 싶다는 분이 계셔서.

"실무실습 나가기 전까지는 괜찮아요. 어떤 분인데요?"

—아, 고인수 차장검사… 아니지 이제는 법무부우… 그… 어디더라? 기획… 음… 아무튼, 그분이 한번 보자고 하시네?

고인수 검사. 혁민도 익히 알고 있는 사람이었다. 김문환이 사법개혁 모임의 상징적인 인물이었지만, 고인수도 그에 못지않은 명성을 가진 인물이었다. 유능하고 강직해서 검찰에서의 인망도 두터웠고.

예전에는 가벼운 인사 정도만 한 사이여서 개인적은 친분은 없었는데, 이번에는 그보다는 조금 가까워질 모양이었다. 이렇게 직접 불러서 만나게 되었으니 말이다.

'아마 검사장까지 올랐었지?'

검사장까지는 승진했지만, 검찰총장은 아예 생각도 못 했다. 정치적인 배경이 전혀 없었으니까. 사실 그런 배경 없이 검사장까지 올라간 것도 신기한 일이었다. 혁민은 안 그래도 사법개혁 모임 사람들과 만나고 싶었는데 마침 잘됐다 싶었다.

"언제가 좋을까요?"

—내일 저녁에 어때?

"저는 괜찮아요. 내일 어디로 갈까요?"

차동출이 장소와 시간을 이야기했는데, 우연하게도 하치훈을 만난 장소와 같은 곳이었다. 그 장소를 잡은 것도 검사 교수인 것 같았는데, 아무래도 검사들이 자주 가는 그런 음식점인 모양이었다.

*　　*　　*

다음 날 혁민은 살짝 기대감을 품고 두 사람을 만났다.

"자네 참 재미있는 친구더구만."

인사를 하고 자리에 앉아서 고인수가 처음 꺼낸 말이었다.

"디지털 재산권에 대해서 열변을 토했다면서? 나도 들었는데 상당히 인상적이더군."

"과찬이십니다."

고인수는 앞으로 어떤 세상이 올지 모르겠다면서 너털웃음을 터뜨렸다.

"이거 요즘은 인터넷 하지 못하면 퇴물 취급을 받는다니까? 우리 애들이 놀려. 아빠 무식하다고. 허허, 이러다가 예전 공상 과학 만화 같은 데 나오던 게 다 나오겠어."

"맞습니다. 삐삐가 나왔을 때만 해도 정말 신기했는데, 요즘은 쓰는 사람을 보기 힘들지 않습니까. 정말 어떻게 변할지 모르죠."

말도 거칠고 제멋대로인 차동출도 대선배 앞이라 그런지 무척 조심스럽게 행동했다.

"법이라는 것도 시대 상황에 맞게 바뀌어야지. 그런 걸 바로 법조인들이 제대로 해야 하는데 말이야. 흐음……."

고인수는 불만이 가득한 표정으로 한숨을 내쉬었다. 지금의 세태가 마음에 들지 않는다는 눈치였는데, 혁민이 워낙 어리다고 생각해서인지 직접 말을 하지는 않았다.

고인수는 혁민에게 디지털 재산권부터 생각해서 이런저런 이야기를 물었다. 어떤 성향을 가졌는지를 떠보려는 것 같았다. 혁민은 평소 자신이 가지고 있는 생각 그대로 대답했다. 그리고 고인수는 그런 혁민이 꽤 마음에 드는 듯했다.

"그래도 자네 같은 후배가 있어서 마음이 놓여. 새로운 시각으로 바라보고 부족하거나 잘못된 점을 고치려고 하는 자세야말로 젊은 법조인이 반드시 가져야 할 태도지."

"그래도 융통성은 있어야 한다고 생각합니다. 틀에 얽매인 경직된 사고는 더 큰 문제를 일으킬 수 있으니까요."

"그건 맞아. 그런데 그 융통성을 이상한 데다 가져다 붙여서 문제지."

고인수는 청탁 같은 걸 하면서 그런 걸 융통성이라고 이야기하는 사람들이 있다면서 버럭 화를 냈다. 사실 그동안 주변에 있는 그런 인물들 때문에 피해를 본 게 여러 번 있어서 그런 거였다.

자신이 가야 할 자리에 다른 사람의 이름이 오른 적이 어디 한두 번이던가. 그런 식으로 물을 계속해서 먹다 보니 그런 쪽으로는 넌덜머리가 나는 고인수였다. 그래서 그런 건 일절 없애야 한다고 단호하게 이야기했다.

"그래도 어느 정도의 융통성은 있어야 하지 않을까요?"

"법이라는 게 완벽할 수 없으니까 그걸 기계적으로 적용하게 되면 오히려 문제가 되는 거 아닌가. 그러니까 선의의 피해자가 생기는 걸 구제한다거나 할 때 융통성이 필요한 거야. 다른 사람 갈 자리에 새치기하거나 고위층에 있는 사람이라고 빼낼 때 쓰라고 있는 게 아니라."

듣던 대로 무척이나 강직한 인물이었다. 그런데 갑자기 그런 생각이 들었다. 만약 이 사람에게 치료감호소로 가도록 해 달라고 부탁하면 어떻게 될까 하는 그런 생각이. 모르긴 몰라도 듣자마자 바로 인상을 찌푸릴 것 같았다.

'이거 일이 좀 꼬일지도 모르겠는데?'

혁민은 고인수가 법무부 기획조정실장이라는 말을 듣고 그에게 잘 보이면 치료감호소로 가는 일은 식은 죽 먹기라고 생각했다. 기획조정실장이면 법무부에서도 제법 힘이 있는 자리였으니까. 하지만 오늘 보아하니 그런 부탁은 이빨도 들어가지 않을 것 같았다.

'아직 시간은 있으니까.'

그래도 자신과는 인연이 있는 모임 아닌가. 추구하는 바도 훌륭했고. 혁민은 두 사람과 꽤 오래 이야기를 나누었다. 서로 성향이 잘 맞아서인지 대화가 잘 통했다. 그렇게 고인수와 혁민의 첫 만남은 서로에게 깊은 인상을 심어주면서 마무리되었다.

하지만 혁민은 자신이 생각하는 대로 인연이 이어질 것 같지는 않다는 느낌을 강하게 받았다. 아주 강하게.

*　　*　　*

"여기가 태경일세."

하치훈은 실무실습을 나온 연수원생들에게 이야기했다. 그가 손을 뻗은 곳에는 엄청난 수의 사람들이 바쁘게 움직이고 있는 거대한 사무실이 있었다. 이런 광경을 처음 보는 사람은 기가 팍 죽을 그런 광경이었다.

하지만 혁민은 그저 그랬다. 예전에도 이것과 비슷한 장소에 가본 적이 여러 번 있었으니까. 하치훈의 얼굴은 뿌듯해하는 감정으로 가득했는데, 그것이 지나쳐 오만하거나 거만하게 보일 지경이었다.

하지만 혁민을 제외한 다른 사람들은 거대한 조직의 모습에 압도당한 듯했다. 하치훈은 그런 연수원생들을 보면서 흐뭇해하다가 차분한 모습의 혁민을 보고는 신기하다는 듯 쳐다보았다.

"자세한 얘기는 여기 이 변호사에게 듣지."

하치훈이 소개한 이 변호사는 혁민을 포함한 연수원생들에게 자신을 따라오라고 하고는 소회의실로 그들을 데리고 사라졌다. 하치훈은 자신의 방으로 들어가서는 심복인 장 변호사와 대화를 나누었다.

"어떻게 실력을 알아볼 만한 사건이 좀 있던가?"

"일단 프로보노로 들어온 사건 중에서 하나를 맡겨볼까 합니다."

하치훈은 알아서 하라고 이야기했다. 혁민에게 관심이 있기는 했지만, 아직은 가능성이 있는 인재일 뿐이다. 그 정도 일은 밑에서 처리하면 된다는 게 그의 지론이었다. 장 변호사는 고개를 숙이고 밖으로 나왔다.

문을 닫고 밖으로 나온 장 변호사의 표정이 확 바뀌었다.

"아 놔, 지금 일도 바빠 죽겠는데 내가 애새끼들 기저귀까지 챙겨야 해? 그리고 여기 수석 아닌 사람이 누가 있다고."

짜증이 날 만도 했다. 장 변호사의 퇴근 시간은 저녁 아홉 시에서 열 시가 보통이다. 바쁠 때는 철야를 하는 경우도 허다했고. 휴일에 출근하지 않은 날을 손으로 세는 게 훨씬 빨랐다. 그런 적이 거의 없었으니까.

지금 진행하고 있는 사건도 몇 개나 된다. 그런 와중에 연수원생 실무실습까지 챙기라고 하니 짜증이 나지 않겠는가. 그리고 자신도 그랬고, 사법연수원에서 수석을 했던 변호사들이 수두룩했다. 그러니 혁민을 잘 살펴보라는 말이 귓등으로도 들어오지 않았던 것이다.

"어디 헤매는 꼴을 좀 보자고."

이론과 실전은 천지 차이다. 이번에 그걸 똑똑히 알려주겠다고 다짐하면서 그는 파일을 챙겨놓으라고 지시한 여직원의 자리로 걸어갔다. 하지만 여직원은 어디를 갔는지 보이지 않았다.

"얘는 어딜 간 거야? 누가 불렀나?"

장 변호사는 책상 위에 있는 파일을 대충 훑어보고는 모두 들고 소회의실로 향했다. 그리고 그가 소회의실로 들어갈 무렵, 자리의 주인인 여직원이 돌아왔다. 다른 변호사에게 급히 전해줄 게 있어서 잠깐 자리를 비웠던 거였다. 그녀는 파일이 모두 없어진 걸 보고는 화들짝 놀랐다.

"어? 빼야 할 사건이 하나 있었는데. 어쩌지?"

정리하다가 미처 빼지 못한 사건이 하나 있었다. 프로보노, 즉 소외 계층에 대한 무료 법률 서비스라고 하더라도 들어온 사건을 무조건 다 맡는 건 아니다. 내용을 따져 보고 거절할 건 거절한다. 그런데 장 변호사가 들고 간 파일 중에는 빼야 할 사건이 하나 있었던 것이다.

"도저히 가망이 없어서 맡으면 안 되는 사건이라고 했던 것 같은데."

여직원은 그렇게 중얼거렸지만, 이미 장 변호사는 소회의실 안으로 들어간 후였다. 여직원은 달려가서 알려야 하나 생각을 했는데, 그럴 수 없었다. 그녀를 찾는 사람이 있었기 때문이었다. 그녀는 재빨리 인터폰을 들었다.

"예. 예, 지금 가져가겠습니다."

그녀는 시보들한테 간 것이니 급하지 않다고 생각하고는 일단 급한 일부터 하기로 했다.

그리고 같은 시각, 장 변호사는 원생들에게 사건 파일을 던져 주었다.

"이번에 우리 로펌에 들어온 프로보노 사건들이다. 각자 하나씩 맡아서 검토해 봐."

사실 변호사 시보라고는 하지만 실제로 변호사 일을 하는 경우는 거의 없다. 오히려 견학이라고 하는 편이 더 옳을 수도 있다. 다들 워낙 바빠서 일일이 붙잡고 가르쳐 줄 수가 없기 때문이다.

그래서 그냥 로펌이나 변호사 사무실은 이런 분위기이고 이런 일을 한다는 정도만 파악하는 경우가 대부분이다.

"하나씩 말입니까?"

"그래. 서로 돌려가면서 살펴보고 알아서들 정해."

장 변호사는 그렇게 말하고는 소회의실에서 나왔다. 실습을 나온 원생들의 눈빛이 변했다. 여기서 잘 보이면 이 로펌에 취직할 수 있지 않을까 하는 생각에서였다. 그런 모습을 본 혁민은 고개를 내저었다.

여기서 그렇게 될 확률은 거의 없었다. 그리고 그렇게 사람들의 눈에 들어올 정도면 여기가 아니라 어디라도 갈 수 있을 정도의 실력인 것이고. 그는 파일을 하나 집어서 사건을 살피기 시작했다.

'딱히 끌리는 사건은 없네?'

제법 까다로운 사건들이었지만, 그거야 사법연수원생 수준에서 그런 거였다. 혁민이 보기에는 이 정도는 사건도 아니었다. 그런데 사건을 하나씩 맡으라고 했는데, 파일이 하나가 남았다. 혁민이 남는 파일로 손을 뻗었는데, 동기 하나가 그를 말렸다.

"그건 잘못 온 것 같던데? 증거도 확실하고 경찰하고 검찰에서 범행 일체를 시인한 상태라서 빼도 박도 못할 건이야."

혁민은 그러냐고 하면서도 파일을 집어 들었다. 어차피 다른 파일은 모두 보았고, 지도할 변호사가 오려면 시간이 남았기 때문이었다. 그런데 대충 파일을 읽던 혁민의 자세가 조금씩 달라졌다.

처음에는 의자에 기대어 종이를 넘기던 혁민이 자세를 바로 하고 읽기 시작했다. 그리고 펜으로 메모지에 무언가를 적기 시작했다.

"자, 다들 사건 정했나?"

"예, 정했습니다."

장 변호사는 실제로 사건을 맡는 건 태경의 변호사들이고 시보인 연수원생들은 말 그대로 실습을 하는 거라고 이야기했다. 실제 과정을 한번 체험해 보는 거라고나 할까. 하지만 연수원생들의 눈에는 멋지게 일처리를 해서 꼭 눈에 들어야겠다는 각오가 넘쳐흘렀다.

"아, 그리고 파일이 하나 남지? 우리가 맡지 않을 사건 파일인데 들어온 게 있을 거야."

장 변호사의 말에 혁민이 손을 들었다. 그리고 천천히, 하지만 또박또박 이야기했다.

"그 사건 제가 맡겠습니다."

혁민의 말에 소회의실 안에 있는 사람들은 모두 벙찐 표정이 되었다. 그렇게 혁민의 파란만장한 6개월간의 실무실습이 시작되었다.

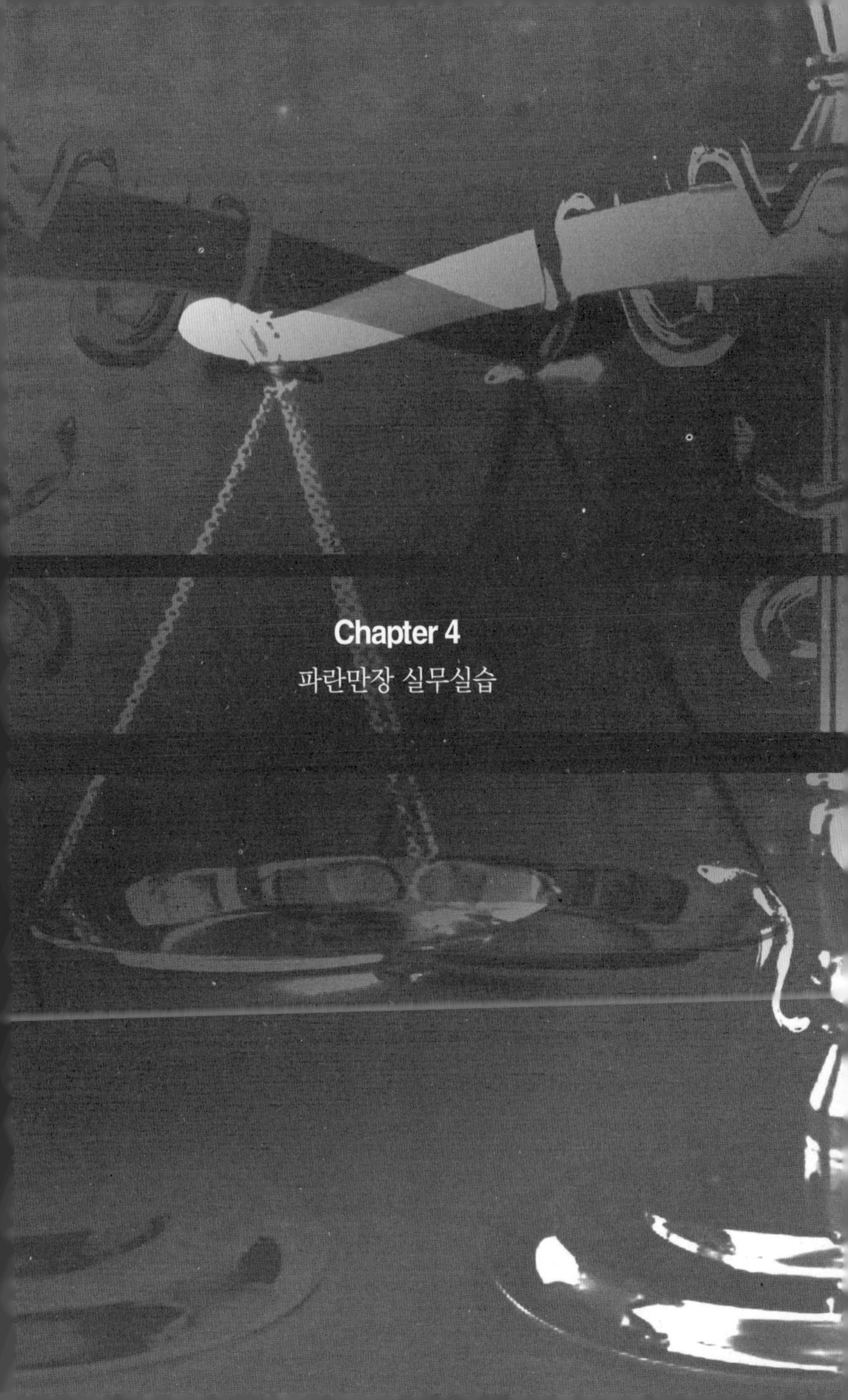

Chapter 4
파란만장 실무실습

"이 사건을 맡겠다고 했다고?"

"그냥 무시하시죠. 공연히 받아주었다가 문제가 될 수도 있습니다. 그리고 사건이… 도난당한 물품이 집에서 다수 발견되었고, 자백까지 한 상황입니다. 방법이 없습니다."

하치훈은 장 변호사의 말에 고개를 끄덕였다. 자신이 보기에도 그래 보였다. 하지만 궁금했다. 도대체 혁민이 왜 이 사건을 맡겠다고 했는지가. 다른 사람은 못 해도 나는 할 수 있다는 천재의 오만인지, 아니면 의뢰인을 불쌍하다고 생각하는 건지. 그것도 아니면 치기 어린 자신감인지.

"괴짜라고 하더니 정말 종잡을 수가 없는 친구구만."

"제가 이야기를 했는데도 자신이 해보겠다고 아주 따박따

박 이야기를 하더군요. 똘끼가 아주 넘칩니다."

하치훈은 피식 웃었다. 어차피 평범한 인재는 필요 없다. 그런 인재야 널리고 널렸으니까. 저런 특별한 녀석들이 무언가를 해내는 거다. 물론 저런 기질은 다루기가 어렵기는 하지만, 아직 애 아닌가. 자신이라면 충분히 컨트롤할 수 있다고 하치훈은 생각했다.

"맡겨."

"부장님!"

장 변호사는 깜짝 놀라서 자신도 모르게 목소리를 높였다. 하지만 바로 이어진 하치훈의 말에 어느 정도는 납득할 수 있었다.

"일단은 연수원생 개인이 관심을 가지고 살펴보는 정도로 해. 우리 태경과는 관련이 없는 거야."

"아, 그러면……."

"그래. 그 녀석이 하는 걸 봐서 아니다 싶으면 그 녀석 책임인 거고, 뭔가 되겠다 싶으면 우리가 챙기면 되는 거지."

장 변호사는 역시 하치훈이라는 생각을 했다. 곁에서 계속 보아왔지만, 이런 식의 발상은 정말 자신도 배우고 싶었다.

"역시 부장님이십니다. 그러면 녀석의 실력도 볼 수 있겠고, 로펌에 문제가 되는 일은 없겠군요. 혹시라도 일이 잘 풀린다 싶으면 저희가 가져오면 되는 거고요."

"그렇지. 그러니까 혁민이라는 친구나 의뢰를 한 사람에게 그런 점을 정확하게 주지시키도록 해. 어디까지나 연수원생

개인이 관심을 가지는 일이지만 로펌에서 지원을 아끼지 않겠다는 정도로 이야기하면 적당할 것 같군. 그렇지 않나?"

"알겠습니다, 부장님."

장 변호사는 하치훈이 부장판사일 때 같이 근무했던 터라 태경에 온 이후에도 그를 계속 부장님이라고 불렀다. 그리고 자신도 혁민이 어떻게 이 사건을 처리할 것인지가 궁금하기는 했다.

장 변호사는 나가서 혁민에게 이 사실을 이야기했다. 그리고 잠시 후에 찾아온 의뢰인에게도.

'이용해 먹겠다는 거구만. 혹시라도 되겠다 싶으면 날로 먹으려 할 테고.'

혁민은 듣자마자 무슨 말인지 알아들었다. 그리고 누가 이런 지시를 했는지도 알 것 같았다. 장 변호사가 누구의 지시를 받는지야 모르는 사람이 없는 일이었으니까. 역시나 하치훈은 구렁이 같은 작자였다.

혁민은 알았다고 하고는 의뢰인과 이야기를 나누었다. 체포되어 구치소에 있는 남자의 아버지는 태경에서 맡는 게 아니라고 하자 불안해했지만, 혁민이 안심시켰다. 그리고 자세한 이야기를 들었다.

그는 시시콜콜한 이야기까지 하려고 했다. 조금이라고 더 이야기해야 아들이 풀려날 수 있다고 믿는 듯이. 혁민은 일단 그가 하는 이야기를 전부 듣고 메모했다.

"너도 정말 괴짜는 괴짜다. 그런 사건을 왜 맡으려고 하는 거야?"

의뢰인과 대화를 마치고 소회의실에 마련된 자리로 오자 옆에 있던 동기가 낮은 목소리로 수군거렸다. 다른 동기들은 무슨 일이 있는지 자리에 없고 한 명만 자리에 있었다.

"재미있잖아. 다른 건 영 흥미가 안 생기더라고."

"그래서 넌 어떻게 생각하는데? 정말 의뢰인 말대로 그 사람이 무죄인 것 같아?"

"그거야 아직은 모르지. 죄가 있다고 말하는 사람이 어디 있나."

"그러면 왜 맡은 건데? 무죄라고 생각해서 맡은 거 아냐?"

동기는 의아하다는 표정으로 혁민을 쳐다보았다.

"적어도 여기 적힌 내용으로 보면 문제가 있다고 판단되니까. 사실 이 남자가 범행했다는 직접적인 증거는 없거든."

동기는 그래도 이해가 되지 않는다는 듯 물었다.

"그 남자 집에서 도난당한 물건이 나왔잖아. 그것도 하나도 아니고 여러 개가. 게다가 자백도 했고."

"자백이야 뭐, 너 경찰이나 검찰에서 어떻게 신문하는지 알아?"

혁민의 말에 동기는 고개를 저었다. 경찰이나 검찰에 가본 적도 없고, 대충 이야기만 들었으니까. 사법연수원생이 이 정도니 일반인은 더 모를 것이다.

경찰이나 검찰이 신사적으로 질문하고 상대가 대답하기를 기다릴까? 천만의 말씀이다. 스스로 죄가 있다고 말하는 사람이 누가 있겠는가. 그런 사람이 있으면 오히려 의심스러운 거다. 그렇지 않기 때문에 경찰이나 검찰에서는 여러 방법을 사용한다.

혁민이 활동하던 2020년에도 폭력을 포함한 온갖 수단을 다 썼다. 그나마 폭력은 워낙 문제가 되니까 거의 사용하지 않긴 했지만. 하지만 지금은 2003년이다. 어떤 식으로 신문하는지야 보지 않아도 뻔했다.

게다가 국선변호인까지 가망이 없으니 자백하라고 했다지 않은가. 그런 상황에서 버틸 수 있는 사람은 거의 없다. 설사 죄가 없다고 하더라도.

"그리고 그냥 보기에는 문제가 없어 보일지 몰라도 자세히 보면 허술한 구석이 많아. 그러니까 살펴봐야지."

혁민은 이 사건이야말로 자신의 가치를 보여주기에 아주 적합한 사건이라는 생각이 들었다. 게다가 사건을 쭉 훑어보니 어떤 식으로 흘러갔는지가 보였다. 무죄라는 증거도 없지만, 유죄라고 단정 지을 수 없다는 게 혁민의 판단이었다.

그리고 의뢰인의 아버지가 이야기한 게 사실이라면 무죄일 확률이 높다고 생각했다. 하지만 그건 아직 확신할 수 없는 일. 그래서 지금부터 그걸 알아볼 생각이었다. 하지만 동기는 전혀 모르겠냐는 표정이었다.

'인석아. 그건 수많은 경험이 없으면 알 수 없는 거야. 그것도 이런 식으로 당한 억울한 사건들을 많이 다뤄보지 않으면 절대로 알 수 없지.'

혁민은 예전에 이런 사건을 많이 다루어 본 게 도움이 된다는 사실이 참 아이러니하다고 생각했다. 그런 게 싫어서 다른 길을 가려고 하고 있는데, 그 과정에서 예전 경험이 도움 된다니 말이다.

"그래도 무죄를 입증하는 건 어려울 것 같은데……."

동기는 설사 무죄라고 하더라도 이 정도면 입증할 수 없다고 생각하는 모양이었다. 동기의 입장에서는 그게 당연할 것이다. 세상은 아는 만큼 보이는 거니까.

"우리나라 형사사건 무죄율이 얼마나 될 것 같아?"

"무죄율? 글쎄? 한 2~3%?"

혁민은 피식 웃으면서 대답했다.

"2000년 0.65%, 2001년 0.70%야. 그리고 변호사들은 무죄 변호를 담당하는 걸 꺼리지. 왜 그런 줄 알아?"

"글쎄? 왜 그러는데?"

"무죄를 받으려면 검찰이 제시한 증거를 조목조목 반박해야 하거든. 죄가 없다는 걸 완벽하게 입증하지 않으면 어려워. 너 여기 변호사들 어떤 것 같아? 엄청 바쁘지?"

"어. 생각한 것보다 굉장히 바쁜 것 같아."

혁민은 그래서 무죄 변호를 잘 맡지 않는 거고, 맡아도 무죄 판결을 받을 확률이 낮다고 이야기했다.

"그런 걸 입증하려면 알아볼 것도 많고 조사할 것도 많아. 다시 말해서 손이 많이 간단 말이야. 그냥 일하기에도 시간이 모자라는데 그런 거 알아보고 조사하고 누가 하겠어. 그러니까 잘 맡으려고 하지 않는 거야. 맡더라도 그냥 있는 자료만 가지고 진행하는 거고."

사실 변호사에게 찾아갈 때는 엄청난 기대를 품고 간다. 이 사람이 나의 무죄를 증명해 줄 것이라는 기대를. 하지만 현실은 전혀 그렇지 않다. 그저 있는 기록을 가지고 진행하는 경우가 대부분이다.

동기는 이해가 된다는 듯 고개를 끄덕였다. 검찰이 제시한 증거가 잘못되었고, 의뢰인이 무죄라는 걸 입증하려면 엄청난 노력과 시간이 들 것 같았다. 그렇지 않겠는가. 아니면 증인이나 증거가 그냥 알아서 굴러들어온다든가.

그리고 사람들은 보통 이런 문제에 협조적이지도 않다. 그래서 발품도 많이 팔아야 하고, 시간도 많이 잡아먹는다. 그래서 그럴 만한 금액을 내는 경우가 아니면 잘 맡으려고 하지 않는 것이다. 손은 많이 가고 돈은 안 되니까.

그래서 법을 잘 모르고 가진 것도 많지 않은 사람들은 억울한 일을 당해도 거기서 헤어 나오기가 어려운 것이다.

"그건 좀 아니지 않나?"

혁민보다 두 살 많은 동기는 아직 정의감이 불타오르는 듯했다. 살짝 홍분한 낯빛과 납득하기 어렵다는 표정. 하지만 저런 사람도 사회 경험을 하다 보면 변하게 마련이다.

"그게 현실이지."

혁민의 말에 동기는 그게 아니라는 듯 고개를 저었다. 그는 아직 청춘의 혈기가 넘쳤다.

"내가 세상을 너무 몰랐구나 싶네. 사시 붙고서 지금까지 마냥 좋아했는데, 한참 먼 것 같다. 이런 얘기 못 들었으면 연수원 끝날 때까지도 꿈속에서 살아갈 뻔했는데. 야, 혹시 필요한 거 있으면 애기해라. 내가 할 수 있는 건 도와줄 테니까."

혁민은 빙긋 웃었다. 그리고 동기의 손을 한번 맞잡고는 꽉 쥐었다. 그 녀석의 손은 무척 따뜻했다. 젊은 패기와 열정이 아직은 식지 않아서 그럴 것이다. 그리고 혁민은 자신은 조금 다른 길을 가려고 하지만, 이 녀석의 온기는 식지 않기를 바랐다.

* * *

"그러니까 지갑은 그냥 취미로 모았다, 이거죠?"

"예, 어차피 버려진 지갑이잖아요. 그리고 지갑 안에는 아무것도 없었어요."

구치소로 간 혁민은 20대 중반의 남자와 이야기를 나누었다. 혁민은 묘한 느낌을 받았다. 거의 체념한 듯한 표정으로 그는 말했다. 혁민에게 말을 하고 싶어 하는 것 같았지만, 기대는 하지 않는 듯한 느낌이었다.

'기대했다가 또 상처를 받을까 봐 그러는 거겠지.'

이미 상처를 많이 받았을 것이다. 혁민도 덤덤하게 질문했다. 감정이 격앙되지 않는 편이 대화를 나누기에는 좋았으니까.

"지갑은 왜 모은 거죠?"

"그냥요. 좋은 지갑 가지고 있으면 돈이 좀 붙을까 싶었거든요. 다들 돈 벌고 싶어 하잖아요."

돈. 모두가 가지고 싶어 한다. 하지만 대부분은 충분히 갖지 못하고, 그래서 다툼이 일어난다.

혁민은 다른 이야기를 물어보았다.

"여자 친구가 있다면서요."

남자는 아무 말도 하지 않았다. 혁민은 분위기를 바꿔가면서 계속 물었지만, 그는 여자 친구가 있다는 말만 하고 다른 이야기는 하지 않았다.

"사건이 일어난 그 동네는 한 번도 간 적이 없다는 거죠?"

"예, 그 근처에 갈 일도 없어요. 아무도 믿지 않지만……."

"예전에 사고를 좀 친 적이 있네요?"

"어렸을 때 폭주족이었거든요. 주먹질도 좀 했고. 다 옛날 얘기죠, 뭐."

본인에게는 옛날이야기일지 모르지만, 판사에게는 좋지 않은 인식을 심어줄 수 있다. 피고인이 유죄로 판결이 확정될 때까지는 무죄로 추정한다는 무죄추정의 원칙이 있지만, 판사도 사람이다. 그런 기록이 있으면 아무래도 법정에서 불리하게 작용한다.

"경찰하고 검찰에서 왜 자백을 한 거죠?"

"저도 처음에는 아니라고 했어요."

남자는 당시가 생각나는 듯 목소리가 살짝 커졌다. 그리고 정말 억울하다는 표정을 한 채 이야기했다. 전과는 달리 자신이 당했던 일을 묻지도 않았는데 털어놓았다. 역시나 강압적으로 받아낸 자백이었다.

하지만 이해는 되었다. 아무런 희망도 없는 상황에서 계속해서 다그치고 유혹하면 넘어갈 수밖에 없다. 어떤 사람은 죄가 없는데 왜 자백을 하느냐고 말하겠지만, 당해보지 않은 사람은 모른다.

가만히 있으면 더 큰 죄가 된다는데 겁이 나지 않을 사람이 어디 있겠는가. 그리고 모든 증거가 자신을 가리키고 있어서 빠져나갈 구멍이 없다는데.

"경찰에서야 그렇다 치더라도 검찰에서는 제대로 이야기를 했어야죠."

"달라질 게 있나요? 경찰에서 이미 다 말했는데."

"다르죠. 경찰과 검찰에서 말한 건 엄청난 차이가 있어요."

남자는 무슨 소리냐며 물었다. 하기야 이런 사실을 일반인이 어떻게 알겠는가. 혁민은 간단하게 설명해 주었다.

"경찰과 검찰의 신문조서는 증거력 차이가 엄청납니다. 이런 말 하면 안 되긴 하지만, 경찰에서의 신문조서는 아니라고 하면 그만이에요. 강박에 의한 거였다고 하고 부동의하면 그건 증거로 인정되지 않을 확률이 높아요."

하지만 검찰에서 조사한 피의자 신문조서는 동의하지 않아도 증거력이 있다. 그래서 좀 아는 사람들은 경찰에서 심하게 나오면 대충 인정하고 검찰에 가서 제대로 이야기한다. 하지만 검찰 단계에서 인정하게 되면 문제가 굉장히 심각해진다.

"그런가요? 전 그런 것도 모르고……."

"그럼 사건이 일어난 월요일에는 뭘 하고 있었어요?"

"중국집이 월요일마다 쉬거든요. 그래서 일요일에 일 끝나면 술 한잔할 때도 있고. 대부분 느긋하게 일어나서 소설책 보죠. 제가 소설을 좀 좋아하거든요."

월요일은 온종일 집에만 있다는 거였다. 나가봐야 돈만 쓰게 되고, 만날 사람도 없고 해서 그렇다고 했다.

"편의점 같은 데도 안 갔어요? 신용카드 사용한 적이나, 누굴 만났거나, 아니면 집으로 누가 찾아온 적은?"

"음… 거의 없어요. 아니, 전에 주인집 아주머니가 온 것 말고는 없는 것 같은데요. 찾아올 사람이 있는 것도 아니고, 그냥 계속 소설 보다가 쉬다가 그래요."

차라리 나가서 뭐라도 했으면 입증하기가 편했을 텐데, 그런 적이 없다고 했다. 잘 생각해 보라고 했지만, 월요일은 방에만 있었다는 거였다.

'하기야 이러니까 범인으로 몰릴 수밖에.'

남자는 끝까지 여자 친구에 관한 이야기는 하지 않았고, 혁민은 다시 태경으로 향했다. 소회의실에 돌아온 혁민은 사건을 다시 정리했다.

'중국집 배달부로 일하는 남자. 가정집에 몰래 들어가서 절도를 한 사건이 동네에서 계속 일어났다. 그리고 그게 그 남자가 일하는 중국집이 쉬는 월요일마다 일어났다.'

모두가 불리한 정황뿐이었다.

'경찰이 수사 중에 이 남자가 도둑맞은 지갑을 가지고 있는 것을 확인하고는 체포. 방에 가보니 다수의 지갑 발견. 그중에는 도난당한 게 여러 개. 게다가 무죄를 증명할 알리바이는 없고.'

상황이 좋지 않았다. 아니, 좋지 않은 정도가 아니라 빠져나올 구멍이 거의 보이지 않았다.

"범행하지 않았다는 직접적인 증거는 확보하기 어려워. 그렇다면 일단은 소극적 사실 입증부터!"

* * *

"어때?"

혁민보다 두 살 많은 연수원 동기는 전에 이야기를 한번 듣고 나더니 이 사건에 부쩍 관심을 보였다.

"무죄를 증명할 수 있을 것 같기는 한데, 본인이 망설이고 있어서 골치가 아프네."

혁민의 이야기에 소회의실 안에 있던 연수원생들의 시선이 일제히 혁민에게로 쏠렸다. 그 사건은 어떻게 손쓸 방법이 없다고 여겼던 사건이었는데, 무죄 증명이라니. 놀라지 않을 수 없었다.

"새로운 증거라도 나온 거야?"

"아니면 절차상의 문제가 있었던 건가?"

사람들은 궁금해서 못 견디겠다는 표정으로 혁민에게 질문을 던졌다. 하지만 아직은 이들에게 이야기해 줄 단계가 아니었다. 그리고 그럴 일은 없다고 생각하지만, 이들을 전적으로 신뢰할 수는 없다.

예전 같았으면 내용을 쭉 공개하고 같이 고민했을 것이다. 실제로 그런 적도 있었고. 그래서 좋은 아이디어나 도움을 받은 적도 있었지만, 정보가 검찰이나 상대편 변호사에게 넘어가서 곤란해진 경우도 있었다. 그때는 그래도 도움을 받는 게 더 중요하다고 생각했지만, 지금은 달라졌다.

'어떻게든 이곳에 잘 보이려고 안달이 난 녀석들인데 무슨 짓을 할지 알고. 정보가 돌아다녀서 좋을 게 있나. 그러니 미안하지만 알려줄 순 없겠어.'

혁민은 그냥 웃으면서 아직은 말할 단계가 아니라고 이야기했다.

"좀 더 정리되고 내용도 확실해지면 그때. 지금은 아니야."

다들 아쉬워하는 눈치였다. 하지만 혁민의 생각은 옳았다. 얼마 지나지 않아 장 변호사가 그를 불렀다. 누군가가 안에서 있었던 이야기를 장 변호사에게 말한 것이다. 혁민은 그럴 줄 알았다고 생각하면서 장 변호사의 방으로 들어갔다.

"성과가 좀 있었나?"

장 변호사는 호기심이 가득한 표정으로 물었다. 그 역시 변호사. 궁금하지 않다고 한다면 거짓말일 것이다. 혁민은 고개를 끄덕였다.

"예, 그렇긴 한데 본인이 아직 마음을 확실하게 정하지 못하고 있어서 기다리는 중입니다."

"그래? 진행 상황을 좀 들어볼까?"

혁민은 자리에 앉아서 이야기를 시작했다. 배달부와 그의 아버지, 그리고 배달부의 방과 중국집 주변을 조사해서 얻은 자료를 종합한 내용이었다.

"애인이 있고, 검정고시를 봐서 대학교에 갈 생각을 하고 있었다?"

"예, 처음 받은 파일에도 적혀 있더군요. 검정고시 보고 대학교 가려고 준비하던 애가 그런 짓을 할 리가 없다고 한 내용이 있습니다."

장 변호사는 파일을 뒤적였다. 있었다. 딱 한 줄. 자신은 이 파일을 본 적이 없었지만, 만약 보았더라도 대수롭지 않게 생각했을 것 같았다. 학원비나 등록금 마련하려고 절도를 했다고 생각했을지도 모르고.

"방에 가보니 책하고 문제집이 있더군요."

혁민은 문제집을 보니 점수도 제법 잘 나오는 것 같았고, 국문과나 문예창작과에 가려고 한 것 같다고 이야기했다.

"그런데 그게 사건하고 무슨 상관이지?"

"그 이유가 애인 때문이더군요."

애인이 중국집 주인의 딸인데 재작년에 재수하면서 집안일을 가끔 도운 모양이었다. 그리고 그때 둘이 연인 관계로 발전했고. 하지만 중국집 주인에게는 비밀로 했다. 알려졌다간 주인이 펄펄 뛰면서 둘 사이를 갈라놓았을 테니까.

작년에 중국집 딸은 지방에 있는 전문대학교에 합격해서 지방으로 떠났고, 배달부는 이대로는 사랑을 이룰 수 없다는 걸 알고 결심을 하게 되었다. 검정고시를 보고 대학교에 가기로. 그리고 버려진 지갑을 주운 것도 그때부터였다. 돈도 잘 벌었으면 하는 마음에서.

"아는 사람이 거의 없더군요. 저도 주방 보조와 이야기를 하다가 알게 된 사실입니다. 둘 사이는 아직도 좋은 것 같구요. 둘이 통화를 아주 자주 했답니다. 커플 요금제던가? 뭐 그런 걸 해서 싸게 먹힌다는군요."

그래도 장 변호사는 이해가 되지 않는 표정이었다.

"그래서?"

"지금까지 상황으로 보면 두 가지를 알 수 있습니다. 한 가지는 그 배달부는 절도 같은 걸 할 이유가 없다. 다른 한 가지는 월요일에도 자주 통화를 했을 것이다. 일할 때야 마음 놓고 통화하기 그렇지만, 쉴 때는 마음껏 할 수 있었을 테니까요. 아무 때나."

배달부는 월요일마다 소설책을 봤다고 했지만, 사실은 공부를 한 거였다. 연인이 생기면서 새로운 삶을 살기로 한 것이다. 그런 사람이 지금까지 한 번도 하지 않았던 절도를 하기 시작했다? 당연히 말이 안 되는 거다.

비록 전에는 좀 거칠게 살긴 했지만, 그렇다고 계속해서 그렇게 살라는 법은 없지 않은가. 게다가 통화를 자주 했다는 건 기록이 남는다는 것이다. 그제야 장 변호사는 감이 좀 오는 것 같았다.

"아, 통신사실확인자료제공을 요청하면 되겠네. 기지국까지 표시되니까."

통신비밀보호법에는 재판상 필요한 경우에는 통신사에 통신사실확인자료를 요청할 수 있다고 되어 있다. 그리고 그 기록에는 통화를 한 시각, 기지국, 상대방의 번호 등이 표시된다.

검찰에서는 배달부가 사는 곳에서 일부러 멀리 떨어진 곳에서 범행했다고 보고 있었다. 아무래도 사는 동네에서는 알아보는 사람도 많으니까. 하지만 통신사에서 자료를 받으면 그렇지 않다는 게 드러날 것이다. 그가 월요일에 자기 방에서 통화했다면 말이다.

"그런데 왜 주저하고 있는 거지? 본인의 무죄를 밝힐 수 있는 결정적인 증거인데? 이거 진짜 범인 아냐?"

혁민은 고개를 저었다. 이런 게 바로 엘리트 변호사들의 문제였다. 사람들을 제대로 이해하지 못했다. 자기 기준으로 사람들을 판단하니까 그 사람이 왜 그런 행동을 하는지가 보이지 않는 거였다.

물론 다 그런 건 아니다. 엘리트 중에도 서민의 마음과 처지를 공감하는 사람들이 있다. 하지만 그 수가 많지는 않은 것 같았다. 장 변호사만 해도 법리적으로나 일처리 능력은 뛰어날지 모르지만, 중국집 배달부의 마음은 이해하지 못했다.

"중국집 딸과 연인 관계라는 게 드러날까 봐 그러는 거죠."

배달부는 자신이 범죄자가 되는 것보다 중국집 주인이 자신과 딸이 연인 관계라는 걸 아는 게 더 두려운 것이다. 그렇게 되면 연인과 헤어지게 될 테니까. 장 변호사는 그제야 잠시 생각하더니 그럴 수도 있겠다면서 고개를 끄덕였다.

"그런데 확실한 건가? 이거 자료 요청했다가 방이 아니라 다른 데 나오고 그러면 정말 골치 아파지는 거야."

"제가 중국집 딸하고 통화를 해봤습니다. 월요일에는 더 자주 통화했답니다."

"그 여자까지 증언한다면 무죄 받아내는 건 어렵지 않겠어."

혁민은 중국집 딸로부터 기꺼이 증언하겠다는 약속까지 받은 상태였지만, 굳이 이야기하지는 않았다.

"그럼 아무런 문제가 없는 거군."

"피의자 본인만 잘 설득하면 될 것 같습니다."

"좋아, 그럼 자네가 피의자를 설득해. 그러면 태경에서 공식적으로 이 사건을 맡지."

혁민은 알았다고 했지만 속으로는 피식 웃었다. 상을 다 차려놓으니까 밥상째 가져가겠다는 거 아닌가. 하지만 혁민이 직접 사건을 맡을 수도 없으니 알았다고 이야기했고, 곧바로 배달부와 면회를 했다.

"아직 마음을 정하지 못했습니까?"

배달부는 고민이 되는 듯했다. 미간을 찌푸리고 생각만 했지 입을 열 기미가 보이지 않았다. 혁민은 잠시 지켜보다가 입을 열었다.

"내가 상관할 바는 아니지만, 본인이 아닌 상대방 입장에서 한번 생각해 보는 게 어때요? 상대는 어떤 걸 더 슬퍼할지."

배달부는 잠시 생각을 하더니 한숨을 내쉬었다. 연인을 생각하니 답은 쉽게 나왔다. 그녀는 사실이 알려지는 것보다 자신이 범죄자가 되는 걸 더 슬퍼할 것이다.

배달부는 드디어 입을 열었다.

"내가 너무 내 생각만 했네요. 그냥 그녀를 믿었으면 되는 걸 가지고."

중국집 주인의 반대가 있겠지만, 배달부는 자신의 연인을 믿기로 했다. 그런 결정에 혁민도 고개를 끄덕였다. 옳은 결정이라고 생각했으니까. 그리고 잘하면 그들에게 좋은 선물을 줄 수도 있겠다는 생각이 들었다. 이대로 다 차린 상을 넘기는 건 좀 억울하지 않은가.

혁민은 면회를 바치고 밖으로 나가서는 어디론가 전화를 걸었다.

"형사님 안녕하세요. 저 혁민이예요."

혁민은 의미심장한 미소를 지으면서 통화를 이어나갔다.

* * *

"모양새가 나쁘지 않군. 억울한 누명을 쓴 중국집 배달부를 무료 변론으로 구하다. 잘 포장하면 신문에도 낼 수 있겠어."

"그렇습니다. 사람들은 이런 기사를 좋아하니까요."

장 변호사는 정식으로 이 사건을 태경에서 진행하는 것으로 만들었다.

"그래, 그 친구는 어떻던가?"

"좀 특별하기는 합니다. 시각이 좀 다르다고 할까요? 행간에 숨어 있는 걸 잘 보는 것 같고, 날카로운 면도 있습니다. 전체적인 판을 보는 통찰력도 좋은 것 같구요."

장 변호사는 아주 특이한 녀석이지만 능력은 확실히 있는 것 같다고 이야기했다. 하치훈도 비슷한 생각이었다.

'그래도 좀 이상하긴 한데. 아직 경험도 없는 녀석이 이렇게 실전적인 능력을 발휘할 수가 있는 건가? 배짱이 좋은 건가, 아니면 실전에 더 강한 타입인가?'

아는 게 많아도 일을 잘하리라는 보장은 없다. 축구를 잘하는 법이라는 책을 달달 외웠다고 축구를 잘할 수는 없는 거 아닌가. 법전을 아무리 다 외우고 법리적인 해석력이 뛰어나다고 해도 실제로 변호사 일을 한다는 건 차원이 다른 이야기이다.

그런데 혁민이라는 녀석은 아주 능숙하게 일을 잘해냈다. 그것도 태경에 있는 어지간한 변호사들보다도 더 깔끔하게. 아니, 애초에 태경에서는 맡지 않으려 한 사건이 아닌가. 가망이 없다고 판단해서.

그런 사건을 가져가서 무죄라는 걸 입증했다. 보통 사법연수원생은 절대로 할 수 없는 일이다. 하치훈은 자신의 안목이 옳다는 걸 다시 한 번 확인했다. 그리고 꼭 자신의 밑으로 데려와야겠다고 마음먹었다.

"계약은 확실하게 했지?"

"예, 제가 전부 확인했습니다. 이미 무기도 다 준비되었으니 법정에 가서 휘두르기만 하면 됩니다."

"좋아. 그러면 기자도 미리 좀 만나야겠군. 누가 좋으려나."

둘은 혁민 덕분에 대외적으로 좋은 이미지를 심어줄 수 있는 사건을 하나 챙겼다고 즐거워했다. 로펌은 기업이 아니니 이미지가 그렇게까지 중요한 건 아니었지만, 이미지가 좋아서 나쁠 건 없지 않은가.

그래서 프로보노도 하는 것이다. 사회적 책임을 다하는 법무법인 태경. 얼마나 듣기 좋은 말인가. 하치훈은 이런 걸 쌓아나가면 대표의 자리도 노려볼 수 있다고 생각하면서 흐뭇한 미소를 지었다.

"자, 그럼 나가볼까?"

"예, 안 그래도 밖에 기다리고 있습니다."

하치훈은 밖으로 나가서 배달부의 아버지를 만났다. 일부러 다른 사람들이 볼 수 있게 회의실 앞에서. 이런 식의 연출은 하치훈이 무척 즐겨 하고 좋아하는 방식이었다.

"걱정하지 마세요. 저희가 아드님을 꼭 무죄로 풀려나도록 하겠습니다."

"아이고, 감사합니다. 변호사 선생님들만 믿겠습니다."

배달부의 아버지는 감격한 표정으로 고개를 깊이 숙였다.

그리고 그 모습을 많은 사람이 지켜보았고. 하치훈은 만족스러운 표정으로 배달부 아버지의 손을 잡았다. 하지만 갑자기 전해진 소식에 상황은 극변했다.

"뭐? 진범이 잡혀?"

"예, 진범이 잡혀서 배달부는 곧 풀려날 거라고 합니다."

"어허. 아니 갑자기 진범이……."

진범이 잡혔다는 소식에 하치훈은 살짝 당황한 표정이 되었다. 하지만 배달부의 아버지는 만세를 부르면서 사람들을 껴안았다.

"이거 분위기 묘한데?"

상황을 구경하던 혁민은 조금 다른 표정의 두 사람을 보면서 중얼거렸다. 세상을 다 얻은 것 같은 기쁨을 표현하고 있는 배달부의 아버지. 그리고 같이 기뻐하는 것 같았지만, 얼굴에 어색함이 은연중에 남아 있는 하치훈.

"이거 축하합니다."

"아이구, 감사합니다. 다 선생님들 덕분입니다. 감사합니다, 감사해요."

"저희가 한 게 뭐 있습니까. 아드님이 죄가 없으니 풀려나게 되는 것이지요."

하치훈은 재빨리 표정을 고치고 자리를 수습했다. 진범이 잡혀서 풀려난다고 하는데 신경질을 낼 수는 없는 일 아닌가. 물론 짜증이 났다. 자신의 이미지를 어필할 제법 괜찮은 기회였는데, 너무 허망하게 날아갔기 때문이었다. 하지만 지금은 많은 사람들이 보고 있는 자리. 이미지 관리를 해야 할 때였다.

하치훈은 웃으면서 축하를 하다가 일이 바쁘다고 하면서 슬그머니 몸을 돌려 자신의 방으로 향했다. 혁민은 그냥 웃음이 나왔다. 하치훈의 모습을 보니 웃음이 나왔고, 배달부 아버지의 모습을 봐도 웃음이 나왔다. 의미가 다른 웃음이기는 했지만, 어쨌든 웃겼다.

'진범에 대한 단서를 던져 주기는 했지만, 이런 식으로 절묘한 타이밍에 소식이 오리라고는 생각지도 못했는데…….'

혁민은 얼마 전 있었던 일이 떠올랐다. 예전에 율희를 찾아갔을 때 인연이 된 김준복 형사와 만났을 때의 일이었다. 배달부를 면회하고 나오면서 그에게 전화해서 만날 약속을 잡은 거였다. 그게 지금으로부터 며칠 전이었다.

"그래? 그러니까 진범이 따로 있는 것 같다 이거지?"

"예. 제가 이번에 알아보다 보니까 아무래도 그 중국집 배달부는 아니에요. 지금 증거까지 다 확보했거든요."

김준복 형사는 쯧쯧 하고 혀를 차면서 고개를 저었다. 이야기를 들어보니 이건 완전히 헛다리 짚은 거였다. 그렇다고 상대도 자존심이 있으니 대놓고 얘기할 수는 없고.

"알았어. 내가 거기 형사를 잘 아니까 슬쩍 흘려보지."

"그런데 괜찮을까요? 공연한 짓 하는 거 아닐까 싶기도 하고."

"야, 괜찮아. 이런 건 바로 얘기해 줘. 형사들도 이런 거 있으면 아주 찝찝하다니까. 죄 없는 사람 집어넣고 맘 편할 놈이 어디 있겠어. 아예 일 커지기 전에 바로잡는 게 낫지."

김준복 형사는 자기한테 맡기라고 하고는 일어났다. 아마 슬쩍 얘기해 주면 눈에 불을 켜고 진범을 잡아들일 거라면서. 오점을 남기고 싶은 사람이 어디 있겠는가. 그러니 다른 건 일단 미뤄놓더라도 진범을 잡으려고 혈안이 될 거라고 했다.

"잘되면 둘 사이가 밝혀지지 않고 일이 해결될 수도 있겠어."

혁민은 자신의 실력을 보여주었으니 형사가 진범을 잡아서 풀려나든, 법정에서 무죄가 밝혀지든 큰 상관은 없다. 배달부는 누명은 벗고 연인과의 관계는 더 좋아졌으니 금상첨화이다. 이번 사건을 계기로 서로의 마음을 확인했으니까.

담당 형사들도 배달부가 형이 확정되기 전에 진범을 잡아 실수를 만회한 것이니 좋은 것이고.

"물론 그렇게 되면 하치훈은 별로 좋아하지 않겠지만."

혁민은 상념에서 벗어났다. 그리고 문을 거칠게 닫으면서 자신의 방으로 들어가는 하치훈을 보면서 싱긋 웃었다.

* * *

"앞으로도 기대하겠네."

하치훈은 변호사 시보 생활을 끝내고 떠나는 혁민을 따로 불러 수고했다는 말을 건넸다. 혁민을 철석같이 믿고 있는 모습이었다. 그럴 수밖에 없는 것이 하치훈은 혁민이 그 사건을 해결한 이후로 여러모로 편의를 봐주었는데, 혁민은 그 호의를 당연한 듯 받아들였다.

알아서 챙겨준다는데 거절할 것까지야 없지 않겠는가. 그래서 동기들이나 태경에서는 혁민이 하치훈의 라인이 될 거라고 수군거리고 있었다. 그리고 혁민은 굳이 그런 착각을 바로잡아 주지 않았다.

"그런데 군법무관으로 가지 않으면 좋겠다는 생각은 변함이 없나?"

"예, 제가 체질적으로 군대 문화를 싫어해서요."

"허허, 이것 참. 이해가 되긴 하지만……."

하치훈은 이해할 수 없다면서 고개를 내저으면서도 한편으로는 혁민이라면 그럴 수도 있겠다는 생각을 했다. 혁민은 태경에서 일하면서 계속해서 괴팍한 모습을 두어 번 보여주었다. 아마도 보통 사람이 그랬으면 미친놈 소리를 들었을 것이다.

사건에 관해서 이야기하다가 무언가를 중얼거리면서 벌떡 일어나서 나가 버리거나 하는 사람을 누가 좋게 보겠는가. 하지만 돌아올 때는 무언가를 가지고 돌아왔다. 생각지도 못한 문제점이나 해결책을. 그래서 다들 괴짜 천재 정혁민의 기행이라고 이야기했다.

하치훈은 그런 자유로운 영혼을 가진 인물이니 군대를 싫어할 수도 있겠다는 생각을 한 것이다. 어차피 혁민은 일반인의 잣대로는 가늠할 수 없는 그런 존재였으니까.

"알겠네. 법원하고 검찰에 가서도 실력 발휘하게."

"예, 알겠습니다."

혁민은 웃으면서 하치훈과 악수를 했다. 적당히 우쭐하는 모습을 보이면서. 그래야 자신을 쉽게 보고 덤벼들 것 아니겠는가. 하치훈은 역시나 아직은 애라고 생각하면서 웃었고, 혁민은 계속해서 그렇게 속으라고 생각하면서 웃었다.

혁민은 동기들과 잠시나마 같이 있었던 사람들에게 그동안 감사했다는 말을 하고는 변호사 시보 생활을 마무리 지었다. 그런데 구석에서 싸늘한 눈빛으로 혁민을 노려보고 있는 눈동자가 있었다. 혁민은 모르고 있었지만.

며칠 뒤, 혁민은 법원에서 판사 시보를 하게 되었다. 시보. 어떤 관직에 정식으로 임명되기 전에 그 일에 실제로 종사하여 사무를 익힌다는 뜻이다. 그러니 판사 시보라고 하면 판사 업무를 직접 해보아야 한다.

하지만 실상은 그렇지는 않다. 변호사 시보와 검사 시보는 그래도 변호사와 검사 업무를 어느 정도는 해보지만, 판사 시보는 판사의 업무를 직접 해보았다고 말하기는 어려웠다. 그리고 판사실에서 근무하지도 않는다. 법원에 있는 사법연수생실에서 근무하거나 재택근무를 한다.

혁민은 한 번 경험했던 일이라서 다른 일은 별로 관심이 없었고, 민원인 상담이나 국선변호만 기대하고 있었다. 흥미로운 사건이 걸렸으면 좋겠다는 생각을 하면서.

연수원생이 법원 민원 창구에서 법률 상담을 하게 되면 무척 긴장한다. 혁민은 전에 법률 상담을 하면서 진땀을 뺐었다. 그리고 실제 사건은 살아 있는 생물이고 자신이 배웠던 건 박제라는 걸 깨달았다. 지금은 자신의 동기들이 그런 과정을 경험하고 있었다.

"그러니까 그 경우에는 에… 잠시만요."

동기 한 명이 상담석에 마련되어 있는 대법전을 뒤적였다. 다행스럽게도 곧 자신이 원하는 조항을 찾았는지 다시 답변을 이어나갔다. 만약 자신이 생각한 조항이 잘 찾아지지 않기라도 하는 날에는 식은땀을 줄줄 흘리게 된다.

그리고 간혹 법리적으로 굉장히 까다로운 문의를 하는 경우도 있는데, 그럴 경우에는 여기저기 알아보아야 하는 경우도 있다. 대충 그럴 것이라고 대답을 할 수는 없으니까.

"많이들 잘못 알고 계신데요, 체포할 때는 묵비권은 얘기하지 않아도 됩니다."

"아니 그게 무슨 소리여. 티비에도 다 나오는디. 체포하면서 뭐냐 변호사를 선임할 권리가 있고 묵비권을 뭐 하고 그러잖여. 그리고 그거 안 하면 무죄라던디?"

혁민은 웃으면서 차근차근 설명했다. 사람들이 영화나 드라마를 보고 착각하고 있는 게 있다. 경찰이 체포할 때 미란다 원칙을 이야기하면서 보통 '당신은 묵비권을 행사할 수 있으며, 불리한 진술을 거부할 수 있고, 변호사를 선임할 권리가 있습니다' 라고 말한다.

하지만 이건 잘못된 것이다. 형사소송법에는 범죄사실의 요지, 구속의 이유, 변호인을 선임할 수 있는 권리가 있음을 말하고, 변명할 기회를 주어야 한다고 되어 있다. 당연히 체포할 때 묵비권은 얘기하지도 않고, 하지 않아도 문제가 되지 않는다.

"묵비권은요, 나중에 신문받을 때 고지해야 하는 거예요. 신문하기 전에 묵비권을 알려주지 않은 경우에는 위법하게 수집된 증거라고 보거든요. 그래서 진술의 임의성이 인정되더라도 증거능력이 부인되는……."

혁민은 이야기하다 아차 싶었다. 앞에 앉은 사람의 표정이 무슨 얘기를 하는 거냐는 그런 표정이었다. 쉽게 설명한다고 생각했는데도 자꾸만 어려운 법률 용어가 튀어나왔다. 그런 말투 자체가 입에 붙어서 그런 거였다.

"그러니까 신문하기 전에 묵비권을 알려주지 않았으면요, 진술한 게 사실이라고 생각되어도 증거로 쓰지 못한다는 거예요."

혁민이 법전까지 보여주면서 이야기하자 상담을 받으러 온 50대 남자는 수긍했다. 조금 까다로운 걸 가지고 와도 좋다고 생각했는데, 혁민에게는 그런 상담은 들어오지 않았다.

'조금 아쉽네. 흥미로운 사건이 있었으면 좋았을 텐데.'

하지만 그런 거야 혁민이 어쩔 수 있는 게 아니지 않은가.

혁민은 상담을 받으러 온 사람들에게 아주 쉬운 말로 풀어서 알아듣기 쉽게 설명해 주었다.

그렇게 판사 시보 생활을 하고 있었는데, 반가운 사람으로부터 연락이 왔다. 이채민의 연락이었다. 최근에는 바빴는지 통 연락이 없다가 정말 몇 달 만에 온 연락이었다. 혁민은 일요일에 점심을 같이하기로 했다.

"야, 너 한 건 했다며?"

이채민은 자리에 앉자마자 태경에서 있었던 일을 물었다.

"한 건은 무슨. 그런데 무슨 얘기를 들은 거야?"

"무슨 얘기는, 괴짜 천재 한 명이 나타났다는 얘기지."

사실 변호사 시보를 하면서 이런 사건을 맡아서 해결하는 경우는 아주 드문 케이스다. 대부분 변호사가 어떤 일을 하는지 정도를 견학하거나 변호사 실무를 조금 돕다가 끝나는 경우가 허다하다.

그런데 사건을, 그것도 가망성이 없다고 했던 사건을 맡아서 떡하니 해결했으니 화제가 되는 게 당연했다.

"사건이 흥미로워서 파고들었던 것뿐이야."

"그래도 너 참 용하긴 하다. 나 같았으면 그런 거 밝히기 어려웠을 것 같은데."

혁민은 그냥 가볍게 웃기만 했다. 자신도 전에 이런 사건을 많이 하지 않았으면 쉽게 해결하지 못했을 것 같았다. 다들 손 많이 가고 돈 안 된다고 해서 꺼리는 사건. 예전의 혁민은 그런 사건을 수도 없이 많이 맡았었다.

"국선변호는 어땠어?"

"그것도 별다를 것 없더라."

"난 처음에 구치소에 피고인 접견하러 갈 때 굉장히 떨리던데."

혁민은 고개를 끄덕였다. 다들 그러니까. 생애 첫 피고인 접견이니 오죽하겠는가. 사건도 꼼꼼히 살펴보고 만반의 준비를 다 해서 들어간다.

"너는 피고인이 뭐라고 안 하디? 나는 아주 이상한 사람이 걸려서 황당했어. 나한테 아주 연설을 하더라 연설을."

이채민의 첫 피고인은 전과가 많은 사람이었는데, 그는 자신에게 어느 정도 형이 떨어질지도 알고 있었다고 했다.

"판사 성향까지 알고 있더라니까? 그러면서 나한테 조언까지 하는 거 있지? 내가 진짜 얼마나 기가 막히던지."

"그런 사람들은 자기들끼리 정보 주고받아서 아주 빠삭한 사람도 많아. 오죽하면 그런 피고인들을 법조 4륜이라고 하겠냐."

이채민과 혁민은 킥킥대며 웃었다. 판사, 검사, 변호사를 법조 3륜이라고 하는데 법에 대해서 잘 알고 있는 피고인을 법조계에서는 농담으로 법조 4륜이라고 부르기도 했다.

"나는 그냥 무난했어. 좀 까다로운 사건이 걸렸으면 좋겠다고 생각했는데. 난 그것보다 복사하는 것 좀 어떻게 되었으면 좋겠더라."

"맞아, 그거 일일이 한 장씩 하려고 하니까 정말 짜증 나더라."

국선변호인이 되면 증거 기록을 검토해야 한다. 검사가 피고인의 유죄를 입증하기 위해서 법원에 제출하는 증거들을 모아 놓은 것이다. 상대를 알아야 전쟁에서 이길 수 있는 것 아닌가.

'정말 인터넷도 그렇고 복사기도 그렇고 느려 터져 가지고.'

시대가 시대인만큼 이해해야 한다고 생각하면서도 가끔은 울화통이 터졌다. 그래도 점점 발달하고는 있지만, 2020년의 세상이 어떤지 알고 있는 혁민에게 법원에 있는 복사기는 재앙이었다.

지잉 철컥 하면서 한 장씩 복사되는 게 달팽이가 기어가는 것처럼 느껴졌다. 하지만 어쩌겠는가. 이 시대에는 그게 당연한 일인데.

"그나저나 너 검찰 가면 신경 좀 써라."

이채민은 곧 검사 시보로 갈 텐데, 가서 잘하라고 신신당부했다. 사실 검찰 입장에서는 자존심 상하는 일일 수도 있다. 시보 나온 연수원생한테 깨진 거니까. 그렇지 않다고 생각하는 검사도 있었지만, 특히나 그 사건을 담당했던 검사 입장에서는 기분 좋을 리가 없다.

"별일이야 있으려고."

혁민은 시큰둥한 표정으로 대답했다. 하지만 같은 시각, 똑같은 주제를 가지고 이야기를 나누는 사람이 있었다. 바로 하치훈과 장 변호사였다.

"뭐야, 강 프로가 혁민이를 자기 밑으로 꽂아달라고 했다고?"

"그렇답니다. 자존심이 꽤나 상한 모양인데요?"

강 프로. 혁민이 해결한 배달부 사건을 담당했던 강 검사를 지칭하는 말이다. 여기에서 프로는 프로페셔널(Professional)이 아니라 검사를 뜻하는 영어 단어 프로시큐터(Prosecutor)이다.

외부에서 사람들이 있는데 검사라고 부르면 불편할 때가 많으니 프로라고 부르는 거였는데, 그 사건 담당이었던 강 검사는 자존심이 무척 강한 사람이었다.

"재미있겠는데? 자네가 보기에는 어때?"

"그래도 현직 검사인데 연수원생이 당해낼 재간이 있겠습니까?"

"일반적으로야 그렇지. 그런데 그 녀석이라면 좀 다를 것 같기도 하고……."

하치훈은 그 말을 하면서 슬며시 웃었다. 혁민이라면 뭔가 다를 것 같다는 생각이 들어서였다.

"법원에서는 어땠다고 하던가?"

"제법 까다로운 일이 몇 번 있었는데 무척 깔끔하게 처리했다더군요. 다들 평이 좋답니다. 여기서처럼 미친 짓도 거의 하지 않았고요."

"그 녀석은 내가 보니까 자기가 빠져들 만한 그런 게 없으면 그냥 얌전하더라고. 그런데 무언가 특별하다 싶은 게 보이면 그때부터 돌변해. 참 재미있는 녀석 아닌가?"

장 변호사는 그렇다고 대답했지만, 속으로는 욕을 하고 있었다. 그는 혁민이 무척 짜증스러운 스타일이라고 생각했기 때문이었다.

"지켜보자고. 강 프로 밑에서 어떻게 버티는지."

하치훈은 혁민을 데려와야겠다는 마음을 점점 굳혀가고 있었다. 혁민은 특별했으니까. 그 녀석이라면 다른 사람은 하지 못하는 그런 걸 할 수 있을 것 같았다. 그러니 조금 괴팍해도 충분히 데려올 만한 가치가 있다고 하치훈은 생각했다.

* * *

검사 시보를 하러 온 첫날. 혁민은 담당 검사 배정을 받고 겨우 인사를 마쳤다. 강 검사의 방에는 계장 한 명과 여직원 한 명이 있었다. 혁민은 이제 일거리를 주겠거니 하고 있었는데, 강 검사는 느닷없이 다른 시보 둘을 불러 모았다.

"이거 아주 운이 좋군그래."

강 검사는 혁민을 보면서 이야기했다. 혁민 옆에는 두 명의 시보가 더 있었는데, 강 검사의 시선은 혁민에게 고정되어 있었다. 혁민도 그가 왜 그런 눈빛으로 자신을 쳐다보는지 잘 알고 있었다. 자신이 해결한 배달부 사건. 그 사건의 담당 검사가 바로 눈앞에 있는 사람이었으니까.

'하지만 그게 뭐? 어쩌라고.'

혁민은 태연하게 그 눈빛을 받아넘겼다. 이런 정도에 기죽을 그가 아니었다. 혁민은 속으로 생각했다.

'이 사람아, 상대 잘못 골랐어. 내가 당신보다 산전수전 훨씬 더 겪은 사람이야. 당신하고는 레벨이 다르다고.'

하지만 그런 사정을 전혀 모르는 강 검사는 혁민의 태도를 보고는 더욱 재미있다는 표정이 되었다. 그는 여전히 혁민을 쳐다보면서 물었다.

"여기서 시체 직접 본 사람이 있나?"

시체라는 말에 여자 시보 한 명의 표정이 울상이 되었다. 이 방에 오면서 시체를 보러 갈 거라고 말을 들었을 때 설마설마 했는데, 사실인 것 같아서였다. 사실 보통 사람이 살면서 시체를 본 일이 얼마나 있겠는가.

강 검사는 의외라는 듯한 표정이 되었다. 혁민과 또 한 명의 시보가 손을 들었기 때문이었다.

"[illegible] 어디서 봤는데?"

"저는 할아버지가 돌아가셨을 때……."

혁민 옆에 있던 시보가 대답했고, 강 검사는 고개를 끄덕였다. 대부분 시체를 본 경우가 친인척이 사망한 경우이니까. 그는 혁민을 가리키면서 재차 질문했다.

"넌?"

"저는 사고 난 시체를 본 적이 있습니다."

강 검사는 우연히 사건 현장을 본 적이 있었나 보다고 생각했다. 물론 혁민은 사건을 맡으면서 여러 차례 시체를 본 적이 있었지만, 그걸 알려줄 이유는 없었다.

"지금 국과수에 부검 참관하러 간다. 잘 모르겠지만, 여러분이 상상하는 것 무조건 그 이상이다. 그러니 혹시라도 도저히 나는 못 보겠다, 그런 사람 있으면 지금이라도 손을 들어라. 억지로 데려가지는 않을 테니까."

하지만 아무도 손을 들지 않았다. 울상이 된 여자 동기도 떨리는 가슴을 진정시키려고 애쓰고 있었다. 강 검사는 마음에 들었는지 살짝 고개를 끄덕이더니 자신을 따라오라고 손짓했다.

검사는 차를 타고 가면서 이런저런 이야기를 했다.

"시체를 보면 알겠지만, 평소에 생각했던 것과는 많이 다를 거다. 하지만 명심해라. 너희는 지금 검사다. 비록 검사 직무대리라는 꼬리표를 달고는 있지만, 일하는 동안만큼은 검사라는 사명감을 가져라."

그는 특히나 잔뜩 겁을 먹고 있는 여시보를 쳐다보면서 말했다.

"변사자의 시신은 우리에게 진실을 이야기해 준다. 그러니 항상 경건하고 감사하는 마음을 갖도록."

혁민은 그 이야기를 듣고는 제법 괜찮은 검사라는 생각을 했다. 하지만 그 이후로는 뇌를 꺼내고 가슴과 배를 여는 이야기, 창자가 어떻게 생겼고 하는 이야기를 했다. 혁민은 별다른 표정의 변화가 없었지만, 여시보의 표정은 정말 볼만했다.

강 검사는 국과수에 도착하기 직전에 문득 생각났다는 듯

이야기했다.

"그리고 오늘 점심은 내장탕이다."

*　　　*　　　*

국립과학수사연구소. 흰색의 특이할 것 없는 건물이었지만, 부검에 참여하러 간다는 생각 때문인지 어쩐지 묘한 분위기가 느껴졌다.

"무슨 냄새 같은 거 나지 않아요?"

국립과학수사연구소 안으로 들어가지도 않았는데, 여자 시보는 울상이 되어서는 말했다. 아마도 여기가 국립과학수사연구소라는 걸 아는 사람이라면 누구나 비슷한 느낌을 받을 것이다. 그래서 이 일대 집값이 다른 데보다 싼 것 아니겠는가.

"기분 탓이겠지. 냄새는 무슨."

강 검사는 그렇게 이야기했지만, 자신도 여기에 올 때마다 묘한 냄새가 나는 것 같다는 느낌을 받곤 했다. 혁민을 제외한 다른 시보 두 명은 꺼림칙한 표정으로 무어라 수군거렸다. 의무감에서 오기는 했는데, 막상 도착하니 겁이 났던 것이다.

"쓸데없는 소리 하지 말고 들어가자고."

강 검사는 일행을 이끌고 건물 안으로 들어갔다. 일행은 사방에서 풍겨오는 포르말린 냄새를 맡으며, 법의학 별관 지하로 내려갔다. 좁은 나선형 철제 계단을 내려가니 보이는 유리병. 그 안에는 사람 장기가 들어 있었다. 그것만 봐도 벌써 분위기가 으스스해졌다.

부검실로 가니 부검을 진행할 사람 말고도 일반인으로 보이는 사람이 몇 명 있었다. 혁민과 일행은 자신도 모르게 옷깃을 여몄다. 유족들을 대하니 그들의 애통한 마음을 느낄 수 있었다. 혁민과 일행은 경건한 마음으로 마스크를 쓰고 안으로 들어갔다.

시신과 유가족에 대한 예의를 지키기 위해 주머니에 손을 넣거나 팔짱을 끼는 일은 삼가 달라는 안내문이 보였다. 그런 글이 아니더라도 유가족을 본 터라 저절로 몸가짐을 조심하게 되었다.

'이건 평생 익숙해지지 않을 거야.'

이미 경험이 있는 혁민에게도 부담스럽고 불편한 자리였다. 누가 이런 광경을 보는 걸 좋아하겠는가. 그러니 태어나서 시체도 본 적이 없는 여자 시보가 정신이 반쯤 나간 것 같은 표정을 하고 있는 게 어쩌면 당연한 일일 것이다.

'하기야 부검에 왔다가 검찰 지원을 포기하는 사람도 있으니까.'

부검은 그만큼 충격적이다. 일행은 머리를 열고 뇌를 꺼내는 장면부터 흉골을 자르고 가슴을 여는 장면까지 계속 지켜보았다. 처음에는 그래도 냄새가 좀 덜했는데, 배를 열자마자 뭐라고 표현할 수 없는 그런 냄새가 일행을 덮쳤다.

여자 시보는 눈이 풀려서 당장에라도 자리에 쓰러질 것 같았고, 남자 시보도 상태가 좋지 않아 보였다. 강 검사는 부검을 보면서 힐끗힐끗 시보들을 살폈는데, 혁민이 덤덤하게 지켜보는 걸 보고는 상당히 놀라워했다.

담이 아무리 큰 사람이라도 부검에 처음 오면 다들 떨게 마련인데 혁민은 전혀 그런 게 없었기 때문이었다.

'저 새끼는 뭐야? 간이 큰 거야, 아니면 정신이 좀 이상한 거야?'

강 검사도 혁민이 똘끼가 좀 있는 녀석이라는 이야기를 들었다. 하지만 설마하니 부검을 지켜보면서 이렇게 태연할 줄은 몰랐다.

그는 고개를 살짝 갸웃거렸다.

'이상한 놈이야. 아주 이상한 놈. 뭐가 어떤지는 모르겠지만, 보통내기는 절대로 아니야.'

강 검사는 혁민이 지금까지는 겪어보지 못한 그런 종류의 인간인 것 같다고 생각했다. 그리고 그러는 동안에 시간은 흘러 부검이 마무리되었다. 혁민을 포함한 시보 세 명은 부검을 끝까지 지켜보았다.

"어때?"

밖으로 나오면서 강 검사는 시보들에게 물었다. 혁민을 제외한 두 명의 시보는 딱딱하게 굳은 얼굴로 아무런 말도 못 했다.

"얼굴들 펴라고. 무서운 건 죽은 사람이 아니야. 살아 있는 사람이지."

강 검사는 의미를 곱씹어볼 만한 말을 이야기해 주었지만, 혁민을 제외한 두 명의 귀에는 어떤 말도 들어오지 않는 것 같았다.

"자, 밥 먹어야지?"

강 검사의 말에 여자 시보가 주저하다가 입을 열었다.

"저기, 검사님. 점심 다른 거 먹으면 안 될까요?"

강 검사는 피식 웃었다. 자신도 처음에는 내장탕을 거의 그대로 남겼다. 선배들 말로는 부검 갔다가 아무렇지도 않게 그런 걸 먹을 수 있으면 진짜배기가 된 거라고 말했다.

'하지만 시대가 변했는데, 예전 방식 그대로 고수할 이유는 없지.'

강 검사는 고개를 끄덕였다.

"그래, 그러면 다른 거 먹으러 가자. 순두부 어때?"

*　　*　　*

"야, 너 하라는 일은 안 하고 뭐하는 거야?"

강 검사는 사무실에 들어오면서 고함을 내질렀다. 나갔다가 오면서 혁민이 쩔쩔매는 모습을 생각하면서 들어왔다. 일부러 아무것도 알려주지 않고 일을 시켰으니 당연히 그러리라 생각했다. 그런데 왔더니 검사실 식구들과 노닥거리고 있는 게 아닌가.

"다 했는데요?"

"이 자식 빠져… 뭐? 다 해?"

"예. 책상 위에 가져다 놨습니다."

강 검사는 자신의 책상으로 가서는 혁민이 작성한 서류를 살펴보았다.

'뭐야, 이 새끼. 어떻게 이렇게 빨리 일을 다 한 거지?'

빨리한 것만이 아니었다. 흠을 잡을 만한 게 잘 보이지 않았다. 사건을 검토해서 놓은 게 자신이 한 거라고 봐도 무방할 정도였다. 그리고 공소장이나 소송기록표지, 증거 목록 같은 걸 작성한 거야 그렇다고 치자.

"이거 누가 도와줬어? 도와준 사람 있지?"

"아니요. 저 혼자 했습니다."

강 검사가 보니 계장과 주임이 동시에 고개를 끄덕였다. 혁민 혼자서 일을 한 걸 직접 봤으니까.

강 검사는 입맛만 쩝쩝 다셨다. '그럴 리가 없는데' 라고 중얼거리면서.

'이상하네. 서류야 그렇다고 쳐도 공판카드에 구형 의견 적는 건 완전히 다른데.'

사법연수원생들은 실무 경험이 없으니 구형을 얼마나 해야 하는지 잘 모른다. 원래 검찰청별로 구형 기준이 있기는 한데 일부러 보여주지 않는다. 고생하면서 익혀야 제대로 배울 수 있다고 생각해서 그런 거였다.

그런데 이놈은 제대로 했다. 자신이 작성했어도 지금 눈앞에 있는 것과 거의 똑같을 것 같았다. 원래 작성해 온 것에서

틀린 부분 지적하면서 2주 정도는 굴릴 생각이었는데, 이렇게 해오면 뭐라고 할 게 없었다. 뭐라도 지적할 게 있어야 체면이 설 것 같은데 그럴 만한 게 보이질 않았다.

'이 새끼는 재수 없게 글씨까지 잘 쓰고 난리야.'

어쩌겠는가. 꼬투리를 잡을 게 없는데. 잘했다고 할 수밖에 없었다.

'좋아, 하지만 피의자 조사는 좀 다를걸?'

강 검사는 슬며시 미소 지었다. 혁민을 생각해서 특별히 부른 녀석이 있었다. 조폭 중에서도 얼굴이나 분위기가 장난이 아닌 놈이 있었다. 얼굴 험악한 정도로 보스를 정한다면 국제 조직의 보스가 되고도 남을 만한 녀석이었다. 게다가 말도 무척 거칠었다.

서류야 배울 수 있는 거지만 사람을 다루는 건 연수원에서 배울 수 없는 일이다. 그래서 그 조폭 녀석에게 슬쩍 귀띔도 해주었다. 이 바닥 잘 아는 녀석이니 자신을 실망시키지 않을 거라고 강 검사는 생각했다.

"어이고, 이번에 시보 나오셨나 봅니다?"

험악하게 생긴 조폭은 건들거리면서 혁민의 책상 앞에 앉았다.

"어따, 피부가 아주 매끌매끌 헙니다. 칼로 푹 쑤실라고 혀도 그냥 쑥 미끄러지겠는디?"

얼굴에 칼자국까지 있는 녀석이 인상을 쓰면서 말하니까 정말 무시무시했다. 하지만 혁민은 피식 웃었다. 지금 이 조폭 녀석이 하는 꼬라지하고 사무실 분위기를 보니 견적이 딱 나왔다. 골탕을 먹이겠다는 수작. 하지만 그런 거야 애들한테나 먹힐 만한 것이다.

"야, 너 한 세 바퀴 돌려줄까?"

혁민의 말에 조폭이 깜짝 놀라서 삐딱하게 앉아 있던 자세를 바로 했다. 몇 바퀴 돌린다는 건 그만큼 무서운 말이었다.

조폭을 잡아서 교도소에 보낸다. 그리고 그 녀석이 나올 때쯤 되면 다른 죄로 다시 그 조폭을 기소한다. 그러면 그 조폭은 아주 환장하게 되는 거다. 교도소에서 나올 때쯤 다시 들어가게 되는 거니까.

그렇게 하는 걸 한 바퀴 돌린다고 하는데, 그런 걸 세 번이나 당하면 완전히 돌아버리는 거다. 나올 만하면 다시 교도소에 있어야 하고, 또 나올 만하면 다시 교도소에 있어야 하고.

"왜? 안 믿어져?

"아뇨, 아뇨. 안 믿기는요."

조폭은 갑자기 순한 양이 되었다. 상대방의 기세가 애송이의 그것이 아니었다. 애초에 검사의 장난질에 장단을 좀 맞춰줄 생각이었는데, 잘못하다가는 자기만 덤터기를 쓰게 생겼다. 조폭은 아주 모범적인 자세로 수사에 협조했다.

그 이후로는 일사천리였다. 혁민은 필요한 내용만 묻고는 금방 조사를 마무리했다. 그 광경을 지켜보던 강 검사는 혀를 내둘렀다. 그리고 자기가 어떻게 해보기에는 벅찬 사람이라는 걸 인정했다.

그 후로는 혁민과 강 검사 사이에 특별한 갈등은 없었다. 오히려 일을 너무 시켜서 탈이었다.

"아니, 이 사람이 진짜 나한테 일을 다 넘기려고 그러나."

혁민은 책상 앞에 쌓여 있는 서류 더미를 보고는 짜증 섞인 말투로 푸념을 내뱉었다.

* * *

"그런 일이 있었어요?"

"그렇다니까. 분명히 사기가 맞는데 불기소라는 거야. 아주 환장하지."

혁민은 경찰서에서 형사와 이야기를 나누고 있었다. 처음에는 다들 이상하게 생각했다. 검사도 경찰서에서 오지 않는데 시보가 경찰서에 나타났으니 말이다. 하지만 혁민은 형사들과 쉽게 어울렸다.

처음에는 경계하던 형사들도 자신들을 잘 이해하는 혁민과 곧 편하게 이야기를 주고받았다. 강 검사는 처음에는 뭐라고 했는데, 자기 일 다 하고 시간 날 때 가는 것이니 어쩌겠는가. 그런 행동 덕분에 혁민이 괴짜라는 사실은 더 널리 알려졌다.

형사는 강 검사가 범인과 무슨 관계가 있는 게 틀림없다면서 울분을 토했다. 어렵게 조사해서 잡아넣을 수 있다고 확신

했는데, 검사가 이렇게 나오면 어떻게 할 방법이 없다. 혁민이 보기에도 정상적인 건 아니었다.

"확실히 이상하긴 하네요."

"그렇지? 이건 아니야. 이런 놈들 그렇게 빼주면 우리가 일할 맛이 나겠냐고. 봐줄 사람들은 안 봐주고 말이야. 돈 있는 놈들만 장땡이야."

검사의 권한은 막강하다. 우리나라는 형사소송법상 모든 수사의 최종 책임자는 검사고, 검사는 수사지휘권, 수사종결권 그리고 기소독점권을 가진다. 그러니 형사가 아무리 증거를 모아서 가져다주어도 검사가 기소하지 않으면 그만이다.

혁민은 좀 이상하다는 생각이 들었다. 강 검사는 자존심이 무척 강한 사람이었다. 그런 일을 대놓고 할 사람은 아니었다. 그렇다면 윗선에서 오더가 내려왔을 가능성이 높았다. 검찰은 상명하복이 무척 강조되는 조직이다. 윗선에서 지시하면 싫더라도 따라야 한다.

아마도 그런 사연이 있을 거라고 생각은 했지만, 그래도 잘못된 건 잘못된 거다.

"참 개떡 같죠. 법이 그런 걸 어쩌겠어요. 그래도 나름 괜찮은 방법이 있기는 한데……."

"방법? 뭔데?"

형사는 귀가 솔깃해져서 혁민에게 빨리 말하라고 채근했다.

"사실 그런 거 아무런 거리낌 없이 하는 검사는 없을걸요? 그러니까 그때 퇴짜 놓은 그 서류 있죠?"

"당연히 있지. 말도 안 되는 걸 가져다가 붙여서 빠꾸시킨 거."

"검사 자신도 그게 말도 안 된다는 거 잘 알 거거든요. 그러니까 그걸 복사해서 이면지로 쓰세요."

"이면지로?"

혁민은 종이를 넘기는 흉내를 내면서 말했다.

"여기서 서류 보낼 거잖아요. 그러면 검사가 검토하거든요. 그런데 그 서류를 이면지로 쓰면 종이를 넘길 때마다 자기가 말도 안 되는 이유를 붙여서 불기소 처분을 내린 걸 봐야 하거든요."

형사는 박장대소를 했다. 종이를 넘길 때마다 계속해서 그 서류가 보인다고 생각하니 너무 웃겼던 것이다. 그런 식으로 자기의 치부를 보는 심정은 정말 죽을 맛일 것이다.

"하여간 자네는 보통 사람은 아니야. 나이도 어린데 이렇게 우리하고 격 없이 지내는 게 쉬운 일은 아니거든. 그리고 그래도 법조계 선배인데 그런 사람 엿 먹이는 방법을 알려주는 건 더 그렇고."

"뭐 형사님만 얘기 안 하면 누가 알겠어요."

혁민은 웃으면서 이야기했고, 그렇게 하는 게 오히려 그 사람 위하는 길이라고 생각하고 있었다. 누구나 잘못은 할 수 있다. 하지만 차이는 그걸 반성하고 더 나은 사람이 되느냐 아니면 그렇지 않으냐에서 나는 것이다.

혁민은 강 검사라면 이번 기회에 자신을 되돌아볼 수 있을 거라고 생각했다. 그리고 열흘 뒤 혁민이 검사 시보를 마치는 날, 강 검사가 형사와 통화하는 걸 우연히 들을 수 있었다.

"알았으니까 그만 좀 보냅시다."

강 검사는 한숨을 푹 내쉬었다. 처음에는 서류 뒷면을 보고는 황당해하던 강 검사도 모든 서류가 그렇게 오자 나중에는 노이로제에 시달리는 듯했다.

"하이고, 이거 참. 나도 이런 얘기까지 하고 싶지는 않은데, 나로서는 어쩔 수 없는 일이었어요. 조직 생활 하다 보면 그런 일 있는 거 잘 알 거 아닙니까."

강 검사는 이야기를 듣다가 고개를 끄덕였다.

"예, 그래요. 이해해 줘서 고맙네요. 그럽시다. 나중에 술이나 한잔합시다."

혁민은 조금 씁쓸하다는 생각이 들었다. 조직 생활이란 게 자기 하고 싶은 대로만 하면서 살 수는 없는 거였으니까.

혁민은 검사실로 돌아왔고 조금 후 강 검사도 들어왔다.

그렇게 6개월간의 실무실습이 모두 마무리되었다.

강 검사는 마지막으로 혁민과 악수를 하면서 이야기했다.

"너같이 특이한 놈은 처음 봤다. 나중에 사고 쳐도 큰 사고 칠 놈이야."

그는 웃으면서 말했다.

혁민은 그 말이 아주 마음에 들었다. 앞으로 굵직굵직한 사고를 아주 많이 칠 생각이었으니까.

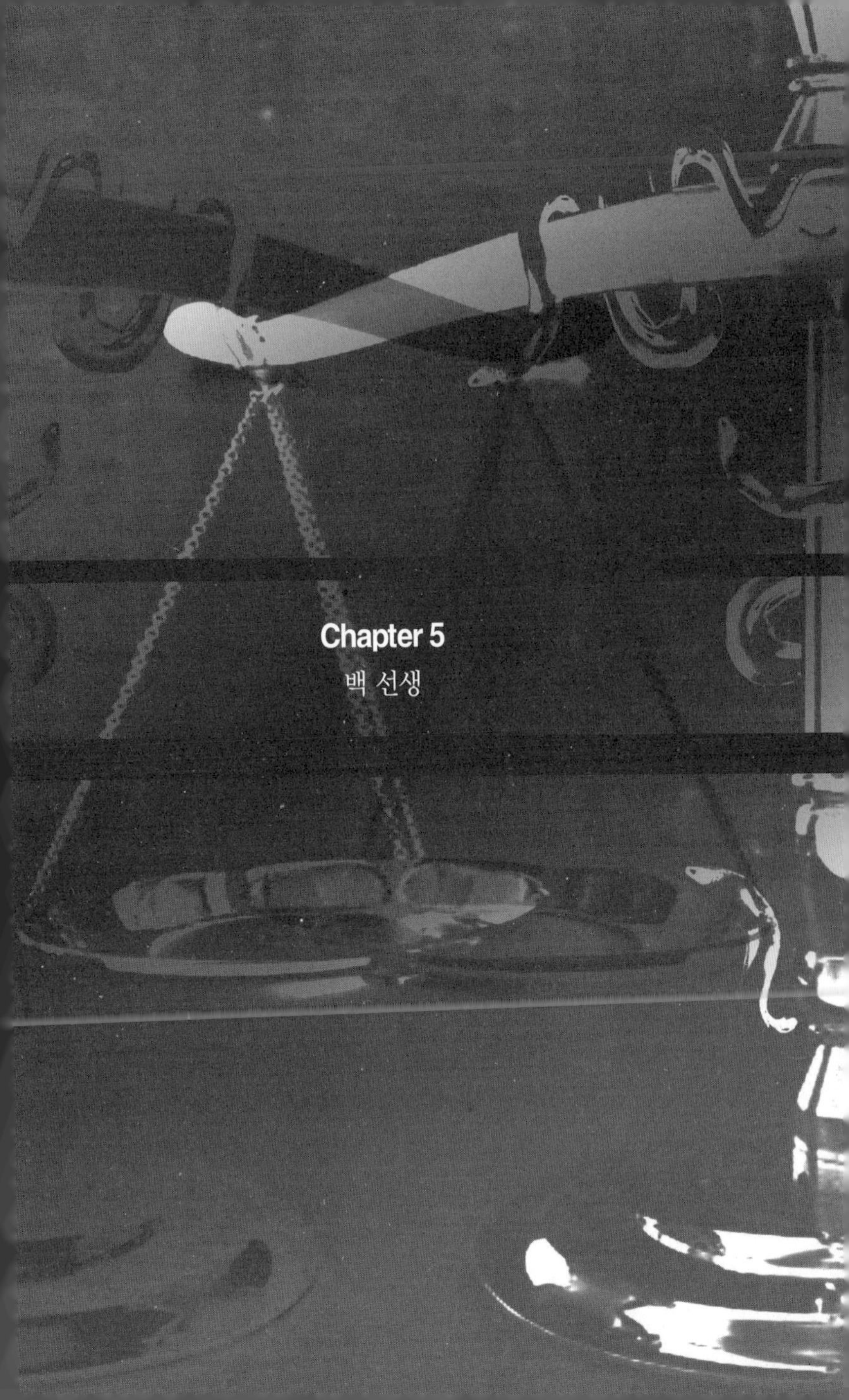

Chapter 5

백 선생

실무실습 과정에서 혁민이 보여준 실력과 행동은 법조계에서는 단연 화제였다. 지금까지의 사법연수원생과는 워낙 다른 모습을 보여주어서 그런 거였는데, 연륜이 좀 있는 법조계 사람들은 모두 혁민을 용 시보와 비교할 만한 걸물이라고 이야기했다.

용 시보는 얼마 전에 타계한 용태영 변호사를 일컫는 말이었는데, 시보 시절서부터 기행으로 이름을 날리던 사람이었다. 그래서 법조계의 기인이라고 하면 대부분 가장 먼저 떠올리는 사람이 바로 용태영 변호사였다.

"자네는 잘 모르겠지만 말이야, 대구 향촌동에 용 시보 거리라는 별명이 붙은 거리가 있어. 그것만 봐도 대충 감이 오지 않나? 얼마나 대단한 인물이었는지?"

"글쎄요. 저는 워낙 예전 이야기다 보니 과장된 게 많다고 생각하고 있었던 터라……."

하치훈은 피식 웃으면서 장 변호사가 들은 게 오히려 실제만 못할 것이라고 말했다. 자신이 알고 있는 법조계 인물 중에서는 그가 가장 기인이라고 말하면서.

"부처님 오신 날이 70년대 초만 해도 공휴일이 아니었던 건 아나? 그걸 공휴일로 만든 사람이 바로 그분이야. 모르긴 몰라도 그분이 아니었다면 부처님 오신 날은 한참 뒤에나 공휴일이 되었을걸?"

용태영 변호사가 정부를 상대로 석가탄신일을 공휴일로 지정해 달라는 공휴권 확인청구소송을 냈는데, 처음에는 법조계에서 다들 비웃었다고 했다. 소송거리도 안 된다면서 말이다.

"그런데 말이야, 국교가 정해진 나라도 아닌데 크리스마스는 왜 공휴일이냐고 물고 늘어졌지. 크리스마스를 공휴일에서 제외하라는 소송을 내겠다고 하면서. 발상의 전환이 정말 대단하지 않나?"

정공법과 측면 공격을 동시에 퍼부은 것이다. 결국 정부가 먼저 손을 들었다. 부처님 오신 날을 공휴일로 지정한 것이다. 그리고 소송이 진행되는 동안 다른 재미있는 사건도 있었다.

이런 내용이 알려지자 불만을 품은 어떤 종교 단체 사람이 전화를 걸어서 도끼로 이마를 까겠다는 협박을 했다. 그러자 '그럼 나는 이마로 도끼를 까겠다' 고 응수한 기인. 그가 바로 용태영 변호사였다.

기준과 틀에 얽매이지 않은 자유로운 영혼을 가진 걸물. 그래서 사람들은 그를 천하의 용태영이라고 불렀다. 아직이야 그런 전설적인 인물과는 비교할 수 없지만, 혁민에게도 그런 기질이 보인다고 하치훈은 말했다.

"그러니까 오늘 만나게 되면 잘 좀 이야기를 해보라고. 우리하고는 인연도 있으니 다른 로펌보다야 유리하지 않겠느냔 말이야."

"알겠습니다. 제가 잘 말해보겠습니다."

사법연수원을 졸업할 때가 되자 거대 로펌을 중심으로 혁민에 대한 관심이 점점 높아졌다. 인기는 높았는데 어디로 갈지 아직 확실하게 마음을 정하고 있지 않으니 몸값이 점점 오를 수밖에. 혁민은 이미 6대 로펌과는 한 번 이상 만남을 가졌다.

특히나 태경의 하치훈이 가장 관심을 보였다. 하지만 혁민은 시종일관 어차피 법무관으로 3년이라는 시간을 보내야 하니 그 이후에 생각해 보겠다는 대답만 했다. 보통 사람 같았으면 얼씨구나 하고 취업했을 텐데 말이다.

그래서 사람들은 역시나 괴짜에다가 종잡을 수 없는 녀석이라고 생각했다. 그리고 그런 사람은 보통 사람과는 다른 점이 몇 가지 있는데, 그중 하나가 쉽게 설득하기 어렵다는 것이었다.

일반인과는 다른 기준을 가지고 있어서 그런 거였는데, 그래서 저녁에 혁민을 만난 장 변호사도 고전하고 있었다.

'유리하기는 개뿔!'

도무지 요지부동이었다. 올 생각이 없다는데 무슨 말을 하겠는가.

"군대 갔다 와서 생각해도 늦지 않잖아요. 3년이나 다녀와야 하는데 벌써 정할 건 없겠더라고요."

혁민은 느긋한 표정으로 의자에 푹 기댔다. 그러고는 차를 홀짝였는데, 하치훈의 심복인 장 변호사는 그저 허허 웃기만 했다. 자신이 이런 애송이를 설득하기 위해서 이런 자리에 나와 있는 것도 자존심 상하는 일이었는데, 제발 와달라고 통사정을 하게 생겼으니 헛웃음이 나올밖에.

"이봐, 그래도 확실하게 정하고 갔다 오는 게 마음도 편하고 집에서도 좋아할 거 아닌가. 자네야 괜찮다고 하더라도 부모님 마음은 또 그렇지 않을 거야."

"상관없다고 하시던데요? 저도 마찬가지 생각이구요."

장 변호사는 순간적으로 울화가 치밀었지만, 꾹꾹 눌렀다. 혁민의 말을 듣고 있자니 순간적으로 울컥했던 것이다. 그는 아무런 관심 없다는 듯, 오히려 왜 이렇게 귀찮게 하느냐는 말투로 툭툭 내뱉었다.

그 말을 듣고 있자니 거대 로펌인 태경에서도 제법 잘나가는 내가 지금 여기서 뭐하고 있는 건가 싶었던 거였다. 하지만 참았다. 어떻게든 이 녀석을 꼬드겨야 했으니까. 하치훈이 혁민에게 가지는 관심이 어느 정도인지를 아는 그로서는 방법이 없었다.

'아니 도대체 뭘 어떻게 해야 하는 거야? 돈도 자리도 별로 관심이 없다고 하니.'

보통은 돈이면 대부분 넘어온다. 그게 아니더라도 맡게 될 일과 직위를 이야기하면 다 넘어온다. 그리고 거대 로펌이라는 든든한 울타리는 일반인이 생각하는 것보다 훨씬 단단하고 높다. 그래서 판검사를 하지 않고 바로 거대 로펌으로 오는 사람도 있는 것 아니겠는가.

하지만 아예 관심 자체가 없으니 어떻게 할 방법이 없었다. 자기 실력이라면 어디라도 갈 수 있다는 자신감이 있어서 그런 것 같았는데, 그런 사람을 꼬드기려니 아주 죽을 맛이었다. 게다가 예전보다 더 괴팍해지고 싸가지는 더 없어진 것 같았다.

'실력을 줬으면 싸가지도 같이 주든가. 아니면 둘 다 주지를 말든가.'

장 변호사는 오늘따라 하늘이 원망스러웠다. 하지만 그렇다고 자리를 박차고 나갈 수는 없는 일. 장 변호사는 슬쩍 화제를 돌렸다. 같은 얘기를 해봐야 다람쥐 쳇바퀴 돌 듯하니 일단 분위기를 바꿀 필요가 있었다.

"그건 그렇고 조금 있으면 법무관 생활을 할 텐데 궁금한 건 없나?"

"그게 좀……."

혁민은 인상을 살짝 찌푸리면서 말을 흐렸다. 그러자 장 변호사의 눈빛이 빛났다. 상대가 원하는 것. 지금까지는 그걸 몰라서 협상 자체를 할 수 없었다. 그런데 뭔가가 잡힐 것 같았다.

"아, 맞다. 공익법무관으로 가고 싶다고 했었지?"

"그렇죠. 군대는 저랑은 영……."

장 변호사도 그렇게 생각했다.

'그래, 잘 생각했다. 너 같은 미친놈이 거기 갔다가는 너나니 상관이나 개고생이야.'

말도 잘 안 들어, 윗사람 눈치도 안 봐. 장 변호사가 보기에 혁민은 조직 생활을 할 만한 녀석이 아니었다.

"그래서 문제가 뭔데?"

장 변호사의 말에 혁민은 슬쩍 정보를 흘렸다. 공익법무관으로 가는 것도 그렇고 가더라도 치료감호소로 가고 싶은데 그게 어디 마음대로 되는 일이냐면서.

"치료감호소? 거긴 정신병자들 가는 곳 아닌가? 그런 데는 왜?"

"아, 제가 그쪽으로 좀 관심이 있어서요."

혁민은 대수롭지 않은 듯 말했다.

'아주 가지가지 하는구나. 그래 너도 미친놈이니까 가게 되면 제대로 가는 건지도 모르겠다.'

장 변호사는 속으로 그렇게 생각했다. 애초에 혁민을 상식적으로 이해하겠다는 걸 포기한 그였기에 별로 놀라지도 않았다.

"그런데 거기도 공익법무관이 갔던가?"

“저도 몰랐는데, 얼마 전부터 발령을 내더라고요.”

실제로는 훨씬 후에 일어난 일이었지만, 지금은 상황이 약간 변한 상태였다. 물론 그런 사실은 혁민도 모르고 있었지만.

“그래서 아는 선배님을 한번 만날까 생각 중이에요.”

“아는 선배?”

혁민은 고인수를 언급했다. 법무부 기획조정실장으로 있는 장 변호사도 아는 인물이었다. 사법개혁 모임의 일원으로 꽤나 이름 있는 사람이었으니까. 하지만 그는 이내 고개를 갸웃거렸다. 혁민과 고인수는 딱히 접점이 없어 보였기 때문이었다.

하지만 이어진 혁민의 이야기를 듣고는 고개를 끄덕였다.

“차동출 검사하고 제가 좀 친하거든요. 소개를 받아서 몇 번 뵌 적이 있어서요.”

장 변호사는 일단 알았다고 하고는 이런저런 이야기를 더 한 후에 자리를 마쳤다. 그리고 곧바로 하치훈에게 이 사실을 보고했다.

“차동출? 그 또라이하고?”

“예, 제가 알아보니까 제법 친분이 있는 모양입니다.”

장 변호사는 속으로 미친놈들끼리는 뭔가 통하는 게 있는 모양이라고 생각했다. 그리고 하치훈은 얼굴이 심하게 일그러졌다. 예전에 덜떨어진 애새끼 때문에 개망신을 당한 게 생각나서였다.

자신의 잘못은 아니었다. 분명히 말하지 말라고 했건만 애가 자기 입으로 다 털어놓은 걸 어쩌겠는가. 하지만 그런 사정을 누가 알아주겠는가. 개망신당한 건 그냥 개망신당한 거였다.

'안 그래도 선후배도 없이 날뛰어서 눈에 거슬렸는데, 이런 데서 이렇게 엮이나?'

하치훈이 일이 참 고약하게 되었다고 생각하고 있는데, 장 변호사의 말이 이어졌다.

"그리고 정혁민의 지도 교수가 김태구 교수랍니다."

"김태구? 아, 그 사람도 그쪽 모임이었지. 하아, 이거 참. 피곤하게 됐어."

하치훈은 골치가 아팠다. 그러다가 장 변호사에게 물었다.

"치료감호소에 뭐가 있거나 그런 건 아니지? 우리가 잘 모르는 노른자 자리라거나 하는."

"그런 거 전혀 없습니다. 장소가 장소인만큼 오히려 꺼리는 자리라고 해야겠죠."

정신과 의사도 아니고 누가 정신병원에서 근무하려고 하겠는가.

"그렇단 말이지? 흐음……."

생각해 보니 혁민을 거기 보내주는 건 별로 어렵지 않은 일일 듯했다. 무언가 이권이 있고 좋은 자리에 보내는 것이 어렵지, 다들 꺼리는 그런 자리에 넣어주는 건 전화 한 통이면 될 일이다.

지금까지 법조계 여러 인사와 이런저런 친분을 쌓아왔고 거래도 있었다. 개중에는 아직 주기만 하고 받지는 못한 케이스도 여럿 있다.

'가만있어 보자, 법무부에 누가 좋을까.'

하치훈은 혁민이 그쪽으로 가는 건 막아야 한다고 생각했다. 자신의 큰 포부를 위해서는 혁민 같은 인재가 꼭 필요했다. 이미 다 알고 있는 지식과 논리를 가진, 공장에서 찍어낸 것 같은 그런 인재가 아니라 살아서 꿈틀거리고 펄떡거리는 그런 인재가 필요했다.

자신이 생각하기에 혁민이 바로 그런 인재였다. 하치훈은 오래지 않아 적당한 인물이 생각났다.

"혁민 군에게 언제 한번 보자고 하지. 내가 좋은 선물을 줄 테니까 가급적이면 빨리."

"선물이라 하시면……."

"그래, 내가 공익법무관으로 치료감호소에 가는 것까지 깔끔하게 처리해 준다고 해."

"그런 건 아예 회사 들어온 후에 해주는 게 좋지 않겠습니까?"

장 변호사는 확실한 게 좋지 않겠냐고 물었다. 하치훈은 잠시 생각했고, 금방 결론을 내렸다.

"흠… 아니야. 그냥 이건 호의 정도로 해두지. 가뜩이나 어디 얽매이는 거 싫어하는 녀석인데 무슨 거래같이 생각되면 오히려 싫어할 수도 있어."

혁민의 개인적인 관심일 뿐이지 반드시 거기에 가지 못해서 안달이 난 것도 아니지 않은가. 그냥 거기로 갔으면 좋겠다는 정도였다. 그러니 그걸 해줄 테니 회사에 들어오라는 식으로 접근하면 오히려 반감을 살 수도 있었다.

"어차피 대단한 일도 아니니니 그렇게 하자고. 이건 생색을 낼 일도 아니니까."

하치훈은 그렇게 하기로 결정했고, 그 소식을 전해 들은 혁민은 속으로 중얼거렸다.

'호의 감사히 받기만 하겠습니다.'

* * *

"그 인간은 한동안 연락이 없더니 또 만나자고 그러네."

혁민은 치료감호소로 발령을 받고 백 선생을 만나는 방법을 물어보았다. 그랬더니 그 인간이 또 따로 만나자는 거였다. 그래서 그럴 것 없고 방법만 듣겠다고 했다. 두어 차례 옥신각신한 이후 혁민은 백 선생과 접촉할 수 있는 방법을 들었다. 그리고 앞으로는 그쪽하고는 연락을 아예 끊어야겠다고 생각했다.

치료감호소. 국립감호정신병원이라고도 했는데, 정신질환 범법자를 치료하는 곳이라고 보면 된다. 각종 치료 외에 직업 훈련도 시켰는데, 혁민과는 거리가 먼 일이었다.

혁민에게는 자그마한 방이 하나 주어졌는데, 넓은 치료감호소에서 혁민은 없는 존재나 마찬가지였다. 특별히 바쁜 일도 없었고, 그를 필요로 하는 사람도 없었다.

"안녕하세요."

혁민은 이곳저곳을 다니면서 사람들과 친분을 다졌다. 어차피 얼굴을 알려야 할 필요가 있었기 때문이었다. 그리고 이런 분야에 관심이 있다고 해놓았으니 돌아다니면서 관심 있게 살펴보는 척이라도 해야 했다.

그리고 그렇게 대략 두 달 정도를 지내자 치료감호소 내에서 혁민을 모르는 사람이 없게 되었다. 간호사나 여직원 중에 몇은 혁민이 사법연수원을 졸업하고 온 사람이라는 이야기를 듣고는 호감을 보이기도 했지만, 혁민은 그런 것에는 전혀 반응하지 않았다.

"있어보자. 여기가 직원 비상 대기소고."

이제는 혁민이 어디를 돌아다녀도 사람들이 이상하게 생각하지 않았다. 혁민은 사람들과 인사를 하며 돌아다니다가 청사 부근으로 걸음을 옮겼다. 그리고 전에 들었던 말을 떠올렸다. 지하실에 있는 그 남자가 전화로 한 말을.

—치료감호소는 1987년에 만들어졌는데, 거길 만들면서 은밀한 장소를 한 군데 만들었지. 골치 아픈 사람을 합법적으로 손을 볼 생각에서 그런 거야. 그때야 그런 게 아무렇지도 않았을 때 아닌가.

하지만 그 사실을 아는 사람은 다섯 명이 넘지 않았다고 했다. 그리고 지금 살아 있는 사람은 공식적으로는 두 명, 비공식적인 걸 합쳐서 다섯 명. 이제 혁민이 알았으니 여섯 명이 된 거라고 했다.

혁민은 주변에 사람이 없다는 걸 확인하고는 청사 지하실로 들어갔다. 그리고 보일러실 구석으로 가서는 랜턴을 켰다.

관이 여기저기 뻗어 있는 어두운 장소. 랜턴으로 비추어 보니 먼지가 가득했고, 벌레나 쥐 같은 게 나올 것 같은 분위기였다. 음습하고 보기만 해도 기분이 나빠지는 그런 느낌. 안으로 가려면 무릎을 꿇고 기어가야 들어갈 수 있는 그런 곳이었다.

"이쪽으로 가면 백 선생이 있는 장소가 나온다 이거지?"

혁민은 시계를 보았다. 오후 한 시가 채 되지 않았다. 오늘 자신을 찾을 사람은 아무도 없었으니 대충 다섯 시간 정도의 여유 시간이 있는 셈이다.

"후우, 그럼 가볼까."

혁민은 몸을 잔뜩 숙인 채 어둡고 칙칙한 곳을 랜턴으로 밝히면서 조금씩 앞으로 기어갔다.

처음에는 별것 아니라고 생각했는데, 어두운 장소를 계속 기어가다 보니 여간 고역이 아니었다. 참 이상한 느낌이었다. 굉장히 오래 움직인 것 같았고, 상당히 긴 시간을 기어간 것 같았는데 뒤를 돌아보면 기어 온 거리는 얼마 되지 않았다. 소요 시간도 겨우 십여 분 남짓.

"허우우, 뭐야? 겨우 이거 들어온 건가?"

혁민은 고작 이십 미터 정도 들어온 걸 확인하고는 고개를 갸웃거렸다. 백 미터는 들어왔다고 생각했는데, 엄청난 착각이었다. 불편한 것, 싫은 것, 힘들고 어려운 것을 할 때는 이런 모양이었다.

조금만 해도 오래 한 것처럼 느껴지고, 얼마 하지 않았는데도 많이 한 것처럼 느껴지고. 진짜 마음먹기에 따라서 큰 차이가 나는 듯했다.

"그래, 원효대사 해골 물이지."

혁민은 아예 뒤를 돌아다보지 않고 계속 앞만 보고 전진했다. 끝까지 앞으로 나아가기만 하겠다고 결심하고서. 그는 계속해서 오른쪽 벽을 따라서 움직였다.

—다른 건 생각하지 말고 오른쪽 벽만 따라서 가라고. 가다 보면 정면 구석에 색이 다른 부분이 보일 거야.

혁민은 전해 들은 이야기를 떠올리면서 혹시라도 그런 부분을 놓치지 않을까 싶어서 주의 깊게 살피면서 전진했다. 그리고 얼마를 들어갔을까. 드디어 앞쪽 오른쪽 아래에 색이 다른 부분이 보였다.

혹시라도 오래되어 색이 변한 게 아닐까 싶어서 살펴보았는데, 그런 건 아니었다. 정확하게 네모 모양이었고, 그 부분만 색이 달랐다. 혁민은 가까이 가서는 그 부분을 눌렀다.

—그 부분을 세게 누르면 비밀 장소로 통하는 문이 열릴 거다.

혁민은 왜 그가 세게 누르라고 했는지 곧 이해할 수 있었다. 처음에는 힘이 제대로 들어가지 않아서 그런 줄 알았다. 하지만 아무리 힘을 써도 특별한 변화가 없었다.

"뭐야? 여기가 아닌가?"

하지만 다시 랜턴을 비춰봐도 이야기 들은 것과 똑같았다. 여기까지 오면서 혹시라도 지나칠까 싶어서 굉장히 꼼꼼하게 살피면서 왔다. 색이 다른 부분이 있었다면 놓쳤을 리가 없다.

혁민은 손으로 누르는 걸 포기하고는 몸을 돌렸다. 그리고 그 부분을 발로 찼다. 퍽퍽 하는 소리가 어두운 공간에 메아리쳤다. 그래도 변화가 없어서 더 들어가야 하는지를 고민하면서 발길질을 하고 있는데 딸깍 하는 소리가 들렸다.

"어?"

혁민은 랜턴으로 사방을 비추면서 어디서 난 소리인가를 찾았다. 그리고 곧바로 옆의 벽에 조금 틈이 생겼다는 걸 알 수 있었다. 이리저리 벽을 만지던 혁민은 몸으로 벽을 밀자 벽이 위로 들린다는 걸 알 수 있었다. 그리고 그 사이로 다른 공간이 보였다.

혁민은 벽을 밀면서 몸을 그 사이로 밀어 넣었다. 그러자 지금까지와는 전혀 다른 공간이 나타났다. 여전히 어두웠지만, 보일러 관이 정신없이 지나가는 음습한 공간이 아니라 병동이나 청사와 같은 느낌의 공간이었다.

"다른 건 몰라도 기어 다니지 않아서 좋네."

혁민은 옷을 털면서 자리에서 일어났다. 천장이 높은 게 이렇게 편한 것이라는 걸 느끼면서. 그리고 들어온 벽을 다시 세게 밀자 딸깍 하며 잠기는 소리가 났다. 혁민은 랜턴으로 앞을 비추었고, 거기에는 곧게 뻗은 길이 쭉 뻗어 있었다.

천장에 등이 있기는 했지만 스위치 같은 건 보이지 않았다. 설사 스위치가 있다고 하더라도 오래되어서 켜지지 않을지도 모르는 일이었고.

한참을 걷다 보니 드디어 문이 보였다. 재질을 알 수 없는 검은색 문. 혁민은 그 문을 힘차게 두드렸다.

* * *

"너 누구냐?"

백 선생은 몸이 좀 마른 편이라는 걸 제외하면 특별할 게 없어 보였다. 나이는 40대 중반 정도로 보였는데, 그게 실제 나이인지는 알 수 없었다.

"그런 거 꼭 알아야 하나? 서로 얘기하고 싶지 않은 거 많은 사람들인 것 같은데 사생활은 존중해 줍시다."

혁민의 말에 백 선생이 파안대소했다.

"아가리가 꽤 야물딱진 놈이라고 하더니 정말이구나. 배짱도 아주 두둑하고."

백 선생은 이리저리 혁민의 주변을 걸어 다니면서 살폈다. 아주 재미있다는 표정을 하고서. 혁민도 백 선생과 방 안을 살

펐는데, 방에는 엄청나게 많은 박스와 서류들이 있었다.

"그래, 주민등록 얘기 해봐야 재미도 없을 테고. 그럼 왜 여기 왔는지나 풀어놔 봐."

그는 지이익 하는 소리를 내면서 의자 두 개를 끌고 오더니 한 개를 혁민 앞에 던지듯 놓았다. 그는 의자에 거꾸로 앉고서는 등받이에 팔을 올렸다. 그리고 턱을 괸 채 혁민을 쳐다보았다.

혁민도 빙긋 웃고는 그와 똑같은 자세를 했다. 둘은 의자 등받이에 턱을 괸 채 마주 보고 이야기를 나누기 시작했다.

"그러니까 다른 사람들은 할 수 없는 거, 내지는 하기 어려운 그런 사건을 맡아서 하겠다? 그것도 법을 교묘하게 이용해 먹는 그런 놈들만 노려서?"

"그렇지. 뭐 그런 사건만 맡을 수는 없겠지만, 그런 건수는 아무래도 돈이 될 테니까."

"돈이야 당연한 거지. 뭐하러 법을 이용하겠어. 무언가를 은폐하려는 거 아니면 돈 빼돌리려는 거겠지. 그런 건 어떤 사건이든 돈이 되는 법이지."

백 선생은 상당히 흥미로워했다.

"그런데 너 왜 아까부터 반말이냐? 나이는 내 반 토막 정도밖에 안 되는 놈이?"

"대접받고 싶으면 해주고. 그런 거야 중요한 거 아니니까."

"이 새끼, 마인드가 아주 쿨한데?"

백 선생은 크게 웃더니 그냥 하던 대로 하라고 말했다.

"말이 뭐 중요하겠냐. 꼬박꼬박 존대하다가 등 뒤에서 칼 꽂는 놈보다야 싸가지 좀 없어도 앞에서만 틱틱거리는 놈이 편하지."

백 선생은 웃음기를 머금은 채 말했는데, 혁민은 어쩐지 그가 씁쓸해한다는 느낌을 받았다. 하지만 곧 그런 기색은 사라졌다.

"너 내가 어떤 일을 했는지는 아냐?"

"대충은."

대충이라고 말했지만, 제법 많이 알고 있었다. 80년대 중반부터 권력자와 유력 인사들의 구린 구석을 처리해 주던 사람. 자금 세탁부터 시작해서 재산이나 각종 사건 관련 소송까지 보이지 않는 곳에서 진두지휘하던 인물이었다.

본인은 드러내지 않고 뒤에서 움직여서 세간에는 알려지지 않았지만, 실력자들 사이에서는 꼭 알아두어야 할 인물로 손꼽혔다. 그러던 사람이 IMF가 터지고 얼마 후에 갑자기 사라졌다. 물론 혁민은 자신이 아는 걸 전부 털어놓지는 않고 적당히 가공해서 말했다.

"그 정도면 많이 아는 거지. 그래, 그런 일 하면서 세월을 보냈지."

잠시 생각을 하던 백 선생은 갑자기 자신이 최고라고 자신하는 게 하나 있다며 그게 뭔지 아느냐고 물었다. 혁민은 고개를 저었다. 대충 짐작은 하고 있었지만, 그냥 직접 대답을 듣고 싶었다. 백 선생은 피식 웃으면서 말했다.

"불법, 탈법. 그런 쪽으로 잔머리 굴리는 건 내가 최고야. 왜냐고? 그런 쪽으로만 엄청나게 들이팠거든. 그러니까 나를 찾아온 건 잘 오긴 한 건데……."

백 선생은 혁민을 지그시 노려보다가 말을 이었다.

"내가 왜 너한테 그런 걸 알려줘야 하지? 나한테는 아무런 이득도 없는데 말이야."

"아깝잖아. 그런 거 썩히는 게. 남들 안 하는 거 하느라고 고생 많이 했을 텐데."

혁민의 말에 백 선생의 표정이 묘하게 변했다. 혁민은 자신을 아주 교묘하게 자극하고 있었다. 사실 그런 마음이 약간 있었다. 하지만 쉽게 넘겨줄 수는 없는 일.

"아깝기야 하지. 그래도 공짜로는 어림없지. 이게 돈으로도 살 수 없는 거거든."

"그럼 원하는 걸 말해보든가. 들어줄 수 있는 거면 들어주고. 당신 말고도 두어 명 더 알아놓기는 했는데, 가능하면 최고한테서 배우고 싶거든."

백 선생은 이 녀석이 정말 20대 중반이 맞는지 의심스러웠다. 하는 양을 봐서는 머릿속에 구렁이가 서너 마리는 똬리를 틀고 있는 것처럼 능청스러웠다. 슬슬 밀고 당기는 게 보통 솜씨가 아니었다. 그리고 다른 것보다 사람을 읽을 줄 알았다.

'내가 원하는 게 뭔지 대충은 알고 있구만그래. 그것도 자기는 별로 관심 없다는 척하면서. 어디서 정보를 들은 건가? 아니면 타고난 건가?

백 선생은 이 녀석과 같이 있으면 재미있겠다는 생각이 들었다. 솔직히 이곳에 숨어서 지내는데 무슨 낙이 있겠는가. 그래서 어떻게 되더라도 이 녀석을 여기에 오래 오게끔 해야겠다고 생각했다.

그래서 질문을 해서 몇 가지 확인하려 했다. 그런데 말을 미처 꺼내기도 전에 혁민이 먼저 솔깃한 제안을 해왔다.

"나중에 내가 변호사 개업을 하고 그런 사건을 맡게 되면 검토하고 자문을 좀 해주면 어때? 그러면 여기 있어도 심심하지는 않을 것 같은데."

솔직히 상당히 솔깃한 제안이었다. 어떤 사건을 맡을지도 궁금했고, 어떤 식으로 풀어나갈지를 생각하니 흥분도 되었다.

문제는 과연 이 녀석을 믿을 수가 있느냐는 건데, 그건 이미 다른 사람을 통해서 다짐을 받은 상태였다. 보통 사람이라면 이런 중요한 일을 말 한마디로 끝내지는 않았겠지만, 그는 달랐다.

'어차피 그가 아니었다면, 나나 장중범이나 죽은 목숨이었을 테니까.'

그가 정보를 전해준 덕분에 살아남을 수 있었다. 그런 그가 책임지겠다고 했다. 문제가 생긴다면 자기가 모든 책임을 지겠다고 하면서. 그리고 오늘 보아하니 자신을 해치려는 놈은 아니었다.

확실히 자신에게 말한 걸 배우려는 놈. 그것도 듣던 대로 아주 실력이 좋은 놈이었다. 하지만 이런 분야는 법률 지식과 실력으로만 되는 건 아니다.

"일단 테스트 좀 해보고. 이건 공부만 잘한다고 배울 수 있는 게 아니거든."

백 선생은 혁민에게 질문을 던졌다. 처음에는 아주 단순한 질문이라고 생각해서 혁민은 자신이 알고 있는 상식선에서 대답했다. 하지만 돌아온 건 비웃음이었다.

"뭐야? 이런 범생이 같은 흥미롭지 않은 대답은. 야, 세상이 그렇게 올바르고 정직하게 보여? 그런 생각으로 선수들 대하다가는 어떻게 당했는지도 모르고 그냥 골로 간다니까. 본게임도 아니고 이런 연습 문제부터 헤매면 어쩌자는 거야? 자, 정신 차리고 다음 문제."

백 선생은 A가 B의 땅에 근저당권을 설정하고 돈을 10억 원 빌려주었는데, B가 파산해서 돈을 받을 수 없게 되었다고 말했다.

"그래서 돈을 받으려고 땅을 경매에 넘겼어. 땅은 시가로 50억 정도 하고 조건은 다 좋아. 기가 막힌 금싸라기 땅이야. 아이고, 그런데 IMF 직후라서 경기가 안 좋네? 계속해서 유찰, 유찰, 유찰. 10억 원 아래로 내려갔는데도 유찰되었어. 자, 그런 상황에서 어떻게 하는 게 가장 좋은 방법일까? A는 자금에 여유가 있는 편."

원래는 땅을 경매하는 이유는 원금 10억 원에 이자를 포함한 금액을 받기 위함이다. 하지만 현재 상황으로는 원금도 못 받게 되었다. 혁민은 이것이 법적으로 풀어야 하는 문제인지 다른 방법을 생각해야 하는 건지 헷갈렸다.

하지만 백 선생이 뻔히 법적인 문제를 내지는 않았을 터. 혁민은 발상을 조금 바꾸어 보았다.

"A는 자금에 여유가 있다 이거지? 경기는 아주 안 좋은 상황이고, B는 정말로 파산한 상태. 땅은 위치도 좋고 경기만 좋아지면 제값 받고 팔릴 그런 땅이고."

"그래."

"그러면 A가 경매에 참여해서 땅을 사야겠네."

백 선생은 고개를 끄덕였다.

"빙고. 이제야 머리가 좀 돌아가는 것 같네."

"나중에 팔리면 원래 받을 수 있는 금액보다 훨씬 큰 금액을 손에 쥘 수도 있고. 그런 방법도 있었군."

어차피 경매 대금은 다시 A에게 거의 다 돌아온다. 경매 대금은 수수료를 제외하고 근저당이 설정된 사람에게 돌아가니까. 그러니 A는 채무 관계를 정리하는 대신 땅을 소유하게 되는 셈이다. 원금에도 못 미치는 돈을 받는 것과는 엄청난 차이.

하지만 백 선생은 이 정도는 그저 연습 문제에 불과하다고 이야기했다.

"초보자 문제도 아닌 연습 문제야. 여기에 약간 머리를 쓰면 그게 정말 초보자 문제가 되는 거지."

백 선생은 낄낄거리면서 이런저런 이야기를 해주었는데, 혁민에게는 정말 신세계가 열리는 기분이었다.

"분묘기지권 같은 걸 활용하면 경매에 나온 땅을 싸게 받을 수도 있지."

분묘기지권은 남의 토지에 묘를 썼더라도 20년 동안 아무런 문제 없이 점유했을 때는 땅의 주인이라고 해도 그 묘를 어떻게 할 수 없다는 것을 의미한다.

"분묘기지권은 산 같은 거에 잘 먹혀. 산 어디에 무덤이 있었는지 알 게 뭐야. 그러니까 어떻게든 몰래 만들어놓고 누군가가 우겨대면 그 땅은 팔기 쉽지 않지. 아니면 원래 있던 무덤을 이용하든가."

분묘기지권이 걸려 있는 땅은 사람들이 사려고 하지 않는다. 사더라도 묘의 주인과 해결을 하고 난 후에 산다. 그러니 그런 식으로 계속 유찰시켜서 가격을 낮추고 좋은 땅을 꿀꺽하는 수법도 있다고 했다.

물론 진짜처럼 보이게 작업을 좀 해야 하긴 하지만. 일종의 알 박기 수법인데, 백 선생은 이건 정말 유치한 수법이라고 했다.

"법 자체는 알고 있는데, 활용 방식이 달라지니 정말 다른 느낌이네."

"항상 명심해야 할 게 바로 이거야. 자신의 입장이 아니라 상대의 시선으로 문제를 바라볼 것. 그래야 문제의 실체가 보인다."

혁민은 확실히 다른 시선으로 문제를 볼 필요가 있다는 생각이 들었다. 악당의 시선으로 사건이나 문제를 볼 수가 없으면 그런 자들을 상대하는 건 굉장히 어려울 것 같았다. 그리고 백 선생은 그런 악당 중에서도 국내 최고라고 불렸던 사람.

"법이란 거 알고 보면 무척 허술해. 이용해 먹으려고 덤벼들면 구멍이 숭숭 난 그물에 불과하지. 그래서 그런 걸 이용해서 이득을 챙기려고 안달이 난 놈들이 많은 거거든."

"재미있겠어."

혁민은 재미있겠다고 웃으며 말했고, 방 안을 걸으면서 이것저것 구경을 했다. 그 모습을 본 백 선생이 황당하다는 듯 말했다.

"뭐야? 합격 불합격은 아직 말하지도 않았는데."

"꼭 말로 해야 아나? 불합격이었으면 벌써 내쫓겼겠지."

백 선생은 하여간 의뭉스러운 놈이라고 중얼거리면서 혁민을 불렀다. 그러고는 박스와 서류들을 팡팡 치면서 말했다.

"여기 있는 것들이 다 그런 사건이나 관련 자료야. 국내뿐 아니라 외국 자료들도 있지."

백 선생은 방 안에 가득한 서류를 보면서 자랑스러운 표정으로 말했다. 그리고 혁민을 똑바로 응시하면서 말했다.

"어린놈치고는 세상이 얼마나 썩었는지 좀 아네. 수업할 만하겠어."

"그럼 앞으로 잘 부탁해, 백 선생."

"싸가지 없는 것도 그럭저럭 맘에 들고."

백 선생은 박스를 하나 꺼내더니 파일에 적혀 있는 글자를 살폈다. 그러고는 하나를 꺼내면서 이야기했다.

"자, 수업하자."

* * *

"요즘은 어떻게 지내고 있다고 하던가?"

"여전하답니다. 의학 서적에 아주 푹 빠져 있다던데요."

하치훈의 질문에 장 변호사가 약간은 퉁명스러운 투로 대답했다. 아무리 상사인 하치훈의 지시라고는 하지만 까마득한 후배 움직임이나 살펴야 하니 기분이 좋지 않았던 것이다. 그래서 자연스럽게 구시렁거리게 되었다.

"처음에는 정신병 관련해서 관심이 있는 것 같더니……."

혁민은 사람들의 눈을 속이기 위해서 의사들에게 의학 서적을 계속해서 빌렸다. 실제로는 책은 보지 않고 몰래 백 선생에게로 가서 수업을 들었지만, 그런 사실을 모르는 사람들은 다른 식으로 오해했다.

"흐음… 의료 소송 관련해서 관심이 있는 건가? 하기야 그쪽도 유망한 분야기는 하지."

하치훈도 그렇고 치료감호소에 있는 다른 사람들도 비슷한 오해를 했다. 의학 지식이라는 게 단기간에 쌓아 올릴 수 있는 건 아니었지만, 워낙 꾸준히 의학 서적을 빌려 가니 그런 식으로 오해한 것이다.

"이제 얼마 정도 남았지? 한 반년 남았나?"

"예, 그 정도 남았습니다."

"시간 참 빠르군. 조만간 자리 한번 마련하지. 이제 슬슬 진로도 정해야 할 테니까 말이야."

"예, 제가 연락을 하겠습니다."

하치훈은 당연히 혁민이 법무법인 태경으로 오리라 생각하며 그렇게 이야기했다. 장 변호사는 곧바로 혁민에게 전화를 했고, 그의 전화를 혁민이 바로 받았다. 하지만 수업 중이라 정말 건성으로 받았다.

"예, 주말에 한번 가는 걸로 하죠. 예, 예."

혁민이 통화를 마치자 백 선생이 누구냐고 물었다.

"있어. 귀찮게 따라다니는 사람."

"여자?"

"여자면 좋지. 아니, 아니. 그게 아니지."

혁민은 무심코 말을 하다가 갑자기 율희가 고등학교에 입학했다는 사실이 떠올랐다. 초등학생일 때는 언제 기다리나 싶었는데, 벌써 고등학교 2학년이다. 이제 조금만 기다리면 성년이 된다고 생각하니 혁민의 눈이 살짝 휘고 입꼬리가 스윽 올라갔다.

"뭐하냐?"

"음? 어… 저기… 그냥 전화 온 거 생각하느라고. 자꾸 자기네 로펌으로 오라고 해서 귀찮아 죽겠네."

그 말을 들은 백 선생이 피식 웃었다.

"로펌? 지랄하네. 그런 거 생각하면서 나올 그런 몽타주가 아냐. 딱 보니까 숨겨놓은 여자 생각하는 표정이던데. 그러지 말고 털어놔 봐, 누군지."

"여자는 무슨… 그런 거 없다니까."

있지만 말할 수 없다. 율희는 아직은 고등학생. 이런 이야기를 누구에게 하겠는가. 게다가 백 선생은 워낙 눈치가 빠른 사람이니 각별히 조심해야겠다는 생각이 들었다.

"이봐, 남자가 말이야. 여자 생각할 때 떠오르는 그 표정은 다른 어떤 것과도 느낌이 달라. 로펌 오라는 변호사 생각하면서 그런 얼굴을 했다고? 니가 게이냐?"

백 선생은 턱도 없는 소리 하지 말라면서 빨리 털어놓으라고 재촉했다.

"아! 쓸데없는 얘기 하지 말고 수업이나 하자고."

"어허~ 진도도 거의 끝나가는데 그러지 말고 여자 이야기나 좀 해봐. 혹시 알아? 내가 기가 막힌 조언을 해줄지?"

혁민은 순간적으로 흔들렸지만 버텨냈다. 백 선생의 화술은 아주 독특했다. 별것 아닌 것 같은 말인데도 사람의 마음을 흔드는 힘이 있었다. 똑같은 말을 해도 다른 사람이 하면 그런 효과가 나지 않을 것이다. 하지만 백 선생이 말하면 무언가 느낌이 달랐다.

'후아. 진짜 혓바닥은 타고났네, 타고났어.'

하기야 그러니 음흉하고 능글맞은 권력자들의 마음을 움직여서 일을 따낼 수 있었던 것 아니겠는가. 혁민은 시간도 없으니 빨리 오늘 분량을 끝내자고 말했다.

지금까지 수업은 비교적 순조롭게 진행되었다. 치료 감호소에 있는 사람들은 혁민의 일에 관심도 없었고, 그를 찾을 일도 거의 없었다. 그래서 그가 몰래 백 선생을 만나러 가는 걸 아는 사람은 없었다. 사무실에 찾아오는 사람이 거의 없었으니까.

하지만 매일 그럴 수 있는 건 아니었다. 한직이라고는 하지만 공식적인 업무도 있었고, 매일같이 자리를 비울 수는 없었으니까. 일주일에 보통 삼 일 정도만 백 선생과 얼굴을 마주할 수 있었다.

"뭐해? 빨리 하자니까."

혁민이 채근했지만, 백 선생은 야릇한 표정으로 혁민을 쳐다보기만 했다. 하지만 혁민은 전혀 이야기해 줄 생각이 없었다. 그런 기세는 백 선생도 쉽게 알아챌 수 있었다. 자신이 수를 써봐도 혁민이 입을 열지 않을 것 같은 상황. 백 선생은 바로 포기했다.

"뭐 나중에 들을 기회가 있겠지."

"좋은 게 좋은 거지, 서로의 사생활은 좀 존중해 주자고. 혹시라도 나중에 좋은 소식이 있으면 백 선생한테는 내가 꼭 알릴 테니까."

백 선생은 피식 웃고는 자리에 앉았다. 사실 백 선생은 무척 놀라고 있었다. 자신이 알고 있는 걸 제대로 익히려면 3년 가지고는 어림도 없다고 생각했었는데, 엄청난 착각이었다. 수업을 시작한 지 2년 반 정도가 흘렀는데, 이제는 가르칠 게 거의 없었다.

그만큼 혁민이 지식과 노하우를 빨아들이는 속도는 무서웠다. 백 선생은 질문을 툭 던졌다.

"너, 뭐하면서 살던 놈이냐?"

"그건 갑자기 왜?"

"이상해서 그런다, 이상해서. 이게 니 나이나 성향으로 보면 이럴 수가 없을 것 같은데 말이야……."

백 선생은 혁민과 같이 생활하면서 이상하다는 점을 여러 번 느꼈다. 온갖 군상을 다 겪어본 그였다. 지내보면 그 사람이 어떻다는 것 정도는 알 수 있었다. 그런데 혁민은 좀 이상했다. 여러 가지 성향과 생각, 욕망이 뒤죽박죽이었다.

이십 대 중반에 공부만 쭉 해온 사람이라면 대충 그려지는 이미지가 있었는데, 혁민은 그런 이미지와는 너무나도 달랐다. 하지만 한 가지는 확실했다. 자신이 만약 누군가를 믿어야 할 상황이 온다면 혁민이 적어도 세 손가락 안에는 들어갈 거라는 거였다.

일부러 틱틱거리고 가끔 악당인 척하고 있지만, 본성은 그렇지 않다는 게 혁민에 대한 백 선생의 평가였다. 혁민은 오늘따라 이상하게 수업할 만한 분위기가 잡히지 않자 책을 덮었다.

"이거 오늘은 진도 나가기 어렵겠는데?"

"그러니까 여자 이야기 좀 해보라니까 그러네."

혁민은 슬며시 웃었다. 백 선생은 어떤 면에서는 무척 편한 사람이었다. 고정관념에 얽매인 사람도 아니었고, 허례 같은 것도 싫어했다. 그리고 만나는 사람이 혁민밖에 없어서 그런지 몰라도 혁민을 무척 아끼는 것 같았다.

"백 선생! 백 선생은 왜 여기 숨어서 지내는 거야?"

"서로 사생활은 존중하자며?"

"뭐 그렇긴 한데 가끔 얘기를 해주고 싶어 하는 것 같길래."

백 선생은 고개를 절레절레 저었다. 확실히 이상한 놈이었다. 능청스러운 게 꼭 자기 또래의 인간 같았다. 그래서 더 친근하게 느껴지는 건지도 모르겠지만.

"흐음… 자세히는 어렵지만, 대충은 얘기해 줄 수 있지. 뭐 깊이만 들어가지 않으면 큰 비밀이랄 것도 없으니까."

백 선생은 이야기를 쭉 풀었지만, 간단하게 정리하면 자신이 일을 봐주었던 권력자 한 명에게 찍혀서 도망 다니는 거였다.

"돈이라도 챙긴 거야?"

"돈도 좀 챙기긴 했지. 그래 봐야 그 사람들 입장에서는 얼마 되지도 않는 금액이야. 그런 푼돈 때문에 사람을 손보려고 하지는 않지."

"그러면?"

백 선생은 표정이 조금 굳어지더니 진지한 태도로 이야기했다.

"잘 알아둬. 그런 자들은 돈 같은 건 크게 중요하게 생각하지 않아. 밑에 있는 사람들이 적당히 해먹어도 다 알면서도 눈감아준다고. 그런 걸 쪼잔하게 다 간섭하고 그러면 사람 관리가 안 돼."

깨끗한 물에는 물고기가 살기 어렵다는 말. 그래서 권력자들은 그런 건 대충 넘어간다고 했다.

"오히려 사생활을 알고 있는 걸 더 불편하게 여기지. 사생활. 알지? 어떤 얘긴지?"

혁민은 고개를 끄덕이고는 조용히 내용을 물었다. 하지만 백 선생의 이야기는 거기까지였다. 그러고는 다른 때와는 다른 딱딱한 얼굴로 말했다.

"혹시라도 앞으로 그런 걸 알 기회가 있더라도 알려고 하지마. 목숨과 바꿀 만한 가치가 있는 게 아니니까. 알았지?"

"그런데 일도 봐주고 그랬으면 어떻게 다른 방법으로 풀 수는 없었나? 백 선생이 그런 이야기를 어디 가서 떠들고 그럴 스타일도 아니잖아?"

"권력을 가진 사람들, 일반적인 사고방식으로 생각하면 오산이다. 권력을 유지하려고 무슨 짓이든 하니까. 그들의 논리는 간단해. 자신의 안전보다 중요한 건 없다."

백 선생은 한숨을 내쉬고는 중얼거렸다.

"그래서 그들은 확실한 걸 좋아하지. 그들이 늘 하는 말이 있어. 시체는 말이 없다."

* * *

"오늘은 조금 다른 이야기를 하자."

백 선생은 서류를 꺼내지 않고 이야기를 시작했다. 그는 아무리 많은 걸 알고 있어도 모든 걸 알 수는 없다고 이야기했다. 시시각각 변하는 기술과 상황을 어떻게 다 알 수 있느냐면서.

"그래서 정보를 잘 알고 있는 사람들을 알아놓아야 해."

백 선생이 처음 언급한 건 경찰이었다.

"경찰의 정보는 어마어마하다. 국정원도 경찰의 정보에 의존하는 경우가 꽤 있을 정도니까. 그러니까 경찰 정보를 물어다 줄 수 있는 사람은 꼭 필요하지."

혁민은 조창우가 생각났다. 돈만 쥐여주면 어떤 정보라도 빼 오던 사람. 백 선생은 그건 알아서 만들어야 한다고 했다.

"내가 가지고 있던 라인도 있지만, 그건 다른 사람이 쓰기 어려워. 너야 법조계 사람이니 그런 건 어렵지 않을 거야."

혁민은 고개를 끄덕였다. 그건 어떻게든 만들 수 있을 것 같았다

"그다음은 조폭. 최근에는 조폭들이 슬림해지고 있다. 예전처럼 대가리 수 많고 그러면 골치 아파. 경찰들 주목받고 그러면 영업하기 곤란하거든. 그래서 소규모 정예화하는 추세다."

백 선생은 갑자기 생각난 듯 혁민에게 물었다.

"너 조폭 조직이 어떻게 돼 있는지 알아?"

혁민도 대충은 알고 있었지만, 그냥 이야기를 들었다. 백 선생이 이런 이야기를 할 때는 무언가 일반인들이 잘 모르는 걸 설명하려 할 때가 많았으니까.

그는 조폭 조직은 두목과 그 밑에 행동대장, 또 그 밑에 행동대원으로 이루어진다고 했다. 행동대장은 서로 견제를 시키기 위해서 보통 두 명이고, 행동대원끼리도 서열이 있다고 했다. 서열순으로 첫째 다리, 둘째 다리 그런 식으로 부른다고 했다.

"전국구 조폭이라고 하면 행동대원까지야. 경찰이 아예 조폭 계보도를 만들어서 관리하지. 그건 알지? 조폭이 당뇨병하고 비슷하다는 거."

"당뇨병?"

"그래. 둘 다 완치는 어렵고 계속 관리하는 거지. 관리에 소홀하면 큰 문제를 일으키고."

혁민은 그럴듯한 말이라고 생각하고는 슬쩍 웃었다.

"그런데 사람들이 잘 모르는 게 있다. 바로 고문이라는 존재지. 조직에서도 극소수만 알고 있는 고문이라는 존재. 그러면 조폭의 고문은 어떤 사람들이 하느냐."

백 선생은 잠시 뜸을 들였다가 말을 이었다.

"정치인, 재벌, 검찰, 경찰, 국정원. 다양하다. 그들이 자신의 필요에 의해서 조폭과 연줄을 유지하고 있는 거야. 무슨 일이 있으면 뒷배를 봐주고."

백 선생은 그 말을 하면서 수첩을 흔들었다.

"고문이 누구인지는 드러난 경우가 거의 없지. 하지만 여기에는 그중 상당수가 적혀 있다. 물론 신뢰도는 100%."

하지만 이 정보는 직접적으로 사용하면 큰일 난다고 했다. 조폭과 권력을 가진 고문이라는 자. 둘 모두에게 공격을 받을 테니까. 그러니 위급할 때 유용하게 사용하되 신중에 신중을 거듭해야 한다고 이야기했다.

"그리고 그것보다 더 중요한 게 있다."

"더 중요한 거?"

"그래. 내가 조폭들이 적은 수를 유지한다고 했잖아. 그런데 인력이 많이 필요한 경우도 있지. 그러면 그럴 때는 어떻게 할까?"

혁민은 고개를 갸웃거렸다. 그런 부분에 관해서는 생각해 보지도 않았고, 정보도 없었기 때문이었다. 백 선생은 또 다른 수첩을 품에서 꺼냈다.

"조폭 복덕방이라고 있다. 사람이 필요하면 조폭들은 거기에다가 연락을 해. 그러면 복덕방 주인이 사람들을 모아서 연결해 주지."

일이 일인만큼 조폭 복덕방을 하려면 여러 가지를 갖추고 있어야 한다고 했다. 그중 하나가 이 바닥과 정보에 대해서 빠삭해야 한다는 거였다.

"대부분 전직 조폭 출신이 하는데, 일을 하다 보면 조직끼리 붙게 되는 경우도 있단 말이야. 그런데 반대편에 있는 조폭하고 친분 있는 애들을 이쪽에다가 넣어주면 되겠어? 그러니까 조폭들 간의 관계나 최근 동향 같은 거 눈에 불을 켜고 정보 수집한다.”

오가는 인원이 많으니 그들에게서 얻는 정보도 있고. 그래서 그들을 활용하는 게 가장 정확하고 빠른 방법이라고 했다.

“그러니 조폭 관련해서 정보를 얻으려면 그들에게 가면 된다. 다른 데다가 시켜도 걔들도 다 복덕방 찾아가게 되어 있어. 그리고 여기에 복덕방 주인 중에서도 괜찮은 놈 몇 명의 정보가 들어 있지.”

백 선생은 수첩 두 개를 혁민에게 던졌다. 날아온 수첩을 낚아챈 혁민이 그걸 수습하기도 전에 그는 다른 이야기를 시작했다.

“그리고 네가 하려고 하는 일은 그런 식으로 다른 곳에서 얻는 정보만으로는 부족해. 직접 움직여야 한다고.”

“그건 그렇지. 그래서 믿을 만한 업체를 이용하려고 생각 중이긴 한데…….”

원래는 인하식당을 이용하려고 했다. 거기가 최고라고 알고 있었으니까. 하지만 무언가 꺼림칙한 게 있어서 다른 곳을 염두에 두고 있었다. 하지만 백 선생은 혁민의 이야기를 듣고는 고개를 내저었다.

“내가 이야기를 해야 하는지 무척 망설였는데, 아무래도 자네 이상 가는 적임자는 없을 것 같다는 생각이 들었다.”

백 선생은 무거운 표정으로 입을 열었다.

“장중범이라는 사람이 있다. 예전 안기부 요원이었지.”

*　　*　　*

백 선생이 이야기할 정도면 분명히 중요한 인물이라고 생각하고 혁민은 귀 기울여 이야기를 경청했다. 백 선생은 그가 굉장히 유능한 요원이었다고 이야기했다.

'그런데 왜 갑자기 안전기획부, 아니지 지금은 국가정보원이지. 여하튼 거기 요원 이야기를 하는 거지?'

이유는 알 수 없었지만, 워낙 흥미진진해서 이야기 속으로 계속 빨려들었다. 요원은 지금은 요원 신분이 아니었다. 아니, 요원이 아닌 정도가 아니라 세상에서 지워진 인물이었다.

"알지 모르겠지만, 스파이에는 세 종류가 있지."

"스파이의 종류? 처음 듣는 것 같은데?"

잘 모르는 이야기였다. 스파이야 007 영화 같은 데서나 봤지 쉽게 접하거나 이야기 들을 수 있는 분야는 아니었으니까. 그래서 분명히 실제 존재한다는 건 알고 있지만, 다른 세상 이야기 같은 그런 느낌이 들었다.

게다가 세 종류? 스파이에 무슨 종류가 있다는 것도 지금 처음 듣는 것 같았다. 백 선생은 이건 알고만 있으라고 하고는 이야기를 이어나갔다.

"백색 요원과 흑색 요원은 아마 들어본 적이 있을 거야. 화이트 요원, 블랙 요원이라고도 하지."

혁민도 그 이야기는 언뜻 들은 기억이 났다. 그리고 백 선생의 설명을 들으니 확실히 들었던 게 생각났다. 간단하게 말해서 상대 국가에 신원을 밝히고 합법적인 신분으로 들어가서 활동하면 백색 요원이고, 숨기고 들어가서 활동하면 흑색 요원이다.

"대사관에서 일하는 모든 사람은 스파이라고 생각하면 된다. 모든 나라에서 서로 다 알아. 알면서도 인정해 주는 거다."

"대사관에서 일하는 사람이 전부? 그건 좀 심한 과장 아닌가?"

"물론 별생각 없이 골프나 치고 놀러 다니는 사람도 있기는 해."

혁민은 처음에는 믿지 않았지만, 백 선생의 말을 듣다 보니 믿지 않을 수 없었다. 처음에는 친분 관계를 유지하다가 적당한 시점이 되면 포섭하는 거라고 했다. 그래서 외교관들이 수많은 행사에 다니고 파티를 열고 하는 것이라고. 일단 인맥을 쌓아야 하니까.

"외교관은 공인된 스파이야."

백 선생은 단정적으로 말했다. 물론 그런 걸 제대로 이해하지 못하고 홍청망청하며 지내는 외교관도 있었지만. 혁민도 생각을 해보니 그 말이 맞았다. 그쪽으로는 관심을 두지 않아서 몰랐었는데, 어찌 보면 당연한 일 아닌가. 세상은 겉으로 보는 것같이 깨끗한 게 아니니 말이다.

"흑색 요원이야 설명하지 않아도 될 테고, 하나가 더 있지. 그게 회색 요원이야. 회색 요원은 언론사 특파원이나 유학생 같은 다른 신분으로 상대가 알게끔 하고는 들어가서 스파이 활동을 하는 걸 말하지."

회색 요원은 상대의 의심도 피할 수 있고, 신분도 자유로워서 작전하기가 좋다고 했다. 포섭할 수 있는 사람의 폭도 넓고.

"장중범은 중국에 회색 요원으로 들어갔던 인물이야. 하지만 다른 요원의 실수로 인해서 정체가 발각되어 버렸지."

회색 요원은 효과가 좋은 반면, 걸렸을 때 문제가 커진다. 그래서 최근에는 잘 사용하지 않는 추세인데, 중국 같은 경우는 정보를 얻기가 워낙 힘들어서 회색 요원을 넣은 것이라고 했다.

"하긴. 저건 정말 상대 국가 뒤통수를 치려고 했다는 거니까 걸리면 상당한 문제가 되겠는데?"

"당연하지. 그래서 회색 요원은 걸리면 정보 조직에서 보호해 주지 않아. 그냥 모르는 사이가 되는 거지. 구출 작전도 없어. 무조건 버려지는 거야."

일반적으로 스파이는 잡혀도 잘 죽이지 않는다. 정보를 알아내기 위함도 있지만, 자국의 스파이도 잡히는 경우가 있으니 그런 경우 교환하는 용도로 활용한다. 하지만 회색 요원은 스파이라고 국가에서 인정하지 않는다. 그래서 보호받을 수도 없다.

"비정하네. 이해를 못 하는 건 아니긴 하지만……."

혁민은 조금 씁쓸한 표정으로 중얼거렸다. 그런 식으로 버려진다는 게 어떤 기분일까를 상상하니 저절로 마음이 무거워졌다. 그래서 이해가 되는 상황이기는 했지만, 입맛이 썼다.

그런데 문제는 거기부터였다. 다른 국가에서는 그만큼 위험요소가 큰 만큼 남은 가족을 철저하게 보호하고 보살펴 준다. 경제적인 지원은 물론이고. 그런데 장중범의 가족은 그런 걸 제대로 받지 못했다는 거였다.

"왜? 그런 정도는 당연히 해줘야 하는 거 아닌가? 안 그러면 누가 그런 일을 하려고 하겠어?"

"내 말이 그거다. 중범이가 그러더군. 상사하고 마지막으로 통화하는데 미안하다고, 대신 가족은 내가 보살피겠다고 했다고."

혁민은 그런데 왜 문제가 되는 건지 의아했다. 하지만 백 선생의 이야기를 들으니 정말 어처구니가 없었다.

"그런데 말이야, 정말 죽을 고비를 넘기면서 장중범은 살아남았어. 실력이 그만큼 좋기도 했지만, 운도 많이 따랐거든. 그래서 중국 뒷골목에서 활약하다가 몇 년 후에 밀항선을 타고 국내로 들어왔지."

백 선생은 혀를 차면서 말을 이었다.

"그랬더니 어땠는지 알아? 가족을 아무도 보살피지 않고 있던 거야. 그의 상사가 있을 때는 그래도 살펴줬는데, 상사가 국정원에서 나가게 된 이후로는 아무도 돌보지 않게 된 거지."

"아니, 그건 아니지!!"

혁민은 이야기만 들었는데도 흥분이 되었다. 타국에 죽게 내버려 둔 것만 해도 억울한 일이다. 그래, 뭐 그건 요원의 숙명이라고 치자. 그러면 적어도 가족은 잘 돌봐줘야 할 것 아닌가. 그렇지 않으면 누가 목숨을 걸고 일을 하겠는가.

"그래. 당연히 가족은 잘살고 있을 줄 알았는데 가장 처음 본 게 뭔지 알아? 아내가 노점상 하다가 단속 피해서 도망가는 거였어. 허름한 집에 아내나 딸이나 옷도 허름했고."

혁민은 그 말을 듣자 저절로 한숨이 나왔다. 그러면서 장중범이라는 사람도 자신과 비슷한 기분이었겠구나 싶었다. 지켜주고 싶었는데 그러지 못해서 미안한 마음. 누구보다도 그 마음을 잘 아는 혁민이었기에 장중범의 심정이 이해가 되었다.

그런데 백 선생은 이상한 이야기를 했다.

"가족을 감시하고 장중범을 잡으려고 한다고?"

"그래. 그렇지 않으면 그 녀석의 가족을 감시할 이유가 없지."

중국에서 무슨 정보가 넘어갔는지 장중범이 돌아온 걸 아는 사람이 있는 것 같다고 했다.

"호의를 가지고 있다면 몰래 가족을 감시할 필요가 없는 거였으니까."

"아, 그러면……."

"확실하진 않지만 제거하려는 거겠지. 무슨 이유인지는 모르겠지만. 그래서 그는 지하로 숨어들었다. 어차피 여기서는 죽은 사람이고, 정상적인 일은 할 수 없는 상황이었으니까. 그리고 자네도 이미 본 적이 있는 사람이야."

혁민은 그가 누구인지 알 수 있었다. 그가 인하식당이라고 중얼거리자 백 선생은 고개를 끄덕였다. 혁민은 어둠 속에 앉아 있던 그 사람을 떠올렸다. 일부러 어둠 속에 머물러 있던 그 남자를.

"그런데 백 선생은 그 사람을 어떻게 아는데?"

"나도 일 때문에 알게 되었는데, 사실 내가 좀 미안하지. 그 사람 나 때문에 죽을 뻔했거든."

백 선생은 일 때문에 몇 차례 만났는데, 외부에서 둘이 만나고 있을 때였다고 하면서 또 다른 이야기를 시작했다.

"둘이 이야기하는데 갑자기 덩치 큰 남자가 와서는 위험하니 빨리 피하라고 하더군. 자네도 알 거야. 장중범하고 같이 있는 남자."

혁민은 장중범의 뒤에 있던 남자를 생각하고는 고개를 끄덕였다. 자꾸만 인적 없는 곳에서 밤중에 보자고 하는 이상한 남자.

"나는 처음에는 믿지 않았지. 웬 미친놈인가 싶었어. 그런데 장중범이 일단은 움직이고 보자고 하더군. 그렇게 해서 손해 볼 건 없지 않으냐면서."

그리고 그게 모두의 목숨을 살렸다고 말하면서 백 선생은 한숨을 내쉬었다.

"해결사들이 들이닥쳤어. 내가 너무 많은 걸 알고 있다고 생각한 거야. 나도 그 당시에는 약간 기고만장해 있었던 것도 있었고. 그래서 나를 꼴사납게 본 사람들이 좀 있었던 거지."

다행스럽게도 그 남자의 도움으로 간신히 피할 수 있었던 백 선생과 장중범은 도망 과정에서 많은 이야기를 나누었다고 했다. 둘 다 누군가에 의해서 버려지고 살해당할 위험에 처해 있는 처지. 그 공통점에다가 위급한 상황은 둘을 긴밀한 사이로 만들었다.

그리고 장중범은 그 남자를 자신과 같은 요원인 것 같다고 말했다. 움직임이나 모든 것이 특수한 훈련을 받지 않고서는 보일 수 없는 거라고 하면서. 그는 자신의 정체를 말하지는 않았지만, 둘은 이해했다. 그런 건 아는 사람이 적을수록 좋은 거니까.

"그 남자는 자신도 우리 둘과 비슷한 위험에 빠졌다고 하더군. 그래서 셋이 힘을 합쳐서 도망쳤지. 그 와중에 그 사람 도움을 정말 많이 받았어."

사람들을 피해 며칠 동안 도망쳐야 했는데, 빠져나온 후에도 몇 차례 고비를 겪었다고 했다. 추격을 따돌리고 나서 그들은 각각 자신의 은신처로 숨어들었다. 백 선생은 이곳으로, 장중범은 지금의 인하식당으로. 그리고 그 남자는 장중범과 같이 있기로 했다.

여기까지 이야기한 백 선생은 갑자기 정색하고 혁민을 쳐다보면서 말했다.

"장중범과 손을 잡아. 그가 최고다."

"최고라는 건 알고 있지. 그런데……."

혁민은 백 선생의 눈을 정면으로 응시하면서 말했다.

"나한테 왜 이런 얘기를 해주는 거지?"

사실 이런 얘기는 아무에게나 할 수 없는 말이다. 더구나 배신당한 깊은 상처가 있는 사람 아닌가. 그러니 이런 말을 꺼내기가 더 어려웠을 것이다. 그런데 왜 지금 나에게? 혁민은 백 선생의 눈동자를 쳐다보면서 눈으로 질문을 던졌다.

백 선생은 눈을 피하지 않았다. 혁민은 이렇게 자세히 그의 얼굴을 본 게 이번이 처음이라는 생각이 들었다. 남자 얼굴을 그리 자세히 살필 일이 뭐가 있겠는가. 그런데 자세히 보니 생각보다 얼굴에 주름이 많았다.

세월의 흔적이기도 했지만, 그동안 넘어온 온갖 역경이 파놓은 고랑이기도 할 것이다. 그리고 눈동자에 흔들림은 없었지만, 힘이 없었다. 기가 강한 백 선생이라서 눈동자에서도 그런 게 느껴지리라 생각했는데, 전혀 그렇지 않았다.

"잘 모를 거야. 이런 식으로 숨어서 지낸다는 게 어떤 건지."

백 선생은 힘없이 말을 내뱉었다.

"나나 장중범이나 이대로 계속 살 수는 없다는 거 잘 알지. 하지만 방법이 없어. 믿을 사람도 없고."

믿을 만한 사람. 쉽게 생각하면 주변에 얼마든지 있을 것 같지만, 막상 정말 믿을 만한 사람은 찾기 쉽지 않다. 더구나 이런 큰 비밀을 말하고 함께할 사람은 더욱더. 그건 자신도 마찬가지 아닌가.

"게다가 상황이 좋지 않아. 나나 장중범은 어떻게든 버틸 수는 있는데……."

백 선생은 장중범의 아내와 딸 상황이 굉장히 어려워졌다고 했다. 그래서 장중범은 정체가 드러날 걸 감수하고 아내와 딸을 도우려 한다는 거였다.

당연한 일이다. 아내와 딸이 곤경에 처했는데 어떻게 보고만 있을 수 있겠는가. 하지만 그건 그를 기다리는 사람들이 노리는 거였고, 장중범이나 백 선생에게 좋을 게 하나도 없는 일이었다.

"중범이가 무너지면 나도 버티지 못해. 내가 유일하게 도움을 받을 수 있는 게 그 녀석이거든. 그리고 그걸 떠나서 지금 나서는 건 상대가 노리는 거야. 결국은 가족은 돕지도 못하고 끌려갈 거라고."

혁민은 사정은 이해가 되면서도 쉽게 수긍할 수 없는 게 있었다. 물론 자신밖에는 이야기할 사람이 없다는 것도 안다. 백 선생이야 만날 수 있는 사람이 없었으니까. 그래도 뭘 믿고 자신에게 이런 얘기를 한단 말인가.

아닌 말로 혁민이 다른 마음을 먹고 둘의 정보를 슬쩍 흘리기라도 하는 날에는 둘은 죽은 목숨이다. 그런데도 이런 이야기를 자신에게 한다? 쉽게 납득이 가질 않았다. 그래서 혹시 무슨 테스트 같은 걸 하나 싶었다.

"왜 이런 얘기를 나에게 하지? 나를 믿을 수 있나?"

"글쎄? 100%라고는 못하겠지. 하기야 100% 믿을 수 있는 사람이 세상에 어디 있으려고."

백 선생은 천장을 쳐다보고 숨을 크게 내쉬고는 말을 이었다.

"내가 가장 신뢰하는 사람은 두 사람이다. 장중범과 그 남자."

셋은 같이 죽음의 고비를 헤쳐 나온 사이이니 그럴 수 있다는 생각이 들었다. 백 선생은 손가락으로 혁민을 가리키며 말했다.

"그다음이 너다."

"나를?"

"그래. 내가 여기서 같이 지내면서 뭘 봤겠나. 자네는 내 자료들을 봤겠지만, 나는 그동안 자네를 본 거야."

만약 상황이 좋았다면 지금 이런 이야기를 하지는 않았을 것이다. 하지만 지금은 선택해야 할 상황. 백 선생은 앉아서 아무것도 하지 않은 채 몰락하는 것보다는 혁민을 믿어보는 게 더 나은 판단이라고 생각한 것이다.

"잘 생각해 봐. 만약 자네가 거절하면 장중범이나 나나 바로 이사 가야 하니까."

"물론 그렇게 되면 우리 인연도 끝이겠지?"

백 선생은 그답지 않게 긴장한 모습으로 천천히 고개를 끄덕였다. 그리고 주변을 한번 둘러보았다.

"어차피 여기서도 너무 오래 산 것 같기도 하고……."

혁민은 과연 이 사람들을 믿어도 되는지 고민이 되었다. 솔직하게 말해서 자신에게 꼭 필요한 사람들이었다.

'하지만 이들을 노리는 사람들이 좀 부담스럽기는 한데…….'

하지만 잘 생각해 보니 방법이 있을 것도 같았다. 어차피 같이 일하더라도 공식적으로는 만나거나 연락하지 않는 사이가 되면 되는 거니까. 따로 있으면서 은밀하게 연락할 방법만 있으면 된다.

'만약 이들이 말한 상황이 사실이라면 나에게는 좋은 기회.'

그리고 다른 것보다 두 명의 능력이 너무 탐났다. 혁민은 슬며시 웃으면서 대답했다.

"내가 이거저거 좀 알아봐도 되겠지?"

혁민의 표정을 보고 백 선생은 눈치챘다. 혁민이 알아보겠다고는 하고 있지만, 이미 생각이 이쪽으로 많이 돌아섰다는 걸.

"나는 말이야, 심성은 아주 비단결 같으면서도 너처럼 적당히 때 탄 애들이 좋더라고."

"웃기지 마. 조사해 보고 이상한 점 있으면 바로 때려치울 거라고."

"알았어, 알았어. 알아보라고. 대신 시간은 많이 못 줘."

혁민은 알았다고 하고는 밖으로 나갔다. 여기를 올 때마다 기어 다녀서 무릎이 아프다고 투덜거리면서. 백 선생은 멀어지는 혁민의 모습을 보면서 중얼거렸다.

"잘 부탁한다, 괴짜. 하지만 장중범의 마음을 얻는 건 쉽지는 않을 거야."

Chapter 6

세팅 끝 변호사 개업

하치훈을 만나러 서울에 온 혁민은 장중범을 찾아갈까 하다가 먼저 그의 아내와 딸이 어떻게 살고 있는가 보기로 했다.

"붕어빵 얼마예요?"

"천 원에 세 개예요."

장중범의 부인은 어색하게 웃으면서 대답했다. 젊었을 적에는 굉장한 미인이었을 법한 외모였다. 지금이야 풍상을 겪어서인지 미모가 많이 가려졌지만, 그래도 기품이랄까 우아함이랄까 그런 게 은연중에 느껴졌다.

"삼천 원어치만 주세요. 그런데 손님이 별로 없네요."

"여기가 사람 많이 다니는 데가 아니어서……."

부인은 틀에다가 주전자에 담긴 걸 부으면서 말했는데, 다

소 수줍어하는 기색이었다.

'장사할 성격은 아니시네. 드센 사람도 힘든데 이런 성격으로는…….'

사람 상대하는 일이 얼마나 힘든 일인가. 그리고 장사를 하려면 손님을 잘 다루어야 하는데 이렇게 수줍어해서야 장사를 어떻게 하겠는가. 미모를 보고 치근덕대는 사람들만 들러붙을 것 같았다.

그리고 부인의 말대로 이곳은 장사가 될 만한 장소가 아니었다. 대로변이 바로 앞이긴 했지만, 어쨌든 골목으로 조금 들어와서 있었으니까.

"요 앞에 나가서 하시지 그러세요. 그래도 대로변이 좋잖아요."

"거기는 비싸서……."

혁민도 돌아가는 사정은 대충 알고 있다. 노점이라고 아무 데서나 할 수 있는 게 아니다. 좋은 자리에 들어가려면 돈을 주고 자리를 사야 한다. 노점 중에는 권리금이 억대에 월세가 천만 원대인 곳이 있을 정도였으니까.

"그 뭐냐, 자리 주인이 세도 놓고 그런다면서요. 그런 거라도 하시지. 여기야 지나다니는 사람도 거의 없어 보이는데……."

"후우~ 그것도 보증금이 한두 푼이어야죠. 우리 같은 사람들은 그런 데서 장사하기 어려워요."

자리를 여러 개 가지고 장사하는 사람도 있었는데, 그런 경우 세를 놓기도 한다. 혁민은 한숨을 내쉬는 부인의 모습이 너무 안쓰러워 보였다. 그리고 너무 착해 빠져서 이런 일 할 사람이 못 된다고 생각했다.

붕어빵을 받은 혁민은 많이 파시라는 덕담을 하고는 발길을 돌렸다.

혁민이 자리를 떠난 후 얼마 지나지 않아 중년의 남자 한 명이 장중범의 부인을 찾았다. 혁민이 보았다면 장인어른이라고 불렀을 사람이었다.

"제수씨, 죄송해요. 자주 찾아온다고 하면서도 그게 쉽지 않네요."

"아니에요. 일하는 것도 바쁘실 텐데. 어떻게 취직은……."

"경기는 좀 좋아졌다고 하던데 일자리가 만만치 않네요."

민주엽은 씁쓸한 표정을 애써 감추며 말했다. 작정하고 방해를 하니 취업은 어림도 없는 일이고 먹고살기도 팍팍했다. 하지만 그렇다고 이 모녀를 외면할 수는 없었다. 그는 종이봉투를 꺼내 그녀에게 내밀었다.

"저기 제수씨, 이거 얼마 안 되지만……."

"아니에요. 이러지 않으셔도……."

장중범의 부인은 황급하게 손을 내저었다. 민주엽도 사정이 여의치 않은 걸 뻔히 아는데 번번이 이런 신세를 지는 게 부담스러웠으니까. 하지만 민주엽은 받아두라며 봉투를 손에 쥐여주었고, 그녀는 결국 봉투를 받을 수밖에 없었다.

"미안해요. 더 넣고 싶었는데 저도 사정이 여의치 않네요."

"아니에요, 아니에요. 제가 더 면목이 없죠. 이 신세 어떻게 갚아야 할지…….”

민주엽은 장중범과 자신은 형제 같은 사이이니 부담스러워 하지 않아도 된다고 했지만, 그녀의 눈가는 이미 촉촉하게 젖고 있었다. 그녀는 뒤돌아 눈가를 슬쩍 훔치고는 화제를 돌렸다.

“율희도 내년이면 고3이죠? 보람이가 무척 보고 싶어 하던데.”

“보람이는 어때요? 공부는 잘하나요?”

“졸업하면 바로 취업하겠다고 해서 걱정이에요. 그래도 대학교는 나와야 할 텐데.”

장중범의 부인은 어떻게든 뒷바라지를 할 테니 대학교에 가라고 했지만, 딸은 엄마 고생시킬 수 없다고 취업을 하겠다고 선언해 버렸다.

“율희도 비슷해요. 졸업하면 바로 취직하겠다고 고집을 부리네요.”

민주엽은 자신이나 중범 가족이나 왜 이런 꼴을 겪어야 하는지 이해를 할 수가 없었다. 중범은 절대로 그런 짓을 할 녀석이 아니었다. 하지만 그 녀석을 감싸는 사람들은 모두 불이익을 받았다.

팀장은 러시아로 사실상 좌천되었다가 말도 안 되는 트집을 잡혀서 내쫓겼고, 자신도 거의 내몰리듯 조직에서 나와야 했다. 민주엽은 평생 국가를 위해서 헌신한 대가가 겨우 이런 것이라니 어처구니가 없었다.

민주엽은 앞으로 좋은 날이 올 거라면서 장중범의 부인을 달랬다. 그리고 둘이 그렇게 이야기를 나누고 있는 걸 차 안에서 지켜보는 사람들이 있었다.

"저 새끼 또 왔네? 지 벌이도 시원찮을 텐데 징하게 챙기는구만."

운전석에 앉아 있는 남자가 그렇게 말을 하자 옆에 있던 남자가 그래도 같이 일한 요원이었는데 좀 심한 것 같다고 중얼거렸다.

"야, 심하기는 뭐가 심해? 배신자 새끼나 배신자 도와주는 새끼나 거기서 거기지. 그런데 이놈은 왜 안 나타나는 거야?"

"정말 죽은 거 아닐까? 사실 중국에서 온 정보가 맞는다는 보장도 없는 거잖아. 그리고 사실 가족이야 무슨 잘못이 있겠어. 이건 좀 아닌 것 같아."

"그래 봐야 배신자 가족이야. 쓸데없는 인정 갖지 말라고. 인정 같은 감정, 우리한테는 필요 없는 거야."

남자는 적개심이 가득한 눈동자로 두 사람을 노려보았다.

*　　*　　*

"그래, 의학 관련 공부를 하면서 지냈다지?"

"예, 마침 기회가 좋은 것 같아서요. 이럴 때가 아니면 언제 그런 공부를 하겠나 싶더라고요."

하치훈은 흐뭇한 표정으로 고개를 끄덕였다. 장 변호사까지 셋은 식사를 하면서 가벼운 인사치레를 했다. 어느 정도 배도 차고 분위기가 무르익었다고 생각되자 하치훈은 젓가락을 내려놓으면서 물었다.

"그래, 어디로 갈지는 정했고?"

"개업할까 생각 중입니다."

"개업을? 누가 같이 하자는 사람이라도 있던가?"

"아니요, 혼자 해볼까 생각하고 있습니다."

하치훈은 깜짝 놀랐다. 변호사 개업이라니. 전혀 의외였다.

"이런 미친… 크흠. 이봐, 자네가 잘 모르는 모양인데, 20대 변호사 혼자 개업하는 경우는 거의 없어."

장 변호사가 깜짝 놀라면서 말했다. 너무나도 어처구니없는 말이었으니까.

"알고 있습니다. 그래도 한번 해보려구요."

혁민은 태연한 얼굴로 말했고, 하치훈은 이해할 수 없다는 표정이 되었다. 변호사라는 직업에서 20대라는 건 좋은 조건이 아니다. 누가 경험도 없는 애송이에게 사건을 맡기려고 하겠는가. 그래서 대부분 로펌에 들어가거나 다른 변호사 사무실에 들어가서 일을 시작한다.

'이렇게 똑똑한 녀석이 그런 사정을 모를 리도 없고. 천재의 자만인가? 아니면 정말 자기 생각대로 세상이 돌아갈 거라고 믿는 미친놈인가?'

종종 자신을 당황하게 하는 혁민이었지만, 이번 일은 정말 뜻밖이었다. 그래서 무슨 다른 속셈이라도 있는 건가 싶었는데 그건 아닌 듯했다. 다른 로펌이나 다른 사람과 같이하는 거라면 단박에 들통이 날 텐데 뭐하러 이런 걸 속이겠는가.

'그래, 이제는 하다하다 이런 짓까지 하는구나. 미친놈들 사이에 있더니 완전히 미친놈이 된 거야. 완전히 미친놈이.'

장 변호사는 아예 포기했다는 표정으로 고개를 흔들고는 묵묵히 음식을 먹었다.

"잘 생각해 보게. 사무실을 운영한다는 게 생각하는 것보다 쉽지 않은 일이야. 로펌에서 경험과 인맥을 쌓은 다음에 나가더라도 나가는 게 좋단 말이지."

하치훈은 왜 지금 개업하면 좋지 않은지 조목조목 설명했다. 의뢰인들이 변호사의 나이가 너무 어리면 일을 맡기지 않는다는 것부터 시작해서 인맥이 얼마나 중요한지까지. 하지만 혁민의 표정에는 별다른 변화가 없었다.

"젊어서 고생은 사서도 한다잖아요. 뭐 해보는 거죠."

하치훈은 그 말을 듣고는 할 말을 잃었다. 장 변호사는 그럴 줄 알았다는 표정으로 고개를 설레설레 흔들고 있었고. 아무리 이야기를 해도 본인이 혼자 하겠다는데 어쩌겠는가.

원래는 혁민을 태경으로 데려오는 걸 확실히 하겠다고 나온 자리였다. 그리고 당연히 그리될 줄 알았다. 하지만 혁민이 개업하겠다는 이야기만 듣고 자리는 금방 끝났다. 더 무슨 이야기를 하겠는가. 그렇게 혁민이 자리를 먼저 뜨자 하치훈은 장 변호사에게 물었다.

"이봐, 저 녀석 무슨 다른 생각이 있는 거 아닐까? 머리도 좋은 녀석이 왜 그런 생각을 했는지 도무지 알 수가 없단 말이야."

"원래 저런 녀석 아닙니까. 상식적으로 생각하면 할 수 없는 그런 것도 아무렇지 않게 하는. 그러니까 괴짜 아닙니까, 괴짜."

하치훈은 잠시 생각하다가 입을 열었다.

"흐음, 저 녀석이 개업하는 것도 꼭 나쁘게 볼 건 아니겠어."

"예? 그러면 부장님은 저 녀석이 성공할 거라고 생각하시는 겁니까?"

"아니지. 그건 아니지. 사무실을 어떻게 유지하겠나. 길어야 한 2년 정도? 짧으면 1년 안쪽이 될 수도 있고."

"아니, 그런데 왜 나쁘지 않다고 하시는지……."

하치훈은 싱긋 웃으면서 차를 조금 마셨다.

"생각해 보라고. 지금 저 녀석 상황을. 지금까지 실패라고는 모르고 살아온 녀석 아닌가. 그러니까 그렇게 무대뽀로 자기 하고 싶은 대로 밀어붙일 수 있는 거지."

"그건 그렇습니다. 사시도 수석이나 차석이었고, 연수원에서도 계속 수석이었으니 자기가 최고인 줄 아는 거죠. 게다가 나이도 어리니……."

"그러니까 지금은 내가 데리고 있어도 컨트롤하기가 쉽지 않단 말이야."

"아, 그러면……."

하치훈은 사람을 불러 계산서를 가져오라고 하고는 이야기를 이어나갔다. 만면에 미소를 지으면서.

"그래. 한번 실패하고 기가 좀 꺾이고 나면 좀 달라지지 않겠느냐는 거지."

"맞습니다. 세상의 쓴맛을 좀 보고 나면 망둥이처럼 미쳐 날뛰지는 않겠죠. 그 성질이 어디 가기야 하겠습니까만, 적어도 지금 같지는 않을 것 같습니다."

하치훈은 그렇게 된 후에 데려오는 게 여러모로 더 좋겠다고 말하면서 웃었다. 당연히 그렇게 될 것이라고 생각하면서.

"참, 명현그룹에서 연락이 온 건 어떻게 생각하나?"

"아, 강윤태가 태경으로 오는 거 말이군요. 저는 무조건 부장님이 나서서 진행해야 한다고 생각합니다."

"아무래도 그렇겠지?"

하치훈은 기분 좋은 웃음을 내보였다. 혁민도 뛰어났지만, 윤태 역시 아주 훌륭한 인재였다. 그리고 윤태가 태경으로 온다는 건 명현그룹의 소송을 태경에서 진행할 수도 있다는 말이다. 혁민 개인의 능력 같은 것과는 비교도 할 수 없는 큰 건수.

명현그룹의 회장과 태경의 대표가 서로 쳐다보지도 않는 사이라는 건 유명한 이야기다. 하치훈은 자신의 손으로 그걸 해결할 절호의 기회가 왔다고 쾌재를 부르고 있었다. 로펌에서 자신의 위치를 대표에 버금가는 곳까지 끌어올려 줄 기회.

"태경에 오면 신경을 쓰겠다고 이야기를 해야겠어. 아주 각별히 신경 쓰겠다고 말이야."

그리고 같은 시각, 이야기의 당사자인 윤태는 아버지인 강진명과 대화를 나누고 있었다.

"내가 하는 이야기가 어떤 건지 잘 알 거라고 생각한다."

"알고 있습니다."

사막과도 같은 건조한 대화가 이어졌다. 윤태도 잘 알고 있었다. 왜 자신에게 법무법인 태경으로 가라고 하는지를.

할아버지나 태경의 대표나 계속해서 척을 진 채 가는 건 좋지 않다는 걸 알고 있었다. 하지만 자존심이 문제였다. 먼저 상대에게 고개를 숙이기 싫은 것이다. 그리고 태경이나 명현그룹이나 잘나가게 되면서 고개를 숙이는 게 더 어려워졌다.

태경은 이제는 국내에서 1, 2위를 다투는 로펌이 되었고, 명현그룹도 급성장을 거듭해서 재계 서열 10위 안에 자리하고 있었다. 그러니 먼저 고개를 숙이기가 더 어려워진 것이다.

'내가 태경으로 간다는 건 화해의 손길을 내미는 것. 당연히 태경에서도 받아들이겠지.'

윤태는 태경에서 자신을 상당히 대우해 줄 것이라고 생각했다. 그렇게 되면 여러모로 모양새가 좋았다. 할아버지나 태경의 대표나 둘 다 자존심 상하지 않은 채 자연스럽게 화해를 하는 게 된다.

게다가 명현그룹은 태경이라는 사실상 국내 1위 로펌의 힘을 이용할 수 있게 되는 것이고, 태경은 명현그룹의 일감을 자연스럽게 얻게 된다. 명분과 실리를 동시에 챙길 수 있는 절묘한 방법.

'어차피 내 의사 같은 건 아무런 소용도 없지. 그런데 그 녀석도 태경으로 올까?'

윤태의 관심사는 혁민이었다. 혁민은 항상 윤태를 놀라게 했다. 당연히 군법무관으로 갈 줄 알았는데, 공익법무관으로 갔다. 이야기를 들어보니 본인이 원해서 그렇게 한 거라고 했다.

실무실습을 할 때 일도 연수원에서는 거의 전설처럼 이야기되었다. 변호사 시보 때는 다들 손 뗀 사건을 해결했고, 판사 시보를 할 때도 법원에서 다들 혀를 내두를 정도로 일처리를 잘했다. 검사 시보를 할 때는 조폭을 가지고 놀았다느니 하는 이야기까지 돌았고.

'알 수 없는 녀석. 자유로운 영혼을 가진 괴짜 천재.'

자신은 언제나 반듯하다는 말을 들었다. 전형적인 모범생. 그게 바로 윤태를 상징하는 말이었다. 하지만 윤태는 혁민이 부러웠다. 자기 의지대로 무언가를 할 수 있다는 것. 그리고 파격적인 행동과 놀라운 실력.

자신도 혁민같이 행동하고 싶다고 생각한 적이 한두 번이 아니었다. 하지만 지금까지 살아온 궤적이 다르기 때문인지, 아니면 처한 주변 상황이 달라서인지 자신은 그렇게 할 수가 없었다.

'정혁민. 같이 일하고도 싶고, 법정에서 제대로 붙어보

고도 싶고.'

윤태는 혁민이 동료였으면 좋겠다는 생각을 하면서도 한편으로는 경쟁자였으면 좋겠다는 생각을 했다.

* * *

인하식당. 혁민은 사실 이곳에 오는 것이 조금 꺼려지기는 했다. 장중범이야 이해가 되었지만, 이름을 알지 못하는 그 요원이 좀 꺼림칙했기 때문이었다. 하지만 어차피 부딪쳐야 할 일. 시간을 끌 이유가 없었다.

미리 연락하지 않고 방문을 해서인지 사람들이 살짝 당황한 기색을 보였지만, 이내 혁민을 지하로 안내했다. 그리고 거기에는 어둠 속에 장중범과 이름을 모르는 남자가 있었다. 혁민은 다른 사람들을 모두 나가게 한 뒤에 이야기를 시작했다.

"장중범 씨."

정말 기구한 운명의 남자 아닌가. 혁민은 그가 정말 안됐다는 생각이 들었다. 자신의 이름을 말하자 장중범은 끄응 하고 불편한 기색을 내비쳤다.

"결국, 백 선생이 이야기를 했나 보군."

국가를 위해서 헌신했지만 결국 버려지고 억울한 누명까지 쓰고 있는 남자. 그는 자신의 이야기가 알려지는 게 무척 싫은 듯했다.

"내가 당신 가족을 도와주지."

"가족을? 후우~ 나도 그러길 간절하게 바라지. 하지만… 잘 알겠지만, 내 가족은 감시를 당하고 있다. 어설프게 접근했다가는 오히려 모두를 위험하게 할 수도 있어."

장중범은 복잡한 심경을 말해서인지 평소와는 달리 목소리가 조금 떨렸다. 가족을 돕고는 싶었지만, 그렇다고 쉽사리 접근하기도 어려운 상황. 혁민도 그런 상황을 잘 알고 있어서 장중범의 처지가 기구하다고 생각하고 있었다.

"내가 생각을 좀 해봤는데……."

말은 그리했지만, 장중범도 기대를 하고 있는지 혁민의 말에 모든 신경을 집중하고 있다는 게 보였다.

"딸이 이번에 고등학교를 졸업하던데. 내 사무실에 취직하면 어떨까?"

"사무실에?"

"그래. 변호사 사무실을 낼 건데 여직원이 필요하거든. 보수는 다른 데보다 약간 좋은 정도로 하지. 너무 많으면 불필요한 오해를 살 수도 있으니까."

장중범은 '변호사 사무실이라' 라고 중얼거렸다. 잘 보이지는 않았지만 제법 마음에 드는 것 같은 분위기가 느껴졌다.

"나쁘지 않군. 변호사 사무실에 다닌다고 하면 주변에서도 무시하지도 않을 테고. 하아~ 그래도 보람이는 대학교에 갔으면 했는데……."

"그것도 좀 생각을 해봤는데, 사무실에 다니면서 방통대에 다니는 건 어떨까 싶어. 내가 시간은 빼주지. 어차피 여직원

일이 그렇게 많은 것도 아니니까."

어둠 속에서 장중범의 이빨이 살짝 빛났다. 딸을 챙겨주지 못해서 마음이 아팠었는데, 그래도 조금이나마 딸의 상황이 좋게 되는 것 같자 웃을 수 있었던 것이다. 아마도 지금 상황에서는 혁민이 이야기한 게 최선일 것이다.

"그리고 아내분이 노점을 하는데 좀 어려운 게 있는 모양이더군. 조폭들도 자릿세를 달라고 하고. 그것도 내가 도움을 주지."

혁민은 딸인 보람이가 사무실에 취직하면 자신이 조금 도움을 주어도 이상하지 않을 거라고 했다. 도움이라는 게 큰 건 아니고 거기 형사에게 신경을 좀 써달라고 말하는 정도였으니 다른 사람이 알더라도 이상하게 생각할 건 없을 것이다.

저번에 중국집 배달부 사건 때 도움을 준 형사에게 이야기할 생각이었는데, 마침 장중범의 부인이 노점을 하는 곳이 그 형사의 관할이었다. 그 형사는 진범을 잡고 나서 정말 고맙다면서 무슨 일 있으면 꼭 연락하라고 이야기했었다.

형사와 잘 안다는 애기만 돌아도 장중범의 부인을 귀찮게 하는 사람은 없을 것이다. 그렇게 되면 지금보다는 훨씬 살림살이도 피게 되고 걱정거리도 없을 터.

"고맙군. 나에게 원하는 게 있어서 그렇다는 걸 알지만, 그래도 정말 고맙네. 마음이 편하다는 게 이렇게 좋은 거였군. 이런 기분 느껴보는 거 정말 오랜만이야."

혁민은 장중범의 말에서 가족에 대한 진한 사랑을 느낄 수 있었다. 그는 가족이 걱정되어서 잠도 제대로 자지 못했는데, 오늘은 푹 잘 수 있을 것 같다고 중얼거렸다.

"그러면 이제 우리는 같이 일하게 된 건가?"

"좋아. 앞으로도 자네가 내 가족에 신경을 써준다면, 내가 할 수 있는 건 다 하지. 아마도 실망하지는 않을 거야. 내 솜씨가 그래도 쓸 만하거든."

장중범은 자리에서 일어나 혁민에게로 걸어왔다. 아주 편안한 표정이었는데, 걸어오다가 갑자기 무언가 떠오른 듯 미간을 찌푸렸다.

"그런데 사무실은 낼 돈은 있나? 집도 그리 여유가 있는 것 같지는 않던데."

"뭐, 일단은 대출을 좀 받아야지. 그래도 변호사라고 하면 대출이 잘되더라고."

어차피 번화가에 사무실을 낼 것도 아니라서 대출을 그리 많이 받지 않아도 되었다.

"설마하니 금방 문 닫는 건 아니겠지?"

"보면 알 거야. 내 솜씨도 쓸 만하거든."

혁민은 장중범과 손을 맞잡았다. 그런데 혁민의 눈에 장중범의 뒤에 있는 남자가 들어왔다. 자꾸만 자신에게 만나자고 했던 남자. 그는 가만히 서서 웃으면서 둘을 바라보기만 했다.

호의도 아니고 적의도 아닌 아주 묘한 느낌. 혁민은 조금 더 자세히 그를 살피려 했지만, 장중범이 말을 걸어서 그럴 수가 없었다.

"앞으로는 연락하는 걸 조심해야겠군. 공식적으로는 모르는 사이어야 하니까."

"앞으로는 이곳에 오지 않고 다른 루트를 통해서 연락해야 할 것 같은데……."

장중범은 주머니에서 핸드폰을 하나 꺼내서 혁민에게 주었다.

"대포폰이야. 저장되어 있는 번호는 한 개. 앞으로는 이걸로 연락하는 걸로 하지."

혁민은 핸드폰을 살펴보다가 주머니에 넣었다.

"좋아. 가족 문제는 사무실을 차리는 대로 바로 처리하지."

혁민은 그렇게 일을 마치고 다시 지상으로 올라갔다. 혁민이 나가자 장중범은 남자에게 말을 걸었다.

"만나서 할 얘기가 있었던 것 같더니 왜 대화를 하지 않았습니까?"

"어차피 계속 같이 일하게 되었으니 앞으로 기회가 있겠지. 시간은 많으니까."

남자는 알쏭달쏭한 말을 남기고는 입을 굳게 닫았다. 원체 비밀이 많은 사람이라는 걸 아는 장중범은 그냥 그런가 보다 하고 넘어갔다. 그는 아내와 딸이 편해지게 될 일이 너무나도 기뻐서 다른 건 신경도 쓰지 않았다.

*　　*　　*

"성만이 형, 형은 하나도 변한 게 없네."

"야, 이제는 정 변호사라고 불러야 하는 건가?"

혁민은 성만과 부둥켜안았다. 자주 본다고 생각은 늘 했지만, 어디 그게 쉬운 일인가. 서로 일이 바빠서 못 보다가 오랜만에 만나니 감회가 새로웠다.

그런데 오랜만에 봤는데도 어색하거나 그런 느낌이 하나도 없었다. 바로 어제 만났던 것처럼 친근하게 느껴졌다. 정말 친한 사이는 그런 것 같았다. 아무리 오래 떨어져 있다가 만나도 거리가 느껴지지 않는 느낌.

"그런데 어쩐 일이야?"

"아, 형한테 부탁 좀 하려고."

"부탁?"

혁민은 일단 근처에 있는 카페로 자리를 옮기자고 말했다. 커피를 시켜놓고 혁민은 성만의 궁금증을 풀어주었다.

"사무실에 와달라고?"

"내가 믿을 사람이 누가 있겠어. 그러니까 형이 좀 도와줬으면 해서."

예전에도 사무장을 했던 성만이었다. 그가 어떻게 일하는지는 혁민이 누구보다 잘 알고 있었다. 그래서 사무장으로 다른 사람은 생각하지도 않았다.

"글쎄. 안 그래도 뭔가 일을 하기는 해야겠다고 생각은 했지만, 그래도 한 일이 년 정도는 시험에 집중하려고 했는데."

성만은 1차는 붙었지만 번번이 2차에서 고배를 마시고 있었다. 고시 생활을 오래 해서 이제는 집에서 지원을 받는 것도 부담스러운 시기.

"내가 다른 건 몰라도 형 시험 준비하는 건 가끔 봐줄게. 그리고 실무 하는 거 직접 보면 도움이 될 거야."

"그래? 니가 좀 봐준다면야 나야 좋지."

성만은 거의 마음이 넘어온 것 같았다. 혁민이 봐준다면 엄청난 도움이 될 테니까.

"그래, 그렇게 해보자. 집에다가 손 벌리는 것도 이제는 염치없어서 못 하겠더라. 잘 부탁해."

"그래요, 형. 같이 잘해보자고."

성만은 웃으면서 혁민의 손을 잡았다.

"참, 너 슬기 얘기 들었어?"

"슬기? 아니. 걔도 2차 떨어졌다는 얘기만 들었는데."

"이번에 검사 사무실에 취직했대."

"그래? 그럼 시험은 아예 포기한 건가?"

슬기도 이상하게 2차에서 계속해서 떨어졌다. 아직은 몇 번 더 도전할 줄 알았는데, 취직을 한 걸 보면 무슨 사정이 있는 모양이었다.

"너도 잘 아는 사람이야. 차동출 검사 사무실에 취직했어."

"차동출 검사? 이거 참 인연이 묘하네."

혁민은 겸사겸사 차동출 검사도 한번 찾아가야겠다고 생각했다. 차동출도 만나고 슬기도 볼 겸해서.

"그리고 강윤태 알지? 그 친구는 태경으로 간다더라. 연수원 수석하고 차석이 둘 다 변호사로 빠졌다고 이쪽 사람들 사이에서는 화제야."

"그래? 강윤태가 판사를 안 하고?"

혁민은 뜻밖의 사실에 상당히 놀랐다. 자신이 알고 있는 강윤태는 판사였으니까. 그것도 제법 이름 있는 판사였다. 공정하고 소신 있는 판결을 여러 차례 해서 세간의 주목을 받은 적이 몇 차례 있었으니까.

그가 판사가 아니라 변호사라니. 혁민은 이런 변화가 어떤 식으로 앞으로의 일에 영향을 미칠지 조금은 걱정이 되기도 했다.

'아니야, 그런다고 설마 큰일이야 있으려고. 지금 내 실력에다가 장중범과 백 선생의 조력이 있으면 어떤 사건이라도 해결할 수 있어.'

혁민은 자신과 자신을 돕는 사람들의 능력을 굳게 믿었다.

"사무실은 언제 낼 건데?"

"이제 공익법무관도 거의 끝났으니까 서울 올라와서 바로 내야지."

"가만, 그러면 우리 사무실에도 여직원 있어야 하겠네?"

혁민은 웃으면서 생각해 놓은 사람이 있다고 말했다. 성만이 누구냐고 물어보았지만, 그냥 아는 사람 소개라고만 이야기했다. 사실은 아직 장중범의 딸은 직접 보지도 못한 상태였다.

'가만. 장보람, 장보람… 어디서 많이 들어본 이름 같은데…….'

그렇게 혁민을 갸웃거리게 한 장보람은 며칠 뒤 민율희와 만나고 있었다.

"언니, 오랜만."

"아유, 이 기집애 이뻐진 거 봐."

장보람은 율희의 동글동글한 얼굴이 예뻐 죽겠다는 듯 볼을 살짝 꼬집었다. 율희는 사람들이 흔히 이야기하는 쭉쭉빵빵의 미녀 스타일은 아니었지만, 보면 참 맑고 순수하다는 생각이 들고 귀엽다는 느낌이 드는 아이였다.

"히잉~"

율희는 얼굴을 살짝 찡그리면서 가볍게 앙탈을 부렸는데, 그 모습이 너무 귀여워서 보람은 웃음을 터뜨렸다.

"우리 뭐 먹을까?"

"떡볶이 먹으러 가자."

"그래."

둘은 팔짱을 끼고는 분식집으로 들어갔다.

"아줌마, 김떡순이요."

둘은 환한 표정으로 재잘대면서 나온 음식을 먹었다.

"언니, 취직한다면서?"

"응, 그런데 생각보다 월급이 적더라."

장보람은 연봉 2천만 원만 되어도 좋겠는데 그게 쉽지 않다고 했다.

"여기저기 이력서도 넣고 있으니까 조만간 잘될 거야. 담임 선생님도 알아봐 주신다고 하셨고."

장보람은 오물오물 떡볶이를 먹으면서 이야기했다. 율희도 동그란 눈을 반짝이면서 언니는 잘될 거라고 이야기했고. 둘이 이야기를 하고 있는데 갑자기 보람의 핸드폰에서 음악 소리가 흘러나왔다.

"어? 선생님이 이 시간에 무슨 일이지?"

보람은 고개를 갸웃거리면서 핸드폰을 받았다.

"예, 선생님. 아니요, 괜찮아요."

보람이 통화를 하는 동안 율희는 눈을 깜빡이면서 무슨 이야기를 하는지 귀를 기울였다. 바로 앞에서 통화하는 거라서 작긴 했지만, 상대 목소리가 율희의 귀에도 들렸다.

"어머, 변호사 사무실이요?"

—그래, 너 집에서도 가깝고 조건도 괜찮아. 연봉도 2천만 원 준대.

"정말이요?"

—그래, 내가 좀 미심쩍어서 알아봤는데 진짜 변호사 사무실 맞더라고. 어떻게 할래?

"갈게요. 꼭 갈게요."

보람은 돈도 돈이었지만, 변호사 사무실이라는 게 더 마음에 들었다. 아무래도 직장이 변호사 사무실이면 다른 사람들이 우습게 보지 못할 것 아닌가. 아버지 없이 엄마하고 살아오면서 사람들한테 무시당한 걸 생각하면 치가 떨리는 보람이었다.

—그러면 지금 바로 이력서 보내고 면접 잘 봐. 떨지 말고.

통화를 마치고 보람은 자리에서 일어나서 발을 동동 굴렀다.

"율희야, 나 잘하면 변호사 사무실에 취직할 것 같아. 변호사 사무실."

"언니, 내가 잘될 거라고 그랬잖아."

율희는 생글생글 웃으면서 축하한다고 말했다.

"아유, 우리 율희 어쩌면 이렇게 이쁘니. 니가 행운의 마스코트인가 보다."

둘은 손을 잡고서 팔짝팔짝 뛰었다.

얼마 후 혁민은 이력서를 보면서 분명히 어디서 들어본 이름이라고 계속해서 뇌까렸다.

"장보람, 장보람. 분명히 어디선가 들어봤던 것 같은데."

혁민은 자신의 결혼식에도 왔었던 장보람을 떠올리지 못하고 있었다. 결혼식을 하고 얼마 지나지 않아 외국으로 이민 가서 그 후로는 본 적이 없었기 때문이었다. 그리고 이력서에 있는 사진은 너무 앳되고 포토샵이 위대한 능력을 발휘한 터라 봤어도 알아차리지 못했다.

"뭐, 중요한 사람이면 생각나겠지. 어, 성만이 형, 잠깐 기다려. 그거 혼자 못 들어."

혁민은 가구를 나르는 성만에게 달려갔다.

*　　*　　*

'아! 결혼식 때 봤구나.'

혁민은 면접에서 장보람을 직접 보고 나서야 누구인지 알 수 있었다. 그것도 한참 기억을 더듬고 나서야 알아차렸다. 결혼식에 왔던 율희의 친한 언니. 비록 지금은 앳된 얼굴이었지만, 결혼식 당시에 보았던 얼굴이 보였다.

'장중범의 딸이라는 생각만 하고 있으니 생각이 날 리가 있나.'

장중범의 딸이 율희와 친한 사이라는 게 무척 의외이긴 했지만, 면접을 보면서 그런 걸 물어볼 수는 없는 일.

'뭐 직원으로 데리고 있다 보면 자연스럽게 알 수 있겠지. 아니, 아니. 잘하면 율희가 사무실에 놀러 올 수도 있겠는데?'

둘이 어렸을 때부터 친한 사이라고 했으니 당연히 지금도 아는 사이일 것이다. 잘하면 율희와 만남을 자연스럽게 가질 수도 있다는 생각이 드니 살짝 흥분되는 걸 느꼈다.

사실 어떻게 첫 만남을 자연스럽게 가질까 고민하고 있었는데, 보람을 잘 활용하면 쉽게 그런 자리가 생길 것 같았다.

혁민은 장보람을 슬쩍 바라봤는데, 그녀는 긴장한 표정으로 앉아 있었다.

이제 겨우 스무 살. 긴장되지 않는다면 그게 더 이상한 일일 것이다. 손을 꼭 모으고 앉아 있었는데, 손끝에 힘이 바짝 들어가 있었다.

혁민은 장중범이 아니라 율희 때문에라도 장보람을 잘 챙겨야겠다고 생각했다. 그리고 아직은 확신할 수 없지만, 일도 똑부러지게 할 것 같았다. 적어도 면접을 보면서 받은 인상으로는 그랬다.

"일을 빨리 배운다는 말을 자주 들었습니다."

장보람은 이곳에서 배우는 것도 빨리 익혀서 제 몫을 하겠다고 이야기했다. 목소리는 살짝 떨렸지만, 태도는 무척 적극적이었다. 아직은 서툰 면이 있었지만, 열정이 가득하다는 걸 알 수 있었다.

만약 그냥 면접이었더라도 상당히 좋은 점수를 주었을 것이라고 혁민은 생각했다. 그녀는 유난히 긴 손가락을 꼭 잡고 혁민과 성만이 무슨 이야기를 하는지만 기다리고 있었다.

"잘 들었습니다. 저희가 내일 중으로 합격 여부를 알려 드리겠습니다."

합격은 결정된 거나 마찬가지였지만, 면접을 보다가 대뜸 출근하라고 할 수는 없는 일. 혁민은 의례적인 이야기를 했고, 장보람은 일어나서 공손하게 인사를 했다. 그녀가 나가자 혁민은 성만에게 물었다.

"형이 보기에는 어때요?"

"나야 뭐. 난 괜찮은 것 같은데 결정이야 니가 하는 거지."

그런데 그 말을 하는 성만의 얼굴에는 미소가 한가득했다. 보아하니 말을 그렇게 했지만, 꼭 장보람을 채용했으면 좋겠다고 온몸으로 표현하고 있었다. 장보람은 어머니와 닮아서인지 서구적인 미인이었다.

갸름한 얼굴에 조금은 새침한 느낌이 있었지만, 웃을 때는 한껏 환한 표정을 하는 그런 아이였다.

"그래요? 나도 괜찮은 것 같으니까 채용하는 걸로 하죠."

"그렇지? 괜찮지? 일도 잘할 것 같더라니까."

성만은 자기가 더 신이 나서 몸을 들썩거렸다. 혁민은 다른 것보다 보람이 율희와 친하다는 사실이 아주 마음에 들었다. 일이 잘 풀리려면 이렇게도 풀리는구나 하는 생각이 들었다. 장중범의 조력도 얻고 율희와 연결 고리도 만들고.

"그러면 이따가 저녁에 아예 연락을 주죠. 내일까지 기다릴 필요 없이."

"그래, 좋은 소식은 빨리 전하는 게 좋지. 내가 연락할까?"

"그래요. 합격했으니까 다음 주부터 출근하라고 하면 되겠네요. 음, 이번 주에 한 번은 나와야겠네. 이거저거 알려줄 것도 있고, 자리도 정리하고 해야 하니까."

성만은 알았다고 하고는 활짝 웃으면서 자기 자리로 돌아갔다.

'자리 잡으려면 최소한 일 년은 고생해야 할 거야. 일 년 안에 자리를 잡고, 내년에는 인력도 좀 더 보충하고.'

혁민은 그러면서 자연스럽게 율희도 사무실로 데려올 생각이었다.

'보람이가 있으니까 쉬울 수도 있겠어. 누구 괜찮은 사람이 있냐고 물어보면 율희 얘기도 나오겠지? 그러면 이력서 넣어보라고 하고.'

그런 상상을 하자 저절로 웃음이 나왔다. 일이 술술 풀릴 것 같았기 때문이었다. 하지만 문제가 없는 건 아니었다. 연수원 등에서 잘나갔다고 하지만 어디까지나 법조계 안에서나 유명한 거였다. 일반인은 정혁민이 누구인지 전혀 모른다.

그도 그럴 게 혁민은 정말 새파랗게 젊은 청년이 아닌가. 사람들은 그래도 변호사라고 하면 그래도 나이도 좀 있고, 실적도 쌓인 노련한 사람을 찾게 마련이다. 대형 로펌 혹은 판사나 검사를 하다가 변호사를 하는 사람을 찾는 게 다 그런 이유에서이다.

'당연히 그런 사람에게 사건을 맡겨야 이길 확률이 높다고 생각할 테니까.'

자신이라도 그럴 것 같았다. 모든 면에서 혁민은 불리했다. 나이도 어리고 경력도 전무한 상태. 그러니 일단은 자신의 가치부터 증명하는 게 급선무였다.

"화제가 될 만한 사건을 맡는 게 좋긴 한데……."

그런데 처음부터 그런 사건을 맡을 수는 없을 것이다. 초짜에게 누가 그런 사건을 덥석 맡기겠는가. 그러니 자신이 다니면서 물어 와야 할 상황이다.

"아는 사람들의 도움도 받고 말이지. 뒀다가 어디에 써먹겠어. 이럴 때 써먹어야지."

혁민은 아는 사람들에게 모두 전화를 돌렸다.

*　　*　　*

"야, 이따가 오지. 그래야 끝나고 술이라도 한잔하지. 오랜만인데."

차동출이 사무실로 찾아온 혁민을 보자마자 타박했다.

"오랜만에 봤는데 이러기예요? 오늘은 다른 데 갈 데가 있어서 안 돼요. 다른 날 마셔요."

혁민은 태연스럽게 받아넘기면서 슬기에게도 인사를 했다. 슬기도 반갑다면서 눈인사를 했다. 혁민은 차동출에게 가서 옆에 앉았는데, 실제로 선약이 있기도 했지만, 약속이 없었더라도 단둘이 술 마시는 건 피했을 것이다. 무슨 핑계를 대서라도.

"요즘은 어때? 여전해?"

"초짜한테 누가 사건을 그렇게 맡기겠어요. 그래도 이제는 조금 나아지긴 했어요."

처음에는 정말 아무도 찾아오지 않았다. 손님이 너무 없어서 성만과 보람이 한동안 당황했을 정도였으니까. 하지만 아는 사람들이 소개해 준 사건을 하나둘 맡다 보니 이제는 제법 일이 바빠졌다.

"참, 너 요즘에 게임 관련해서 뭐 하나 하고 있다면서?"

"제가 혼자 하는 건 아니고 거기 법무팀 도와주고 있어요."

게임 회사에서 유저의 계정을 영구이용정지한 사건이었다. 일명 오토라고 불리는 자동 사냥 프로그램을 이용해서 사냥한 유저의 계정이었는데, 해당 유저가 반발해서 소송을 건 거였다.

혁민이 이 사실을 알고 연수원 교수에게 부탁해서 소송에 참여하게 되었다. 게임 회사 법무팀에 가서 놀란 건 사람들이 혁민을 잘 알고 있다는 거였다.

"사법연수원에서 한 얘기가 제법 유명해졌더라고요. 디지털 권리 관련해서는 아직 개념이 제대로 정립되어 있지 않아서 그런가 봐요."

"하기야 그쪽이 앞으로 유망하기는 할 것 같더라. 이게 앞으로는 기술이 어디까지 발전할지 모르겠어. 정말 자고 일어나면 세상이 바뀌는 것 같으니……."

이번 사건은 이름을 알리기 위해서 혁민이 자청한 거였다. 그쪽에서도 혁민을 알고 있어서 일이 쉽게 풀린 거였고. 혁민은 게임 회사 법무팀 사람들과 디지털 권리에 관해서 많은 이야기를 나누었다. 법리적인 문제부터 앞으로의 방향성에 이르기까지 많은 이야기를.

앞으로는 이런 문제와 관련된 소송이 많아질 것이다. 그리고 그런 때, 자신이 이 소송에 참여했던 사실은 상당한 도움이 될 것이다. 그리고 게임 회사에서 알게 된 사람들도 여러모로 도움이 될 것이고.

혁민은 법조계 이야기를 잠깐 나누다가 주변에서 어려워하는 사건 있으면 자신에게 연락하라고 이야기했다.

"니 실력이야 내가 잘 알지만, 나한테야 뭐 그런 게 들어오나. 치고받고 싸웠는데 어쩌냐는 뭐 그런 거나 연락이 오지. 아! 아니다. 너 잠깐만 있어봐라."

차동출은 갑자기 무언가 생각난 듯 갑자기 서류를 뒤적였다.

"이게 어디 있더라. 이 근처에 뒀는데……."

차동출은 서류를 뒤적이면서 말을 했는데, 얼마 전에 세미나에서 만난 친구가 아주 골치 아픈 사건 때문에 고민 중이라는 거였다. 차동출과는 연수원 동기로 지금은 대전지검에 있는 검사였는데, 도무지 감을 잡지 못하겠다는 거였다.

차동출이 찾은 건 잘 알아볼 수도 없게 메모가 된 종이였다. 혁민이 보기에는 글자와 그림의 중간 정도라고 생각되었는데, 그는 용케도 그 내용을 줄줄 읽어댔다.

"연쇄 성폭행 사건이 일어났는데, 이게 한 놈 소행인 것 같거든? 그런데 범행 장소가 워낙 제각각인 데다가 증거가 하나도 없어."

보통은 특정 지역 내에서 범행이 일어나는데, 이건 범행 장소가 대전시 외곽에 골고루 퍼져 있었다. 그래서 수사에 아주 애를 먹고 있다고 했다. 그리고 몇 가지 이야기를 더 해줬는데, 혁민도 바로 떠오르는 건 없었다.

사건을 많이 접해보긴 했지만, 어디까지나 혁민은 변호사이지 형사는 아니었으니까. 그리고 성범죄를 다룬 적은 있었지만, 모두 피해자의 편에서 한 거였다. 범인과 관련된 건 잘 알지 못했다.

"글쎄요? 딱히 생각나는 건 없는데……."

"하아~ 그 녀석이 이 사건은 꼭 해결하고 싶다고 하면서 너무 안타까워하더라고. 이게 시간만 있으면 들고 팔 수 있는데, 도대체 시간이 나야 말이지."

검사가 하루에 처리해야 할 사건이 10건이 넘는다. 개중에는 정말 간단하게 처리할 수 있는 사건이 있는 반면, 읽어야 할 사건 기록만 책으로 몇 권 분량이 되는 사건도 있다. 거기다가 어디 사건만 살피면 일이 끝나던가.

수사도 하고, 사건 관계인 조사하고, 영장도 발부받아야 하고, 결재도 받아야 한다. 차동출은 자기도 오늘 일 다 하고 가려면 아마도 12시까지는 일해야 할 것 같다면서 투덜거렸다.

"그러니까 내가 낙이 어디 있겠냐. 끝나고 술 한잔하는 거지. 너 진짜 이따가 안 올래? 간만에 끝나고 한잔하자니까?"

"일 있다고 했잖아요. 다음에 기회 봐서 한잔해요."

혁민은 더 있다가는 붙잡힐 것 같은 분위기라는 걸 눈치채고는 재빨리 자리에서 일어났다. 차동출은 입맛을 다시면서 아쉬워했지만, 혁민에게 다음에 보자고 하고는 자리에 앉아서 일을 처리하기 시작했다. 혁민은 슬기에게 눈짓 손짓으로 나중에 연락하겠다고 하고는 밖으로 나왔다.

"내가 이래서 판사나 검사 안 하는 거라니까."

판사나 검사는 조직에 매인 몸이라서 어떻게 할 수가 없었다. 이번 생에서는 이런 식으로 정신없이 살기는 싫었다. 그것은 수사 검사나 공판 검사나 마찬가지다.

사람들은 검사가 사건을 수사하고, 그 사건을 법정으로 가지고 가서 범인의 죄를 밝히는 모습을 생각할 것이다. 하지만 수사 검사가 따로 있고, 공판 검사가 따로 있다. 쉽게 정리하면 수사 검사는 수사해서 기소하는 것만 하고, 공판 검사는 형사재판을 전담한다.

예외가 있기는 하다. 수사 검사가 직접 공판에 관여한 사건을 직관 사건이라고 하는데, 그건 어디까지나 특별한 경우. 뭐. 그런 것과는 상관없이 둘 다 바쁘기는 매한가지다. 혁민은 그들이 얼마나 강도 높게 일하는지를 잘 아는 터라 조금은 딱하다는 생각을 하면서 발걸음을 옮겼다.

*　　*　　*

"보람 씨, 먼저 들어가 봐요."

"아니에요, 저도 있을게요. 시키실 일 있으면 얘기하세요."

혁민은 보람에게 먼저 들어가라고 이야기했지만, 보람은 괜찮다고 대답했다. 어제 어머니에게 퇴근하라고 한다고 먼저 와버리면 어떻게 하느냐는 말을 들었기 때문이었다.

"정말 괜찮아요. 원래 내가 집중해서 일할 때는 다른 사람이 있으면 집중이 잘 안 돼서 그런 거예요. 그러니까 사무장도 외근하고 바로 퇴근하라고 시킨 거잖아요."

"그래도……."

보람의 성의는 고마웠지만, 할 일도 없는데 굳이 남아서 시간을 보내는 건 아니라는 게 혁민의 생각이었다.

"보람 씨는 취미 생활 뭐 해요? 친구하고 영화라도 봐요. 친구 아니면 친한 동생이나."

혁민은 혹시라도 율희 이야기가 나올까 기대를 했지만, 영화나 연극 보는 걸 좋아한다는 보람의 취미 생활 이야기만 들었다.

"뮤지컬도 좋아하기는 하는데 너무 비싸요."

"언제 내가 표 구할 수 있으면 줄게요. 그리고 사실 여기 일이 그렇게 많은 편은 아닌데, 학업 병행할 생각은 없어요? 요즘은 방통대도 많이 다니던데."

"방통대요?"

머뭇거리기는 했지만, 관심이 있는 듯했다. 사실 학업을 계속하고는 싶었지만, 형편 때문에 어쩔 수 없이 취업한 거였으니까.

"생각해 봐요. 특별한 일 아니면 내가 시간은 내줄 테니까."

너무 강요해도 이상하게 생각할 수 있다. 혁민은 그 정도까지만 이야기하고는 어서 퇴근하라고 이야기했다. 보람은 남아 있겠다고 했지만, 결국 떠밀리듯 사무실에서 나갔다.

건물에서 나온 그녀는 갑자기 자신에게 여러 가지 행운이 몰려오는 것 같아서 조금은 혼란스럽다는 표정이었다. 보수도 괜찮은 데다가 업무도 어렵지 않았다. 게다가 사람들도 다 괜찮았다.

친구 중에서는 혹시 치근덕대지는 않느냐고 물어보는 사람도 있었는데, 그런 건 전혀 없었다. 처음에는 사무실이 너무 한가해서 이상했는데, 지금은 일이 많아져서 두 사람은 바쁘게 일했다. 사무실에서 한가한 건 자신뿐이었다.

그런데도 정시에 퇴근시켜 줘, 학업을 병행해도 좋다고 해.

보람은 이게 꿈이 아닌가 싶었다. 그래서 집에 도착해서는 어머니에게 말했다.

"엄마, 변호사님이 나한테 관심 있나 봐."

보람의 어머니는 딸을 잠깐 쳐다보더니 대답했다.

"씻고 와라. 국 식는다."

그리고 같은 시각, 혁민은 사무실에서 식사를 배달시켜 먹으면서 중얼거리고 있었다.

"둘이 분명히 가끔은 만날 테니까 내 이야기도 하겠지? 무척 좋은 사람이라고."

혁민은 보람이 율희와 만나서 자신에 대해 좋은 이야기를 많이 하도록 이미지 관리를 잘해야겠다고 생각했다. 그리고 둘이 만나는 시간을 만들어주기 위해서라도 반드시 정시에 퇴근시켜야겠다고 다짐했고.

"휴일에는 절대로 나오라고 하지 말아야겠어."

*　　*　　*

평소에는 연락을 한 번도 하지 않던 장중범이 딸이 취직한 소식을 알고는 바로 전화를 걸어왔다.

"딸은 회사 잘 다니고 있으니까 걱정하지 마시고. 방통대 이야기도 했는데, 관심은 있는 것 같으니까 적당한 때에 다니게 하면 될 것 같고……."

—다행이군. 참, 아직 꼬리가 아직 붙어 있으니 신경 써

야 할 거야.

"무슨 일이야 있으려고. 그리고 그냥 편하게 딸에게 보디가드 붙어 있다고 생각하면 되지 않나?"

—보람이에게 무슨 일이 있으면 그 녀석들이 도와줄 것 같나? 오히려 일이나 벌이지 않으면 다행이지.

장중범의 굵은 목소리에는 분노한 기색이 살짝 섞여 있었다. 갑자기 분위기가 냉랭해지는 듯하자 혁민은 재빨리 화제를 바꾸었다.

"참, 물어볼 게 있는데……."

혁민은 차동출 검사에게 들었던 사건을 이야기했다. 이야기를 들었을 당시 자신이 도움되지 못하는 게 너무 안타까웠다. 그만큼 분노가 끓어오르는 사건이었다. 성폭행 범행이 사십 회가 넘는다는 말을 듣고는 얼마나 분노했던가.

그런데 장중범은 딸을 가진 사람이라서 그런지 그 이야기를 듣자마자 진득한 살기가 느껴지는 목소리를 내뱉었다. 전화상으로도 그런 게 느껴졌으니 만약 누군가가 앞에 있었다면 온몸에 소름이 돋았을 것 같았다.

—뭐? 그런 씹어 먹어도 시원찮을 새끼가… 그런 자식들은 아예 거기를 뽑아버리든가 해야지. 좀 더 얘기해 봐. 내가 아는 한도 내에서는 다 이야기해 줄 테니까.

혁민은 자신이 알고 있는 걸 모두 이야기했다. 그놈을 꼭 잡았으면 좋겠다고 생각하면서. 그리고 이야기를 나누다 보니 확실히 그런 방면으로는 장중범이 잘 안다는 걸 확인할 수 있었다.

—범행 장소가 넓게 퍼져 있다는 건 뭘 의미하는 것 같은가?

"글쎄?"

혁민은 쉽게 감이 오지 않았다. 어떤 사건을 접해도 습관적으로 법적인 해결 방법이나 상대가 사용하는 편법 같은 걸 먼저 떠올리게 된다. 그러니 범인과 관련된 내용은 쉽게 떠오르지 않았다.

—정확한 위치를 확인할 수 없어서 그렇지만, 그렇게 범행 장소가 제각각인 경우는 분명히 차량으로 이동한 거다. 오토바이도 아니야. 범행 도구를 가지고 다녀야 하니까.

"흠, 그건 그렇겠네."

—그리고 특정 요일이나 시간대에 일어난 범행인지 아닌지가 중요한데, 헤매고 있는 걸 보면 그것도 제각각일 것 같군.

혁민은 고개를 끄덕였다. 경찰이나 검찰도 당연히 그런 건 체크했을 터이고 갈피를 잡지 못하고 있다는 건 범인의 범위를 좁힐 수 있을 만한 단서가 없다는 뜻일 테니까.

—놈은 초범은 아닐 거다. 이야기를 들어보면 범인은 수사가 어떻게 진행되는지도 다 알고 있어. 범행이라는 게 말처럼 쉬울 것 같나? 그 정도로 철저하게 준비를 한 놈이라면 절대로 초범은 아니지. 내 생각에는…….

장중범은 잠시 뜸을 들이다가 말을 이었다.

—택시 기사일 확률이 있다. 개인택시는 아닐 테고 그 지역 회사 택시 기사를 잘 찾아보면 뭔가가 나올 것 같은데. 택시에

는 태코미터라는 게 있는데 거기 운행 기록 정보가 들어 있으니까 그걸 살펴보면 대충 알 수 있을 것 같은데.

혁민도 이야기를 들으니 그럴 수도 있겠다는 생각이 들었다. 택시 기사라면 여기저기 돌아다니는 게 당연한 일이기도 하고 어디를 간다고 하더라도 의심을 받지 않을 테니까.

"그런데 왜 개인택시는 아니라는 거지? 오히려 더 자유로울 것 같은데?"

—반드시 아니라는 건 아니지만, 가능성이 낮아. 개인택시 면허 가격이 수천만 원이야. 그거 취소될까 굉장히 조심한다고.

듣고 보니 그럴 것 같았다. 잃을 게 많은 사람은 과감해지기 어려운 법이다. 하지만 혁민은 아직도 궁금한 점이 많았다.

"그런데 그 정도는 경찰도 파악하지 않았을까?"

—사건이 한 건도 아니고, 베테랑이 붙었을 테니 당연히 그랬을 테지. 아마도 범인이 실수로 배제되었거나 그랬을 것 같군.

"배제?"

—그래. 수사는 범인을 좁혀가는 과정이야.

장중범은 증거를 바탕으로 자꾸 범인을 좁혀가는 게 수사라고 이야기했다. 지문이나 유전자와 같이 확실한 증거가 있다면 좋겠지만, 그렇지 않은 경우에는 자꾸만 줄여간다는 거였다.

범인이 남자라면 여자는 모두 배제. 범행 차량이 흰색이라면 나머지는 모두 제외. 이런 식으로.

그런데 간혹 실수나 고의로 용의 선상에서 범인이 벗어나는 경우가 있다고 했다. 일단 배제하고 나면 그 사람들은 범인이 아니라고 생각하니까.

—간혹 뉴스에서 전면 재수사를 하느니 하는 소리 들었을 거야. 잘못 배제한 사람이 있는지 처음부터 다시 살펴보겠다는 건데 이번 건도 그래야 하지 않을까 싶은데?

장중범은 자신 같으면 동종 전과가 있고, 그 기간에 회사 택시 기사를 했던 사람을 우선적으로 살펴보겠다고 말했다.

"국정원 요원이 아니라 형사라고 해도 믿겠는데?"

—중국에서도 그쪽 생활을 좀 했고, 여기 와서도 계속 상대하다 보니 자연스럽게 그런 녀석들 생리를 알게 되더군.

장중범의 목소리에서 짙은 회한이 묻어 나왔다. 한숨과 탄식을 내뱉지는 않았지만, 목소리만 들어도 그의 기분을 짐작할 수 있었다. 본인이 원하던 삶은 이런 게 아니었으니 마음이 오죽하겠는가.

'하지만 나에게는 좋은 일이지. 정보 관련 능력도 능력이지만, 범죄자들의 심리나 성향을 잘 알고 있으니 형사사건에서는 큰 도움이 되겠어.'

장중범의 처지가 안됐다는 생각이야 들었지만, 그거야 어쩌겠는가. 나중에라도 어떻게 도울 방법이 있다면야 손을 걷어붙이고 나서겠지만, 당장은 방법이 없었다.

"얘기는 내가 전달하지. 딸 걱정은 말라고."

—알겠네. 잘 좀 부탁하네.

혁민은 대포폰을 집어넣고는 평소에 사용하는 핸드폰을 꺼냈다. 그리고 차동출에게 전화를 걸었다.

"예, 저예요. 아뇨, 술 먹자는 게 아니라, 저번에 그 사건 때문에 생각나는 게 있어서요."

혁민은 지금 들은 이야기를 잘 요약해서 이야기했다.

"예, 도움이 되었으면 좋겠네요. 아우, 그럼요. 그런 새끼는 꼭 잡아야죠. 아니요, 아니요. 바빠요. 술은 다음에요. 바빠서 끊어요."

혁민은 고개를 절레절레 저으면서 통화를 잽싸게 끝냈다.

"아니, 이 인간은 술 먹을 사람이 나밖에 없나. 왜 나만 보면 술을 먹자고 하는 거야?"

그리고 얼마 후 대전에서 성폭행범이 잡혔다는 기사가 짤막하게 나왔다. 범인은 택시 기사였는데, 범인을 잡는 데 택시의 태코미터가 결정적인 역할을 했다는 기사였다.

* * *

"아니 뭐 저런 놈이 다 있어? 내가 누군데 감히!"

초로의 신사가 손을 부들부들 떨면서 흥분하고 있었다. 그리고 옆에는 모피 코트를 걸친 중년 여자가 바짝 붙어 있었다.

"오빠, 그러니까 그냥 다른 데로 가자고 했잖아요. 제가 아는 변호사도 실력 좋단 말이에요."

하지만 초로의 신사는 그녀를 바라보다가 한숨을 내쉬었다. 동생 나이가 몇이던가. 오십이 다 되었는데도 아직도 세상 돌아가는 걸 이렇게 모르다니 정말 한심했다.

"내가 아는 변호사가 없어서 여기 왔을 것 같으냐? 우리가 지금 얼마나 곤란한 지경인지 정말 모르는 게냐?"

반백의 신사는 소리를 질렀고, 여자는 찍소리도 못하고 고개를 숙였다. 유산과 채무가 아주 복잡하게 뒤얽힌 사건이었다. 그리고 상황은 자신들에게 아주 불리했다. 다른 형제들이 영향력 있는 거물 변호사를 선임한 데다가 자신들에게 불리한 증거들이 속속 드러났기 때문이었다.

그래서 수소문을 하다가 소개를 받은 게 정혁민이라는 젊은 변호사였다. 처음에는 나이가 너무 어리다면서 고개를 내저었다. 새파란 애송이에게 이렇게 중요한 사건을 맡길 수는 없다면서.

하지만 자신과 오랜 인연이 있는 김문환 판사는 이 사건에는 정혁민이 가장 적임인 것 같다고 말했다. 기발한 발상으로 어떻게든 돌파구를 찾아내는 데 아주 탁월하다면서. 어차피 상대 변호사도 강하고 상황도 불리하니 일반적인 변호사로는 힘들다는 거였다.

"우리에게는 승산이 없어. 그래서 다른 변호사들도 조금 손해를 보더라도 합의하라고 하지 않았느냐."

"그건 안 돼요. 그게 어떤 돈인데. 걔들한테는 못 넘겨줘요. 그리고 저 싸가지 없는 새끼가 달라고 하는 만큼도 못 줘요."

여자는 뾰족한 목소리를 냈다. 그 목소리가 워낙 커서 2층에 있는 혁민의 사무실에까지 들렸다.

"하이고, 돈도 많은 사람이 무슨 욕심이 그렇게 많은지… 다시 올까?"

"저 남자는 올 수도 있을 것 같은데, 여자는 안 올 거예요."

혁민은 단언하듯 이야기했다. 자주는 아니더라도 종종 겪는 일이라서 성만이나 보람은 전혀 신경 쓰지 않고 있었다.

"그런데 정말 이상하지 않냐? 사람들은 왜 잘해주려고 하면 상대를 무시하는지 모르겠어."

혁민은 의뢰인이 오면 무척이나 까탈스럽게 굴었다. 어떨 때는 자신이 아는 혁민이 맞나 싶을 때도 있을 정도였다. 하지만 시간이 지나고 나니 왜 그런지 알 것 같았다.

혁민이 자리에 없을 때는 성만이 잠시 손님과 대화를 나누었다. 성만의 성격대로 무척 친절하게. 그런데 대부분 그런 성만을 무시했다. 처음에는 자신이 사무장이라서 그런 줄 알고 빨리 시험에 합격해야겠다고 다짐하기도 했다.

하지만 그런 게 아니었다. 어떤 사람이 혁민을 일하는 사람으로 착각한 적이 있었는데, 혁민이 아주 까칠하게 나오자 절절매는 게 아닌가. 성만은 그제야 사람들이 친절하게 대하면 그 사람을 자신의 아래로 생각한다는 걸 깨달았다. 마치 가게 종업원처럼 생각하는 거였다.

"그런데 너 밖에 소문 좀 안 좋게 나고 있는 거 알아? 소문 그렇게 나도 되는 건지 난 모르겠다."

"뭐라고 그러는데요?"

"뻔하지 뭐. 싸가지 없고, 돈만 밝히고."

혁민은 피식 웃었다. 거기에는 한 가지가 빠져 있었다. 실력은 확실하다는 것. 아직까지 소송에서 한 번도 패하지 않았다. 어떻게 해서든 일부 승소라도 거두었다.

하지만 저런 지저분한 소송은 맡고 싶지 않았다. 그래서 그런 의뢰인이 올 때마다 일부러 더 싸가지 없이 행동했는지도 모르겠다는 생각이 문득 들었다.

"그런데도 희한한 건 사람들이 점점 많이 찾아온다니까. 아니 욕을 그렇게 하면서도 결국에는 다시 오는 사람은 도대체 뭐냐고."

혁민은 성만의 이야기를 듣다가 시계를 확인하고는 자리에서 일어났다. 그리고 옷걸이 쪽으로 걸어가면서 성만에게 이야기했다.

"이렇게 안 하면 우습게 봐요. 저번에 그 사건 생각 안 나요? 우리 쪽 정보 새 나가서 난리 날 뻔한 거."

"아, 그거. 진짜 너무하더라. 아니 자기만 살겠다고 배신을 때리냐. 분명히 이길 수 있다고 했고, 여기서 알게 된 정보는 얘기하지 말라고 신신당부를 했는데."

몇 개월 전에 의뢰인이 혁민을 믿지 못해서 큰일이 터질 뻔했다. 상대가 자신들이 확실하게 이긴다고 하면서 살살 의뢰인 중 한 명을 유혹해서 정보를 빼낸 것이다. 그 사람만은 자신들이 챙겨주겠다고 하면서.

세상에 어떻게 그런 배신을 하느냐고 사람들은 말했지만, 혁민은 놀라지 않았다. 사람은 생각보다 강한 존재가 아니다.

유혹에 흔들리고 끊임없이 자기 합리화를 하는 동물이다. 담배나 다이어트에 성공하는 사람보다 실패하는 사람이 많은 것만 봐도 알 수 있지 않은가.

그러고는 사람들이 뭐라고 하는가. 담배가 스트레스 해소에 좋다, 담배 피우고도 장수한 사람도 많다는 등의 변명거리를 끊임없이 만들어낸다. 다이어트도 마찬가지고.

"나갔다 올게요. 그리고 사무실 새로 알아보는 건 어떻게 됐어요?"

"지금 알아보는 중이야. 그리고 사람도 알아보고 있어."

혁민은 고개를 끄덕이다가 슬쩍 보람에게 물었다.

"보람 씨, 아는 사람 중에 쓸 만한 사람 없어?"

"저 아는 사람 중에요?"

보람이 깜짝 놀라서 일하다 말고 고개를 들었다. 혁민은 최대한 자상한 표정으로 웃으면서 이야기했다.

"그래. 괜찮은 사람 있으면 이력서 넣어보라고 해요."

"예, 알겠습니다."

혁민은 율희 학교에도 이야기할 생각이었는데, 그런 것보다는 보람이 이야기해서 자연스럽게 사무실로 오면 더 좋겠다고 생각하고 있었다.

혁민은 건물 앞에서 앙상한 나뭇가지를 보면서 전화기를 꺼냈다. 백 선생과 통화를 할 수 있는 대포폰. 몇 차례 벨 소리가 나지 않아 바로 그가 전화를 받았다.

—사건 또 있냐?

“맡긴 건 다 했고?”

—이런 거야 일도 아니지. 이거 처리한 애는 중학생 정도 되는 것 같다.

법망을 교묘하게 이용하는 것도 전문이었지만, 다른 것보다 자금이나 세금 관련해서는 백 선생이 최고였다. 자신도 아예 볼 줄 모르는 건 아니었지만, 회계 관련된 문제는 보통 머리 아픈 게 아니다.

그래서 그런 문제는 백 선생의 도움을 받고 있었다. 백 선생도 그곳에 있는 게 심심해서인지 사건을 가져다주면 무척 좋아했다.

“저번처럼 현미경으로 들여다보고 분해하는 것같이 할 건 없고. 남들 하는 만큼만 해주면 된다니까.”

—미친 새끼. 남들하고 똑같이 해서 뭐할라고? 그럼 남들만도 못한 놈이 되는 거야.

백 선생은 낄낄대며 웃더니 말을 이었다.

—야, 세상에는 너보다 돈 많고 빽도 강한 놈이 천지야. 그런 놈들하고 똑같이 싸워서 이길 수 있을 것 같아?

“그래, 그래, 알았어. 백 선생 좋을 대로.”

—그럼, 그렇게 나와야지. 어떤 것이든 꼼짝 못하게 엮어야 하는 거야. 뒤통수 팍팍 칠 준비 미리미리 해놓고.

백 선생은 신이 난 듯했다.

—너도 잘난 척 좀 한다면서? 싸가지 소리도 듣고. 잘하는 거야. 사람들은 말이야, 싸가지 없고 비싸게 받아야 실력이 좋

은 줄 알아. 아무리 실력이 좋아도 무료로 해주잖아? 그러면 싸구려로 알아요.

"그거는 나도 잘 알지. 그런 문제는 걱정하지 말고 일이나 오늘까지 해서 달라고."

백 선생은 알았다고 하고서는 전화를 끊었다. 혁민은 지금까지는 자신이 생각한 이상으로 일이 잘 풀리고 있다고 생각했다. 이름도 어느 정도 알렸고, 실적도 제법 쌓았다.

"이제 어느 정도 자리도 잡았으니까. 율희만 사무실로 데려오면 만사 오케이네."

혁민은 코트 깃을 세우고는 세찬 바람이 부는 거리를 걸어갔다. 아직은 초겨울이지만, 얼마 지나지 않아 봄이 곧 오리라는 걸 믿으면서. 하지만 아직은 차가운 바람이 귀를 시리게 했다.

『괴짜 변호사 : 악마의 저울』 3권에 계속…

글삶 장편 소설
FUSION FANTASTIC STORY
세상을 다 가져라

유행이 아닌 자유추구 -
WWW.chungeoram.com